삶을 여는
황금 열쇠

삶을 여는
황금 열쇠

세계설화를 읽다 10

삶을 여는 황금 열쇠

특별한 삶을 위한
인생철학 이야기

신동흔 지음

설화, 서사와 스토리텔링의 원형

설화는 먼 옛날부터 전해 온 신화와 전설, 민담 등을 아울러서 일컫는 말입니다. 옛이야기라고도 하지요. 설화는 자유롭고 즐거우면서도 담긴 뜻이 깊은 이야기입니다. 그 속에는 기쁨, 슬픔, 사랑, 미움, 두려움, 욕망 같은 자연적 감정은 물론이고 현실을 타개하려는 의지와 미지의 세계에 대한 동경, 신비롭고 환상적인 체험 등 다채로운 서사가 담겨 있습니다.

설화는 모든 문학적 이야기의 원형입니다. 오늘날 다양한 매체를 통해 수많은 이야기가 다양하게 펼쳐지는데, 뿌리를 찾아 올라가면 신화나 전설, 민담 등과 만나게 됩니다. 소재나 줄거리 같은 외적 측면보다 화소(motif)와 구조, 세계관 같은 내적 요소가 더 중요합니다. 요즘 유행하는 판타지 스토리텔링만 하더라도 그 화소와 서사 구조는 설화와 닿아 있는 것들이 많습니다.

설화는 폭이 매우 넓습니다. 무척 현실적인 이야기도 있고, 초월적이며 환상적인 이야기도 있습니다. 사람들의 모든 경험과 상상력이 그 속에 녹아들어 있지요. 그것은 세월의 간극을 넘어서 오늘날의 우리에게도 재미와 감동, 깨우침을 전해 줍니다. 웹툰과 웹소설, 드라마와 영화, 애니메이션 등 현대 스토리텔링에서 설화적 요소가 갈수록 확대되는 것은 우연이 아닙니다. 수천 년간 살아서 이어져 온 설화는 앞으로도 오래도록 재미있고 가치 있는 이야기로 우리와 함께할 것입니다.

설화, 청소년을 위한 인생의 나침반

'세계설화를 읽다' 시리즈는 세계 곳곳의 보석 같은 설화를 찾아내고 잘 갈무리해서 양질의 독서물을 제공하고, 나아가 이야기 문화를 되살리려는 의도에서 기획되었습니다. 설화는 오래된 이야기이지만 낡은 이야기가 아닙니다. 설화는 파격적이고 역동적이며 진취적입니다. 그래서 신세대 청소년들과 딱 어울리지요. 넓혀서 말하면, 젊은 사고와 행동력을 가진 모든 사람들과 어울립니다.

오랜 세월 동안 입에서 입으로 이어져 온 설화는 '인생 교과서'라 할 만합니다. 자신을 돌아보게 하는 이야기, 인간관계를 새롭게 하는 이야기, 시련을 극복하고 거듭나는 이야기, 참다운 용기를 불어넣는 이야기, 불의한 세상과 맞서 정의를 구현하는 이야기……. 그 내용을 따라가다 보면 재미와 감동, 그리고 교훈이 저절로 몸에 스며듭니다. 그리고 상상력과 창의성, 논리적 판단력과 문제 해결 능력이 쑥쑥 자라납니다.

설화는 인생의 나침반인 동시에 마음을 위한 최고의 양식입니다. 그림 형제는 옛이야기를 두고 인류의 삶을 촉촉이 적시는 영원한 샘물과 같다고 했고, '영원히 타당한 형식'이라고도 했지요. 조금도 과장이 아닙니다. 책에 실린 여러 이야기를 만나다 보면 다들 고개를 끄덕일 것입니다. 설화는 아이들만의 것이 아니라 우리 모두의 것이라는 사실을 잊지 마세요.

설화, 이야기판을 되살리는 힘

설화는 생생한 구술 언어로 만날 때 참맛을 느낄 수 있습니다. 하지만 구술성을 오롯이 살려 낸 대중용 이야기책은 많지 않습니다. 청소년과 일반인을 위한 세계설화 모음집은 좀체 찾아볼 수 없어요. 설화가 사람들로부터 소외된 상황인데, 그보다는 사람들이 설화로부터 소외됐다고 말하고 싶습니다.

이 책에서는 세계설화의 정수를 한데 모아서 젊고 역동적인 스토리텔링의 향연을 펼치고자 했습니다. 국내외 각종 설화 자료집을 미번역 자료까지 두루 살피면서 최고의 이야기를 정성껏 가려 뽑은 뒤, 이를 12명의 개성 넘치는 스토리텔러 목소리로 생생하게 살려 냈습니다. 세대 공감 스토리텔링의 텍스트적 구현입니다. 그 중심에 Z세대 청소년을 두었습니다.

12명의 스토리텔러는 이야기 화자인 동시에 청중이며, 각 이야기가 끝난 뒤 소감을 나누는 해설자 구실도 합니다. 이야기의 재미와 가치를 되새기는 특별한 자리입니다. 그 이야기 향연은 독자들이 표현의 주체가 될 때 비로소 완성됩니다. 'Storytelling Time' 부분에 제시한 여러 스토리텔링 활동이 그것입니다. 이는 상상력과 창의성, 논리력, 표현력을 키우는 최고의 활동이 될 것입니다.

'세계설화를 읽다' 시리즈가 'K-스토리텔링'의 새로운 시발점이 되기를 기대합니다. 이 책의 이야기들은 열매인 동시에 씨앗입니다. 그 씨앗이 여기저기서 차락차락 싹을 틔워 수많은 푸른 숲을 이루어 내기를 꿈꿉니다. 그럼으로써 우리 사는 세상이 더 맑아지고 풍성해지고 아름다워지기를 소망합니다.

나의 서사적 여정에 변함없이 따뜻한 동반자가 되어 주고 있는 가족과 제자와 동료들, 그리고 세상의 모든 설화 화자와 수집자, 편집자, 번역자들께 감사드립니다. 옛이야기를 좋아하는 모든 독자님들, 마음껏 즐겨 주세요. 그리고 스토리텔러가 되어 주세요.

신동흔

연이 (여/14세/옛이야기를 사랑하는 중학생)

똑똑하고 부지런하며 맡은 일을 야무지게 잘 해내는 모범생.
다정하고 활달하며 주변 사람을 두루 잘 챙길 뿐 아니라
늘 긍정적이고 밝고 씩씩하다. 이름 때문에
<연이와 버들도령> 속 연이의 환생이라는 말을 듣는다.
작가를 꿈꾸는 문학소녀로 모든 종류의 이야기를 좋아하며,
설화에 담긴 뜻을 풀이하는 일에도 관심이 많다.

퉁이 (남/16세/운동과 게임과 이야기를 좋아하는 고등학생)

낯설고 신기한 것에 관심이 많은 행동파.
시골 출신의 전학생으로, 투박하고 무뚝뚝해 보이지만
의외로 세심하며 동생들을 잘 챙긴다.
책이나 문학에 관심이 없었으나 옛이야기의 매력에
빠져들어 설화 마니아가 되었다.
<내 복에 사는 나, 감은장아기> 속의 '막내마퉁이'가
마음에 들어서 퉁이를 부캐로 삼았다.
영웅담과 모험담을 특히 좋아한다.

엄지 (?/11세/비밀이 많은 Z세대 이야기꾼)

나이에 비해 체구가 작은 편이며, '엄지'를 부캐로 삼았다.
엄지 동자인지 엄지 공주인지는 비밀이다.
다른 이야기꾼들도 엄지가 여자인지 남자인지 알지 못한다.
자타 공인 어린 철학자로 생각이 깊으며,
누구에게도 꿀리지 않는 당당한 성격이다.
언젠가 걸어서 전 세계를 여행하겠다는 계획을 가지고 있다.

이반 (남/24세/사회 진출을 준비 중인 대학생)

일찌감치 군대를 다녀온 복학생. 딴생각하다 엉뚱한 실수를
할 때가 많아서 친구들에게 바보 취급당하기 일쑤다.
설화의 매력에 빠져 스토리텔링의 세계에 발을 들였으며,
그와 관련된 특별한 진로를 탐색 중이다.
얼간이로 취급되다 남다른 활약으로 세상을 놀라게 하는
반전의 주인공 '이반'이 마음에 들어서 부캐로 삼았다.

세라 (여/30세/지성과 미모를 갖춘 엘리트 직장인)

자유롭고 독립적인 삶을 추구한다.
다양한 취미를 즐기다가 옛이야기에 반해서
스토리텔링을 영순위 취미로 삼게 됐다.
전설적인 이야기꾼 셰에라자드의 화신을 자처하고 있다.
소수자와 약자의 삶에 관심이 많으며,
정의 구현이 이루어지는 이야기를 선호한다.
설화를 논리적이고 창의적으로 해석하는 데에도 관심이 많다.

달이 (해맑고 귀여운 종달새 소녀)

동화 속에서 날아 나와 사람들과 더불어 사는 존재다.
세상을 자유롭게 날아다니며 보고 들은 이야기들을 들려준다.
초등학교 1학년 여자아이 정도의 지적 수준과 감성을 지니고 있다.
구김 없이 귀여운 여동생 스타일이다.
새나 동물이 등장하는 짧고 재미있는 이야기를 주로 한다.

동이 (못 말리는 꾸러기 당나귀 이야기꾼)

달이와 마찬가지로 동화 속에서 튀어나온 존재로,
슈렉 친구인 동키의 사촌 형뻘 된다.
말투나 행동은 영락없이 아저씨다.
남녀노소 모두와 격의 없이 어울리는 장점을 가지고 있다.
재미있는 우화나 소화를 재기발랄하게 이야기한다.

뀨 아재 (남/40세/늘 행복한 귀염둥이 삼촌)

젊은 생각과 감각, 라이프 스타일을 갖춘 신세대 아저씨.
얼리어답터로서 드론과 AI를 전문가 수준으로 다룬다.
미래 트렌드의 중심에 설화가 있다는 믿음 속에
옛이야기를 한껏 즐기고 있다.
확고한 인생철학과 이야기관을 지니고 있으며,
이야기를 재미있게 잘해서 인기가 많다.

로테 이모 (여/48세/아이들을 키우며 옛이야기에 관심을 갖게 된 주부)

자녀 교육에 관심이 많은 전형적인 40대 여성.
설화 구연에 탁월한 능력을 갖추고 있다.
독일과 스페인, 튀르키예 등에서 오래 지내며
많은 이야기를 접했기에 주로 유럽 지역의 민담을 이야기한다.
'로테'라는 이름은 독일의 유명한 이야기 아주머니인
'도로테아 피만'에서 따왔다.

뭉이쌤 (남/57세/30년 넘게 구전 설화를 수집하고 연구해 온 옛이야기 박사)

깡촌에서 도깨비불을 보며 자랐다. 신화와 전설, 민담에
넓은 식견과 관심을 가지고 있다. 이야기판에서
인도자 구실을 하는 가운데 설화의 의미 해석을 주도한다.
'뭉이'는 여의주를 여러 개 물고 있는 이무기에서 따온 부캐다.
옛이야기라는 하나의 여의주에 집중해서
승천을 이뤄 낸다는 계획을 가지고 있다.

노고할망 (여/??/살아 있는 신화로 통하는 여신)

고조선 이전부터 살아온, 세상 모든 할머니를
대변하는 이야기꾼. 젊은 할머니 같은 외모인데,
더 늙지는 않을 것 같은 느낌이다.
세상사 깊은 이치를 담고 있는 신화들을 주로 이야기한다.
옆에서 가만히 미소를 짓는 것만으로도 안정감을 전해 주는,
모두의 큰어머니 같은 존재다.

약손할배 (남/83세/편안하고 푸근한 옆집 할아버지)

어려서부터 옛이야기를 즐겨 듣고 말하며 살아온 정통 이야기꾼.
독서가 취미로, 어른들에게 들은 한국 설화 외에
책으로 접한 다른 나라 이야기들도 많이 알고 있다.
생각이 유연하고 개방적이어서 젊은이들을 잘 이해하고 포용한다.
먼저 나서서 말하기보다 다른 사람들의 이야기를
경청하는 스타일이다.

✳

집중 탐구! 이야기의 비밀 코드

기록문학과 구비문학, 그리고 구비철학

구비문학의 성격과 문화적 위상 | 구비전승의 속성과 집단지성

구비철학이 꽃피는 아름다운 삶과 문화

이 책의 주제는 '인생철학'입니다.

설화 속에는 구비전승 과정에서 누적되며 걸러진

삶의 철학이 다양하게 담겨 있지요.

수많은 사람들이 힘겨운 삶 속에서 길어 낸

특별한 깨달음과 인생론을 담은

소중한 이야기들을 모았습니다.

이 이야기들은 삶의 길 한가운데에서 방황할 때

나 자신을 돌아보고 세상을 성찰하게 하는

유용한 길잡이가 되어 줄 것입니다.

이 할망이 아주 오래전 이야기를 하나 해 보마. 이 세상이 처음 만들어졌다가 없어지고 다시 생겨나던 시절의 이야기야. 멀리 태평양 건너 멕시코 지역의 이야기란다. 아즈텍 문명이라고 들어 봤을 거야. 그곳에서 신화로 전해졌지. 오래전에 그 지역 산신령에게 사연을 들으면서 여러 번 고개를 끄덕였어. 내가 아는 세계 창조 이야기하고 통하는 데가 있었거든.

이 세상은 운동의 태양

멕시코 아즈텍 신화

멀고 먼 옛날, 세상은 그저 아득한 어둠뿐이었어. 어느 순간 그 속에서 거대한 신이 나타나 자식들을 낳으면서 창조가 시작됐단다. 그 신 이름이 오메테오틀이야. 남자도 여자도 아닌 존재였지. 아니, 남자이면서 또 여자였다는 게 맞겠네. 그는 혼자서 네 명의 자식들을 낳았는데, 이름이 좀 어려워. 테스카틀리포카, 케찰코아틀, 시페토테크, 그리고 우이칠로포치틀리. 앞의 두 명이 특히 중요해. 테스카틀리포카하고 케찰코아틀. 이 둘이 서로 맞부딪치기도 하고 협력하기도 하면서 세상이 생겨났다가 뒤집혔다가 하거든.

지금 세상이 위로는 하늘이 있고 아래에는 땅이 있잖아? 원래는 한 몸이었단다. 그게 둘로 갈라지면서 이 세상이 생겨난 거지. 우리나라에서는 미륵님이 하늘과 땅을 갈랐다고 하는데, 아즈텍에서는 오메테오틀이 그 일을 했다고 해. 그는 하늘과 땅을 가른 뒤 동서남북과 중앙까지 다섯 곳에 크나큰 나무를 세워서 하늘을

떠받치게 했지. 제일 큰 건 중앙에 있는 나무야. 사람들 눈에는 보이지 않지. 그럼 미륵님은 무엇으로 하늘을 받쳤는지 아니? 구리 기둥이야. 세상의 네 귀퉁이에 거대한 구리 기둥을 세워서 하늘과 땅이 다시 붙지 않게 했단다. 꽤 비슷하지?

오메테오틀이 만든 세상을 아즈텍 사람들은 '태양'이라고 불렀어. 태양은 처음 생겨난 뒤로 네 번 크게 뒤바뀌었다고 해. 그러니까 지금 이 세상은 다섯 번째 태양인 셈이지. 재미있는 건 그 다섯 개의 태양이 다 같지가 않았다는 거야.

첫 번째 세상은 '호랑이의 태양'이었어. 거친 야생의 시대이자 격렬한 투쟁의 세상이었지. 지식과 바람의 신 케찰코아틀과 어둠과 혼돈의 신 테스카틀리포카가 계속 부딪치니까 그게 호랑이지 뭐. 울부짖으면서 날뛰는 호랑이. 호랑이의 태양은 어느 날 두 신이 정면으로 충돌하면서 생겨난 폭발적인 힘에 휩쓸려 완전히 파괴돼 버렸단다. 그 세상에는 도토리를 먹는 거인들이 살았는데, 바다에서 솟구친 거대한 재규어에게 다 잡아먹히면서 멸망했다고 해.

두 번째 세상은 '바람의 태양'이야. 케찰코아틀이 새로 만들어 낸 세상이지. 왜 바람의 태양이냐고? 그야 바람이 끊임없이 휘몰아치기 때문이지 뭐. 그 시절의 인간들은 나무 열매만 먹으면서 살았다고 해. 바람의 태양을 멸망시킨 건 테스카틀리포카야. 초강력 허리케인으로 케찰코아틀과 백성들을 싹 날려 버렸지. 그때 겨우 살아남은 사람들은 원숭이가 됐다고 해.

세 번째 세상은 '비의 태양'. 비가 하염없이 쏟아져 내리는 세상이야. 비의 신 틀라로크가 그 세상을 지배했지. 그때 사람들은 물에서 자라난 씨앗을 먹으면서 살았다더구나. 그 세상을 끝장낸 건 케찰코아틀이었어. 하늘에서 불과 재가 쏟아져 내리면서 비의 태양이 막을 내렸지. 화산 대폭발을 생각하면 이해가 될 거야. 이때 살아남은 사람들은 칠면조가 되고 더러는 나비가 됐다고 해.

네 번째 세상은 '물의 태양'이야. 비의 신 틀라로크의 아내 찰리우틀리쿠에가 이 세상을 다스렸지. 강과 호수의 신인데, 사람들은 이 여신을 '고귀한 녹색의 부인'이라고 불렀어. 물의 태양은 이전과 달리 평화로운 세상이었지. 사람들은 땅에서 자라난 옥수수를 먹고 살았어. 하지만 감당 못 할 대홍수가 발생하면서 물의 태양도 끝나 버렸단다. 살아남은 사람들은 물고기로 변했지. 속이 텅 빈 고목에 숨어서 홍수를 피했던 한 부부는 물고기를 요리하려고 불을 피웠다가 신들의 노여움을 사서 개로 변했다고 해.

끝으로 다섯 번째 세상. 지금 우리가 사는 세상은 무슨 태양일까? 바로 '운동의 태양'이란다. 테스카틀리포카와 케찰코아틀 형제가 힘을 합쳐서 거대한 괴물 틀랄레쿠틀리를 처치하고 재건한 세상이야. 형제가 거대한 뱀으로 변해서 괴물을 물어뜯으니까 그 몸이 두 조각으로 갈라지면서 새로운 하늘과 땅이 됐다고 해. 이 세상의 인간은 케찰코아틀이 지하 세계 밑바닥에서 가져온 물고기 뼈에 신들의 피가 합쳐지면서 생겨났지.

현 세계를 지배하는 강력한 신은 위칠로포치틀리야. 전쟁의 신이자 태양의 신이지. 이번 세상이 운동의 태양이라고 했잖아? 크고 작은 수많은 전쟁으로 요동치는 세상, 태양의 기운이 낮에도 밤에도 강력한 힘을 내는 세상, 그것이 우리가 사는 현 세계란다. 일도 많고 탈도 많은 세상이지. 그래서 재미있지만 말이다.

우리가 살고 있는 태양 안에 호랑이의 태양과 바람의 태양, 비의 태양과 물의 태양이 함께 숨 쉬고 있다는 것도 잊지 말려무나. 인간의 내면에 거인과 원숭이, 칠면조, 물고기와 개로 살아온 내력이 깃들어 있다는 것도. 그리고 그 모든 것이 신의 작용이라는 사실도. 무엇 하나 예사로운 게 없는 법이야.

통이　할머니, 아즈텍 신화는 처음 들어 보는데 재미있네요. 세상이 네 번이나 뒤집히면서 바뀌었다는 게 뭔가 파란만장한 것 같아요.

노고할망　그래. 원래 이 세상이 파란만장하단다. 그걸 반영한 이야기라고 보면 돼.

연이　사람이 예전에 원숭이와 칠면조, 물고기 같은 것이었다는 게 좀 충격이에요. 그건 무슨 뜻일까요?

뭉이쌤　인간의 다면성을 그렇게 말하는 거라고 보면 돼. 사람이라는 게 그렇잖아? 신나면 원숭이도 됐다가, 배고프면 돼지도 되고, 수영장에서는 물고기도 되고.

뀨 아재　나는 어젯밤에 겨울잠 자는 곰이었음.

통이　하하. 지금 이야기판에 있는 우리는 사람인 거겠죠?

뭉이쌤　그렇지. 이야기에 제대로 빠지면 신이 될 수도 있고. 이야기의 신 말이야.

통이　오, 좋아요. 이야기의 신!

세라　세상이 계속 바뀌고 사람들이 여러 존재로 거듭났다는 게 불교에서 말하는 윤회하고 비슷한 것 같아요.

노고할망　맞아요. 미륵님이 들으셨다면 '내가 이 세상 인간을 참 똑똑하게 창조했구나.' 하시겠어.

엄지 미륵님이 인간도 창조했나요?

노고할망 직접 만든 건 아니지만, 한 손에 금쟁반, 한 손에 은쟁반을 들고 하늘에 기원해서 새로운 생명체를 받았다고 해. 그게 인간이 된 거지. 함경도 지역에서 구전돼 온 창세 신화에 담긴 내용이야.

뭉이쌤 처음에는 벌레만 한 작은 생명체였는데 그게 자라나서 여자와 남자가 됐다고 하죠. 창조론적 요소와 진화론적 요소가 맞물린 흥미로운 신화예요.

퉁이 제가 공룡을 좋아해서 종류를 많이 아는데, 익룡 가운데 케찰코아틀루스가 있어요. 그게 이 신화에서 나온 거 맞죠?

노고할망 그래. 누가 이름을 지었는지 잘도 갖다 붙였어. 하하.

세라 케찰코아틀루스가 익룡이니까, 케찰코아틀도 하늘을 훨훨 날아다녔을 것 같아요.

노고할망 왜 아니겠어. 꽤나 요란하게 하늘을 누비고 다니는 친구였다우.

연이 우리 안에 그 신도 있는 거겠죠? 신의 피가 섞여서 인간이 창조됐으니까요. 모든 것이 신의 작용이고 예사로운 것은 하나도 없다는 말씀, 마음에 깊이 새겨 두겠어요.

엄지 이제 제가 이야기 하나 해 볼게요. 모든 것이 신의 작용이라는 말하고 연결되는 이야기로요.

'신의 나라'라고 하면 떠오르는 나라 중 하나가 인도잖아요? 이집트나 그리스 못지않게 다양한 신들이 있고, 오래전부터 많은 신화가 전해졌다고 들었어요. 오늘날에도 신화적인 이야기들이 구전되는가 봐요. 인도에서 온 파드마라는 분이 여러 민담을 들려줬는데, 그중 신화 느낌이 나는 이야기가 있었어요. 그 이야기를 소개해 볼게요.

모든 곳에 있는 신

인도 민담

옛날 인도에 아이들을 가르치는 선생님이 계셨어요. 인도 말로 구루예요. 나이도 많고 경험도 많은 현자였대요.

어느 날 아이 하나가 선생님께 이렇게 물어봤어요.

"선생님, 신이 정말로 있나요? 있다면 어디에 있는 거예요?"

그러자 선생님이 고개를 끄덕이면서 대답했어요.

"신은 세상 모든 곳에 있단다. 모든 사람과 모든 동물에게 다 신이 있지."

"정말요? 그럼 저에게도 신이 있는 거예요?"

"그렇고말고."

아이는 자기에게도 신이 있다는 말이 신기하면서도 잘 믿기지 않았어요.

"선생님이 하신 말씀이니까 맞겠지 뭐."

아이가 이러면서 길을 가는데, 커다란 코끼리가 아이가 있는 방향으로 다가왔어요. 코끼리 위에 올라탄 사람이 아이를 향해서,

“거기 비켜라. 다친다!”

그런데 이 아이는 비킬 생각을 하지 않았어요.

'선생님이 나에게 신이 있다고 하셨어. 코끼리가 신을 다치게 할 리가 없지.'

애가 그대로 있으니까 아주 위험한 상황이 됐어요. 코끼리 모는 사람이 놀라서,

“이봐, 비켜! 비키라구!”

“아뇨. 나에게는 신이 있는걸요.”

그러면서 아이는 끝까지 비키지 않고 가만히 있었어요. 코끼리는 아이가 걸리적거리니까 코로 휘감아서 휙 집어 던졌답니다. 아이는 그대로 날아가서 바닥에 쿵 떨어졌어요.

“아이고! 아야야!”

풀밭에 떨어졌기에 망정이지 까딱하면 죽었을지도 몰라요. 코끼리를 몰던 사람이 가슴을 쓸어내리면서,

“이 녀석! 이게 뭐 하는 짓이야? 간 떨어질 뻔했잖아!”

아이는 아이대로 속상해서 울었어요.

“선생님이 나에게 신이 있다고 하셨는데 이게 뭐야? 아파.”

다음 날 아이는 선생님에게 그 일을 이야기하면서 따졌어요.

“저에게 신이 있다고 하셨잖아요? 근데 코끼리에게 죽을 뻔했어요. 왜 거짓말하신 거예요?”

그러자 선생님이 혀를 쯧쯧 차더니,

“내가 모든 곳에 신이 있다고 했잖느냐? 코끼리도 그렇고, 코끼

리를 모르는 사람도 마찬가지야. 신께서 비키라고 소리쳤는데 왜 그 말을 듣지 않았던 게냐?"

아이는 선생님 말씀을 듣고서 멍해졌어요. 그제야 깨달은 거죠.

'아! 모든 곳에 신이 있다는 게 그런 뜻이구나.'

그 뒤로 아이는 다른 사람들은 물론이고 동물이나 사물까지 모든 존재를 존중하면서 살아갔다고 해요. 자기 자신을 더 소중하게 챙기면서요.

 연이
 퉁이
 엄지
 세라
 뀨 아재
  뭉이쌤

세라   엄지야, 멋지다! 신이 어디에나 있다는 어려운 말을 이렇게 쉽게 풀어내다니.

엄지   저도 처음 들었을 때 감탄했어요. 곧바로 와닿았거든요.

퉁이   재미있으면서도 뭔가 경건해지는 느낌. 방금 신께서 말씀하신 거 잖아? 엄지 신.

엄지   '네, 퉁이 신님!' 하고 대답할 걸 기대했다면 접어 두셈.

퉁이   아아, 냉정한 신.

뀨 아재   아니, 재치 있는 신!

연이   하하. 모든 존재에게 신이 깃들어 있으니 그 모두를 존중해야 한 다는 말을 다들 기억해 주세요.

뭉이쌤   모든 존재가 신을 지니고 있다는 건 다른 말로 하면 신이 제각각 다른 모습이라는 뜻도 돼. 사람도 마찬가지지. 다들 생김새도 다 르고 능력이나 성격도 다르잖아? 그걸 인정하고 존중하는 게 중 요하지.

퉁이   역시, 쌤은 해석의 신이세요.

세라   오, 퉁이야. 방금 인정하고 존중하는 데 성공!

연이   이번에는 제가 이야기의 신이 돼 보겠어요. 잘 될지 모르지만요.

퉁이   연이 여신 홧팅!

제가 들려드리려는 이야기는 영국에서 전해 온 민담이에요. 처음 이야기를 들었을 때 신기하면서도 뭔가 멍해지는 느낌이었어요. '나에게도 정해진 운명이 있을까?' 하는 생각을 했던 것 같아요. 아, '정해진 운명'이라는 말은 안 맞을 수 있겠어요. 그게 좀 미묘하거든요.

물고기와 반지

*

영국 민담

옛날 영국에 남작 작위를 가진 귀족이 있었어요. 그는 엄청난 마법사였답니다. 특별한 책을 가지고 있어서 미래에 일어날 일들을 정확히 내다볼 수 있었대요. 어느 날 남작은 책을 펼쳐서 네 살 먹은 자기 아들의 미래를 살펴봤어요.

"엥? 이게 뭐야! 내 아들이 요크 민스터에서 방금 태어난 촌뜨기 여자애랑 결혼하게 된다고?"

말도 안 되는 일이라고 생각한 남작은 자리를 박차고 일어나 요크 민스터로 말을 달렸어요. 마을에 도착해서 둘러보니 어느 오두막집 문간에 웬 사내가 축 처진 모습으로 앉아 있었답니다. 남작이 사정을 묻자 사내는 한숨을 푹 쉬더니,

"나리, 저에게는 아이가 이미 다섯이나 있습니다. 근데 딸이 또 태어났지 뭡니까. 찢어지게 가난한 처지에 이 애들을 어떻게 다 먹여 살릴지 도저히 답이 안 나옵니다요."

"어허, 그런 사정이 있었군! 여보게, 그럼 내가 그 아기를 데려

가면 어떻겠나? 나는 딸을 갖는 게 소원이거든."

그러자 사내의 표정이 환해졌어요. 사내는 얼른 안으로 들어가더니 아기를 데리고 나와서 남작에게 건네줬답니다. 아기를 받아든 남작은 다시 말을 타고 달려가다가 우즈강 근처 인적 없는 곳에서 아기를 포대기째 강물에 집어 던졌어요. 이제 자기 아들이 그 아이와 결혼할 일은 없어진 거죠.

그 후 15년이 지난 어느 날, 남작은 우즈강 근처로 친구들과 사냥을 하러 나왔다가 한 어부의 집에 물을 얻어 마시러 갔어요. 그때 한 소녀가 물을 가지고 나오는데, 너무 예쁜 거예요. 눈이 부실 정도로요. 동행한 친구 하나가 남작에게 물었어요.

"남작, 이 여자아이가 누구하고 결혼할 운명인지 알 수 있겠소?"

"뭐, 보나 마나 시골뜨기 아니겠소? 그래도 내가 한번 점을 쳐 보지."

남작은 소녀를 불러서 생년월일을 말해 보라고 했어요. 소녀가 그 말을 듣더니,

"나리, 저는 생일을 몰라요. 15년 전에 강물을 떠내려오던 저를 아버지가 건지셨대요."

남작은 깜짝 놀랐어요. 걔가 예전에 자기가 강물에 던진 바로 그 아이일 줄이야. 남작은 친구들에게 얼렁뚱땅 말을 둘러댄 뒤 그곳을 떠났어요. 그러고는 얼마 뒤 혼자 소녀를 찾아와 말했답니다.

"애야, 내가 네 운명을 바꿔 주마. 이 편지를 가지고 스카버러에

있는 내 동생을 찾아가렴. 그러면 한평생 편히 지내게 될 거야."

소녀는 밝게 웃으면서 고맙다고 인사했어요. 편지에 자기를 죽이라는 내용이 써 있는 줄도 모르고 말이죠. 소녀는 곧바로 길을 떠나 스카버러로 향했답니다. 보따리 속에 편지를 잘 간직하고요.

그런데 그날 밤, 소녀가 묵은 여관에 도둑이 든 거예요. 도둑들이 손님들의 짐을 뒤지다 소녀의 보따리도 풀어 봤는데, 돈은 하나도 없고 허름한 옷가지들과 봉투 한 장뿐이었죠. 근데 그 봉투가 꽤 고급인 거예요. 그래서 귀한 걸 기대하고 열어 봤더니 그냥 편지 한 장뿐인데, 여자아이를 죽이라는 내용이지 뭐예요.

"허! 이런 나쁜 놈이 있나. 우리도 좋은 놈은 아니지만 이건 너무 심하잖아!"

도둑 대장은 글씨체를 그대로 흉내 내서 편지 내용을 바꿨어요.

사랑하는 동생아, 이 편지를 가져가는 아이를 즉시 내 아들과 결혼시키거라.

- 너의 형 험프리가

도둑들은 보따리를 원래대로 싸 놓고서 그곳을 떠났어요. 소녀는 다음 날 아무것도 모르고 부지런히 걸어 스카버러에 도착했죠. 남작의 동생은 편지를 읽어 보더니 소녀를 한번 훑어보고서 고개를 끄덕였어요. 그는 곧바로 결혼식을 준비해서 자기 조카를 소녀와 결혼시켰답니다. 그 집안에선 남작의 말이 곧 법이었거든요. 무조건 따라야 해요.

제일 놀란 건 벼락 결혼을 하게 된 소녀였어요. 근데 신랑이 꽤 잘생긴 데다 착하기까지 한 거예요. 거부할 이유가 없었죠. 제일 좋아한 건 남작의 아들이었답니다. 콧대 높은 귀족 딸들만 보다가 순박하고 예쁜 시골 아가씨를 만나니까 너무 행복한 거예요.

문제는 그의 아버지였어요. 얼마 뒤 집으로 돌아온 남작은 일이 잘못된 걸 알고는 얼굴이 시뻘게졌어요. 하지만 티를 내면 안 되잖아요?

"애야, 나랑 산책하면서 얘기 좀 하자꾸나."

남작은 소녀를 꾀어서 인적이 드문 곳으로 갔어요. 바닷가 아득한 언덕 위에 도착한 남작은 소녀를 절벽 쪽으로 잡아끌었습니다.

"여기까지다. 너는 우리 삶에서 사라져야 해. 그게 운명이야. 내가 직접 손을 쓰기 전에 스스로 뛰어내리거라."

그러자 소녀가 무릎을 꿇고 애원했어요.

"남작님, 살려 주세요. 말씀대로 깨끗이 사라질게요. 살려 주시면 다시는 나리와 아드님 앞에 나타나지 않겠습니다."

소녀의 말에 남작은 잠깐 고민하더니 손가락에 꼈던 금반지를 빼서 절벽 아래 바닷물 속으로 휙 집어 던졌어요.

"저 반지를 되찾기 전에는 두 번 다시 내 앞에 나타나지 않는 거다. 냉큼 사라져! 아무도 모르는 곳으로!"

겨우 목숨을 건진 소녀는 정처 없이 길을 떠났어요. 아주아주 먼 곳으로요. 소녀는 어느 귀족의 성에서 일자리를 얻어 허드렛일을 하며 지내게 됐답니다. 어부의 집에서 늘 집안일을 하면서 지냈기 때문에 부엌일은 자신 있었죠. 지난 일을 생각하면 쓸쓸했지만, 운명이라고 여기면서 새 삶을 시작했답니다.

그렇게 시간이 흐르던 어느 날, 성에 손님이 찾아왔어요. 부엌에서 무심코 손님을 바라보던 소녀는 기절할 뻔했답니다. 남작하고 아들이 떡하니 서 있지 뭐예요. 그게 자기 남편이잖아요? 마음이 싱숭생숭하죠. 하지만 소녀는 두 사람 앞에 나타나지 않고 몸을 숨겼어요. 부엌에 틀어박혀서 음식을 만드는 데 열중했죠. 서빙은 다른 하녀에게 맡기고서요.

응접실에 음식이 착착 준비됐어요. 애피타이저가 나가고 메인 요리가 나올 시간이에요. 그날의 메인은 물고기였어요. 물고기 요리는 최고였답니다. 식사를 마친 남작이 기분이 좋아져서 말했어요.

"최고의 요리였소. 이 음식을 만든 사람을 보고 싶구먼."

그러자 하녀들은 부엌으로 달려갔어요. 다음 순간, 사람들 앞에 모습을 드러낸 건 남작이 죽이려고 했던 그 소녀였답니다. 소녀가 활짝 웃으면서,

"음식이 마음에 드셨다니 다행이에요."

남작은 제정신이 아니었어요. 그는 얼굴이 시뻘게진 상태로 자리에서 벌떡 일어나서 소녀에게 다가갔습니다. 아들이 떨면서 말리려 했지만 소용없었어요. 당장 큰일이 벌어지기 직전이었죠.

그때 소녀가 웃으면서 한 손을 들어 올렸답니다. 소녀의 손을 본 남작은 깜짝 놀랐어요. 절벽 아래로 내던진 금반지가 왜 거기

있느냔 말예요.

"반지 멋지죠? 조금 전에 저 물고기 배 속에서 나왔답니다."

그 순간, 남작은 온몸의 힘이 탁 풀렸어요. 하늘이 내린 운명을 바꿀 수 없다는 걸 깨달은 거죠. 남작은 조용히 고개를 끄덕이면서 소녀의 손을 잡았답니다. 그리고 아들을 불러서 아내의 손을 잡게 했어요. 아들은 너무 좋아서 눈물이 글썽. 남작이 사람들에게 큰 소리로 말했어요.

"이 아이는 나의 며느리입니다. 하늘이 맺어 준 인연이니 사람이 가를 수 없습니다."

남작은 며느리에게 지난 일을 사죄한 뒤 요크 민스터에 사는 소녀의 가족과 우즈강 근처의 어부 가족을 다 불러서 아들과 소녀의 결혼식을 다시 한번 성대하게 베풀었어요. 그 일은 스카버러에서 하나의 전설이 되었답니다.

퉁이　연이야, 이 전개 뭐야? 운명을 피하려고 하다가 운명을 완성한 거네. 오묘하다.

연이　내가 오묘하다고 했잖아. 남작이 굳이 여자아이를 없애려고 하지 않았으면 인생이 달라졌을 거야. 남작 집안이랑 얽힐 일이 아예 없었겠지.

뀨 아재　그러니 운명.

뭉이쌤　운명이라고 하면 뭔가 고정된 것처럼 생각하는데 그렇지가 않아. 운(運)이라는 말 자체가 움직인다는 뜻을 가지고 있지. 운명은 움직이면서 만들어지는 거라고 할 만해.

엄지　그렇구나. 근데 참 신기해요. 그렇게 만들어진 결과가 예언이랑 딱 맞아떨어지는 게요.

퉁이　그러게. 그런 마법책 있으면 좋겠어. 내 미래의 짝을 미리 만나 보는 거지.

연이　에고. 참으세요, 오빠. 모르는 게 약입니다요.

세라　연이 말이 맞아. 우리나라에도 사주팔자나 토정비결 같은 게 있잖아? 재미로 보면 몰라도 그걸 너무 믿고 매달리다 보면 부작용이 생기게 돼. 내 주변에도 사주팔자랑 점에 의존하는 사람이 있는데, 보면 늘 불안하더라고.

노고할망   자기 삶을 열심히 살아가는 게 운명을 만드는 방법이지.

뀨 아재   소녀가 그런 사람.

연이   맞아요. 소녀가 참 대단해요. 갓난아기 때 부모랑 헤어져서 몇 번
이나 죽을 뻔했잖아요? 그런데도 예쁘고 바르게 컸어요. 그 덕분
에 잘된 거라고 생각했어요.

퉁이   소녀가 운명을 만든 사람이라니 반전이다.

뭉이쌤   하하. 그게 인생의 묘미지. 이야기의 묘미이기도 하고.

엄지   진짜 마법책은 이야기책이군요.

퉁이   오, 그 말 멋졌음.

뀨 아재   그럼 이제 내가 마법책을 펼쳐 볼까? 행운의 마법책으로.

사람에게 정해진 운이 있다고들 하는데, 이리저리 떠도는 운이나 갑자기 턱
얻어걸리는 운도 있는 법이거든. 나는 그런 운을 믿는 사람이지. 일컬어 행운
의 사나이! 내 생각에 그걸 믿고 안 믿고는 아주 큰 차이야. 지금 하는 이야기
를 들어 보면 다들 믿게 될걸. 뭐, 못 믿으면 그만이고.

지식과 행운

덴마크 인담

옛날 어느 곳에 특별한 친구들이 있었어. 한 명은 지식, 한 명은 행운. 늘 붙어 다니는데 성격은 딴판이야. 지식은 늘 진지하게 뭔가를 골똘히 따지는데, 행운은 뭐가 좋은지 늘 룰루랄라. 그런데 어느 날 둘 사이에 토론이 붙은 거라. 지식이 말했어.

"난 말이지, 네가 인간에게 무슨 도움이 되는지 통 모르겠어. 사람을 성장시키고 성공시키는 건 지식이잖아?"

"어허, 그게 무슨 소리? 삶을 움직이는 건 행운이거든!"

둘은 논쟁 끝에 한 사람을 콕 찍어서 시험해 보기로 했어. 마침 들판에서 힘들게 쟁기질을 하고 있는 소년이 눈에 들어온 거라. 딱 봐도 일자무식에다가 가난에 찌든 아이야. 행운은 지식에게 선공을 양보했지.

"자, 그 훌륭하다는 지식으로 저 친구를 한번 성공시켜 봐."

그러자 지식은 고개를 끄덕이고 소년에게 다가갔어. 지식이 사람 눈에는 보이지 않거든. 소년 앞에 서더니 개한테 텔레파시를

치지지지직! 그러자 먹고사는 데 필요한 지식들이 소년에게 차자 자자작. 소년은 잡고 있던 쟁기를 딱 멈췄어.

"뭐지? 내 안에 지식이 충만해. 이 정도면 무슨 일이든 완벽하게 해낼 수 있겠어. 가자, 도시로! 나의 이 위대한 지식으로 화려한 성공 인생을 경영하는 거야."

말투부터 단번에 지식인처럼 바뀌는 거라. 그 모습을 바라보는 지식의 표정이 뿌듯. 행운을 척 바라보면서 '어떠냐?' 하듯이 눈을 찡긋. 행운은 '어, 그래.' 하듯이 고개를 끄덕.

쟁기를 버리고 도시로 향한 소년이 찾아간 곳은 시계 공장이었어. 세상에 수많은 물건이 있지만 시계만큼 정교한 게 드물잖아? 시계를 제대로 만들려면 많은 지식이 필요하거든. 근데 애가 그 지식을 완벽하게 마스터한 거야. 최고 명장으로 소문난 왕실 시계공을 다짜고짜 찾아가서는,

"명장님, 제가 시계를 좀 만질 줄 압니다. 견습생 자리를 주십시오."

그런데 시계공이 애를 보니까 영 아닌 거라. 그동안 쟁기를 끌면서 살았으니 손이 거칠고 뭉툭했거든.

"그 손으로 시계를 만지겠다고? 돼지를 잡아서 고기 써는 일을 해 보지 그래."

애가 지식이 많잖아? 예상했던 반응이야. 소년은 포기하지 않고 계속 시계공을 설득했어. 그 말빨이 상당하거든. 결국 소년은 말단 견습생 자리를 얻는 데 성공했지. 하지만 독립 작업실 요청

은 보기 좋게 거부낭했어. 시스템상 그건 오버거든.

근데 처음 주어진 일이 뜻밖이야. 탑시계의 문자판을 닦으라는 거라. 위대한 지식을 쓰기에는 너무 단순한 작업이지. 하지만 거기도 지식은 필요하거든. 소년이 그 작업을 보란 듯이 훌륭히 해내니까 다들 다시 보지 뭐. 하지만 그 정도가 개한테 딱 어울리는 일이라고 여기는 거야.

바로 그때 왕실에서 시계공에게 특별한 미션을 내렸어. 왕의 말로 표현해 볼게.

"테이블 위를 혼자서 걸어 다니는 시계를 만들라. 내가 '이리 오너라.' 하면 내 앞에 와서 차렷 자세로 정확한 시간을 알려 주는 시계. 할 수 있지? 못 한다는 말 금지. 기한은 일주일. 그래, 인심 썼다. 한 달!"

"전하! 그런 시계는 아무도……."

"못 한다는 건가? 그럼 당장 해고!"

그게 어떻게 오른 자리인데, 해고는 안 되지. 시계공은 한번 해 보겠다고 대답한 뒤 마음이 무거워진 상태로 작업실로 돌아왔어. 종로에서 뺨 맞고 한강에서 화풀이라고, 괜히 아랫사람에게 짜증이지 뭐. 그때 말단 견습생이 썩 나서더니,

"제가 할 수 있을 것 같습니다. 작업실만 내주시면요."

그러자 시계공이 더 짜증이야. 명장으로 이름난 자기도 못 하는 걸 어떻게 말단 견습생이 하겠냐 말이지. 그래 어떻게든 자기가 해 보려고 하는데 영 되질 않는 거라. 공연히 시간만 낭비했지 뭐.

그때 말단 견습생이 다시 슬쩍 찾아와서,

"저에게 맡겨 주십시오. 못 하면 목숨을 내놓겠습니다."

맡겨 봐야 본전이잖아? 시계공은 그럼 어디 한번 해 보라면서 혼자 쓸 수 있는 작업실을 마련해 줬어. 기대는 조금도 안 하지 뭐. 그 사이에 뭐가 간다? 시간이 착착착 흘러간다! 며칠이 지났을 때 시계공은 한번 말단 견습생 방에 슬쩍 가 봤어. 견습생이 설계 도면을 척 들어 보이더니,

"어떻습니까? 이렇게 하면 되지 않겠어요?"

시계공이 설계 도면을 보니까 그게 초정밀 최첨단 설계거든. 눈이 동그래지고 입이 쩍 벌어지는 걸 애써 참으면서,

"뭐, 이 정도면 나쁘지 않군. 잘해 봐."

그러고 나왔는데 속으로는 얼마나 궁금하겠어. 이삼일 있다가 다시 슬쩍 견습생 작업실에 들어가니까 그 친구가 활짝 웃으면서,

"이제 부품이 다 준비됐어요. 조립만 하면 됩니다."

부품을 만들어 놓은 걸 보니까 시계공이 깜짝 놀라지 뭐. 하지만 그는 이번에도 무심한 척 잘해 보라면서 그곳을 떠났어. 그러고 나서 며칠 뒤.

"명장 어르신! 드디어 완성됐습니다."

테이블 위에 시계가 하나 놓였는데 겉보기에는 특별한 게 없거든. 시계공이 자리에 앉더니,

"이리 오너라!"

그러자 시계가 그 앞으로 착착착착 걸어오더니 '오후 2시 20분

15초입니다.' 이렇게 말하는 거라. 완전 정확하지 뭐. 시계공은 몇 번 더 시계를 시험해 본 뒤 잘 챙겨 가지고 궁궐로 향했어. 만일의 경우를 대비해서 견습생도 데리고 갔지.

왕이 시계를 시험해 보니까 자기가 주문한 그대로야.

"폐하! 오후 4시 15분 57초입니다."

왕이 아주 흐뭇해져서 시계공에게 물었어.

"이렇게 잘할 수 있으면서 처음에 왜 못 한다고 한 건가? 날 놀린 거야?"

기껏 시계를 바쳤더니 추궁이 들어올 줄이야. 그 왕이 아주 무서운 사람이거든. 어영부영하다가는 박살이야.

"그게 아니고, 여기 이 견습생이 시계를 만들었습니다."

왕이 깜짝 놀라지 뭐.

"저 어린 친구가 이걸 해냈다고? 오호, 너 나랑 얘기 좀 하자."

이것저것 물어보니까 막힘이 없지 뭐. 백과사전이 머리 안에 다 들어 있거든.

"여봐라! 내 외동딸도 고칠 수 있겠나? 걔가 말을 한마디도 안 하거든."

"해 보겠습니다!"

"좋았어. 성공하면 너는 내 사위가 되는 거다. 이 나라 후계자가 되는 거지. 하지만 실패하면 곧바로 사형이야. 내가 온 나라에 그렇게 공포했거든."

그게 목숨이 걸린 일이지 뭐냐. 하지만 소년은 자신 있었어. 머릿속에 작전이 착착착착착. 소년은 곧바로 실행에 들어갔지.

소년이 공주 있는 방에 들어가 보니까 한쪽에서 광채가 퍼져 나와. 공주의 미모가 뿜어내는 광채. 하지만 소년은 공주를 못 본 척하고서 방에 걸려 있는 거울 앞으로 다가갔어. 그러더니 심각한 표정으로 거울에게 이야기를 하기 시작했지.

"거울아, 내가 진짜 답답한 일이 있거든. 생사가 걸린 일이야. 얘길 들어 보고 답을 좀 해 줘. 옛날에 세 사람이 있었거든. 한 명은 재봉사, 한 명은 조각가, 또 한 명은 선생님. 혹시 불침번이라고 아니? 밤에 난롯불이 꺼지지 않도록 지키는 거야. 두 사람은 자고 한 사람씩 교대로. 첫 순서는 조각가였어. 밤에 혼자 불을 지키려니 졸리잖아? 꾸벅꾸벅 조는데 자그맣게 아기 울음소리가 들리지 뭐니. 보니까 풀밭에 웬 어린아이가 있는 거야. 조각가는 아이를 데려와서 재봉사를 깨웠어. 마침 교대할 시간이었거든. 재봉사는 불을 지키면서 벌거벗은 아이를 위해 옷을 하나 만들어 입혔지. 그러고는 선생님을 깨웠어. 선생님은 그 아이에게 말하는 것을 가르쳤지. 그러고서 날이 밝았는데 세 사람이 다 개가 자기 아이라고 해서 다툼이 난 거야. 그 아이는 세 사람 중 누가 맡는 게 옳겠니? 네 대답에 내 목숨이 걸렸거든. 좋은 대답 부탁할게. 자, 말해 줘."

거울이 말을 할 리가 없잖아? 자꾸 재촉하는데도 답이 없으니까 소년이 완전히 울상이야. 공주가 한쪽에서 그걸 보는데 너무나 답답한 거라. 소년이 눈을 감고 우는 사이에 슬그머니 거울 뒤로

가더니,

"그 아이는 조각가에게 속하는 게 맞아요. 그가 처음 아이를 찾았잖아요. 옷을 입히고 말을 가르친 건 그다음 일이에요."

소년이 속으로 '성공!' 하고 외치면서,

"고마워, 거울아. 네 말이 맞다. 덕분에 살게 됐어."

소년은 당당하게 방을 나와서 대기 중이던 신하들에게 말했어.

"들으셨죠, 공주님이 말하는 거? 제가 성공했어요."

그런데 이게 웬일이야. 신하들이 그걸 인정하지 않는 거라.

"뭐라고? 공주님 목소리 못 들었어!"

"무슨 소리예요? 거울이 얘기했잖아요?"

"그래, 거울 속에 있는 네가 말했겠지. 어설픈 속임수 따위 안 통해."

그러면서 어디로? 다짜고짜 교수대로. 소년은 교수대에 묶인 채로 사형 집행을 기다리는 신세가 됐지. 가지고 있는 모든 지식을 동원해서 변명도 하고 설득도 했지만 조금도 통하질 않아. 마음먹고 죽이려 드는 사람들을 어떻게 이기느냔 말야. 소년은 포기하고 고개를 떨궜어.

그 모든 광경을 누가 지켜보고 있었다? 지식과 행운. 지식이 열심히 한다고 한 결과가 사형이라니 황당하지. 행운이 말했어.

"어떤가, 친구? 이제 내가 나서 볼까?"

지식이 시무룩해서 고개를 끄덕끄덕. 행운이 교수대에 있는 소년에게 다가가더니 좋은 운을 차자작! 그때가 사형 집행인이 칼을

내리치기 직전이었거든. 갑자기 누가 달려오더니,

"멈춰라!"

보니까 그게 왕이지 뭐야. 옆에는 누구? 아름다운 공주.

"저분이 막혔던 말문을 틔워 줬어요. 저분하고 결혼할 거예요."

왕이 기분이 좋아서 껄껄껄. 걔가 초정밀 자동 시계도 척척 만들어 내는 재주꾼인데 사윗감으로 아주 그만이지 뭐. 소년은 공주하고 결혼해서 알콩달콩 잘 지내다가 떡하니 그 나라 왕이 됐다는 얘기야.

아, 지식하고 행운은 어떻게 됐느냐고? 지식이 결국 내기에서 진 거잖아? 행운 앞에 납작 엎드렸지 뭐. 그러자 행운이 이렇게 말했다고 해.

"어허 친구, 그러지 마. 사실 99퍼센트는 자네가 한 거거든. 나는 마지막에 그냥 숟가락만 얹은 것뿐이라고. 내 자리는 그걸로 충분하다네. 하하."

지식이 행운한테 말빨로도 졌지 뭐. 그때부터 행운을 형님처럼 모셨다는 이야기. 끝.

퉁이　아재, 전 행운아예요. 이런 이야기를 듣고 있으니까요.

뀨 아재　오, 퉁이가 뭘 좀 아는군. 내 행운 마음껏 가져가셈. 가져가도 줄지 않으니까.

엄지　저는 지식 편인가 봐요. 소년이 거울 앞에서 재미있는 이야기를 해서 공주를 말하게 한 대목이 좋았거든요.

연이　나도 그 대목 좋았음. 소년이 다 잘한 것 같은데 뭐가 문제였는지 모르겠어. 그냥 운이 없었던 것뿐일까?

뭉이쌤　소년이 엄청난 지식으로 멋진 기술을 발휘하잖아? 그런데 그 과정에서 적을 만든 게 아닐지 생각해 볼 만해. 왕실 시계공도 그렇고 신하들도 그렇고, 얘를 탐탁하게 보지 않잖아?

연이　오, 그런가요? 하긴 학교에서도 뭐든 다 안다고 잘난 척하는 아이들이 적이 많아요.

뀨 아재　지식의 한계. 아니, 지식에 의존하는 삶의 한계.

세라　저도 지식과 논리를 중시하는 쪽이거든요. 그런데 이야기를 듣고 나니 행운의 몫을 마련해 둬야겠다는 생각을 했어요. 이야기에서는 1퍼센트로 말했지만, 한 10퍼센트나 20퍼센트 정도로요.

퉁이　누나, 좀 짠 거 아니에요? 나는 그냥 50퍼센트!

노고할망　그건 좀 과한 것 같구나.

세라　맞아요. '난 행운아야!' 하면서 아무렇게나 행동하면 문제가 생길 수 있어요.

뀨 아재　1퍼센트가 딱 적당. 단, 결정적인 순간에 제대로 된 한 방으로.

뭉이쌤　그 1퍼센트가 절망을 희망으로 바꾸고 죽음을 삶으로 바꿀 수 있지요. 이야기 속 소년처럼요.

엄지　결정적인 1퍼센트의 행운, 잘 기억해 둘게요.

노고할망　그래. 그게 엄지에게 아주 큰 힘이 될 거야.

퉁이　그럼 이제 행운아 퉁이가 행운의 이야기를 이어 보겠습니다.

제가 들려드릴 이야기는 러시아 민담집에서 찾은 설화입니다. 책 속에 운에 대한 재미있는 이야기들이 있더라구요. 그중에 제가 선택한 이야기는 <행운과 불운>입니다. 원제목이 '두 종류의 운'이었는데 제가 살짝 바꿔 봤어요.

행운과 불운

러시아 민담

옛날에 어느 농부에게 아들이 두 명 있었습니다. 농부가 죽고 나서 두 아들은 차례로 결혼식을 올렸어요. 형은 가난한 여자하고 결혼했고, 동생은 부잣집 여자를 짝으로 맞았습니다. 형제 부부는 부모님에게 물려받은 집에서 함께 살았는데 자꾸 다툼이 일어났어요. 아내들이 자꾸 부딪치는 거예요.

"내 남편이 형이니까 내가 하라는 대로 해."

"흥! 내가 더 돈이 많은데 왜 그래야 하지?"

이런 식이었어요. 형제는 더는 함께 살기가 어렵겠다고 판단하고 재산을 갈라 따로 살기로 했습니다. 둘은 아버지에게 물려받은 재산을 공평하게 나누었어요.

그 후 형제의 삶은 완전히 달라졌습니다. 형의 집에서는 계속 자식이 태어났고 형편이 점점 나빠졌어요. 결국 완전히 망해 버렸습니다. 끼니를 때우기 어려울 정도였죠. 한때 기쁨을 줬던 자식들이 이제는 짐이 돼 버렸어요. 그런데 동생 집은 반대였습니다.

일이 술술 잘 풀려서 큰 부자로 떵떵거리면서 사는 거예요. 형은 너무나 답답했습니다. 동생 집을 생각하면 더 그랬어요.

어느 날 형은 가난을 견디다 못해서 동생 집에 도움을 청하러 갔어요. 하지만 동생은 냉정했습니다.

"왜 이래, 형. 재산을 공평하게 나눴잖아? 형이 해결할 문제야."

형은 너무 속상하고 화가 났지만 가족을 생각해서 꾹 참으며 아쉬운 소리를 했어요.

"다른 건 됐고, 너희 집 말들을 딱 하루만 빌려줘. 밭만 갈고서 바로 돌려줄게."

그러자 동생이 얼굴을 찌푸리면서 말했어요.

"알겠어. 딱 한 마리! 하루만 쓰고 돌려주기야."

형은 고개를 끄덕이고서 동생의 말이 있는 데로 갔어요. 가 보니까 처음 보는 사람들이 동생의 말들로 밭을 갈고 있었습니다. 형이 놀라서 소리쳤어요.

"여봐! 당신들은 누구요? 왜 내 동생의 말들을 맘대로 부리는 거야?"

그러자 한 사람이 말했어요.

"우리가 누구냐고? 당신 동생의 행운이지 누구겠소. 지금 주인을 위해 봉사하고 있는 거라우. 주인은 편안하게 먹고 놀면서 즐기고 말이지."

세상에! 동생이 가만히 있어도 행운들이 알아서 부자로 만들어 주고 있지 뭐예요. 형은 맥이 탁 풀렸습니다.

"에휴! 내 행운은 어디서 뭘 하고 있담!"

"당신 집 뒤뜰에 가 보슈. 덤불 속에서 밤낮 잘도 자더만. 빨간 셔츠를 입고서 말이지."

그 말을 들은 형은 화가 나서 집으로 달려왔어요. 자기 행운에게 따끔한 맛을 보여 주겠다고 마음먹었죠. 형은 굵다란 막대기를 들고 뒤뜰로 살금살금 다가가서 덤불에 누워 있는 행운의 옆구리를 힘껏 내리쳤습니다. 행운이 깜짝 놀라서 일어나면서,

"아니, 잘 자고 있는데 왜 이래요? 웬 시비?"

"이놈아! 내 동생의 행운은 열심히 밭을 갈고 있는데 넌 여기서 잠만 자 놓고는 뭘 잘했다고 큰소리야? 우리 집 망해 가는 거 안 보이냐구?"

그러자 행운이 어깨를 한 번 으쓱하더니,

"그래서 지금 나한테 밭을 갈라는 거요? 어림없어요. 장사라면 몰라도."

"뭐, 장사? 지금 나한테 장사를 하라는 말이야? 쫄딱 망해서 팔 것도 없어, 이놈아!"

"아내 옷이라도 한번 팔아 봐요. 물건 되겠던데."

그게 오래된 옷들이거든요. 그걸 판다는 건 생각도 못 했던 일이죠. 하지만 형은 밑져야 본전이라고 생각하고 옷들을 챙겨서 시장으로 갔어요. 그랬더니 이게 웬일이에요. 자기 행운이 척 나서서 옷을 착착 파는데 금방 다 팔려서 돈이 생긴 거예요. 그 돈으로 다른 옷을 사서 파니까 돈이 착착착 불어났습니다.

‘그래, 이거였어!’

집으로 돌아온 형은 가족들을 데리고 읍내로 이사 갈 준비를 했습니다. 농사를 그만두고 장사를 하기로 한 거예요. 가족들이 다들 어안이 벙벙하죠. 하지만 반대는 없었어요. 그곳에서 사는 게 지긋지긋했으니까요.

형이 가족들과 함께 짐을 다 챙긴 뒤 오두막 문을 잠그려고 할 때였어요. 누군가가 지하실에서 슬피 우는 소리가 들렸습니다. 형이 다가가서 물었어요.

“누구요? 누가 거기서 우는 겁니까?”

그러자 대답 소리가 들려왔어요.

“접니다. 당신의 불운! 왜 나만 여기 남겨 두고 떠나는 거예요? 가지 말아요.”

그 말을 들은 형은 지하실 문을 열고 들어가서 불운에게 말했어요.

“내가 몰랐어. 데려갈 테니 걱정하지 마. 여기 이 상자 속으로 들어가렴.”

불운이 웃으면서 상자 속으로 들어가자 형은 상자를 꽉 닫은 뒤 자물쇠를 철컥 채웠어요.

“이 녀석! 내가 왜 너를 데려가겠냐? 너하고는 이제 영원한 이별이다.”

형은 그 상자를 가지고 나와서 땅을 깊이 판 뒤 꽁꽁 묻었습니다. 불운이 울면서 풀어 달라고 했지만 형은 꿈쩍하지 않았어요.

그러고서 읍내로 옮겨 간 형은 본격적으로 옷 장사를 시작했습니다. 행운이 열심히 일한 덕분에 형은 얼마 안 가서 동생보다도 더 큰 부자가 됐어요.

형이 부자가 됐다는 소식은 동생에게도 전해졌습니다. 이상하게 생각한 동생이 형을 찾아와서 물었어요.

"아니, 형이 무일푼 알거지였던 걸 내가 잘 아는데 어떻게 부자가 된 거야?"

"그거? 간단해! 내 불운을 땅속에다 묻어 버렸거든."

형은 지하실에서 울던 불운을 상자에 가둬서 땅속에 묻은 일을 사실대로 얘기했어요. 동생은 고개를 끄덕이더니 형이 살던 곳으로 달려가서 형의 불운이 묻힌 곳을 삽으로 파기 시작했습니다. 상자가 나오자 동생은 자물쇠를 부수고 문을 열었어요.

"자, 어서 네 주인을 찾아가거라. 가서 마음껏 기운을 써 봐."

그러자 형의 불운이 말했어요.

"아뇨. 그 사람한테 안 갈래요. 정떨어졌어요. 이제 당신이 내 주인입니다. 친절하게도 나를 풀어 주셨으니까요."

불운은 동생에게 찰싹 달라붙어서 떨어지지 않았습니다. 동생이 떼어 내려고 했지만 헛수고였죠. 얼마 지나지 않아 동생은 쫄딱 망해서 알거지가 돼 버렸답니다.

연이　오빠, 재미있다. 멋진 결말이었어. 나는 형이 다시 망하는 줄 알았거든.

뀨 아재　불운 좀 멋진데. 정의 구현!

엄지　그래서 사람은 마음을 곱게 써야 해요. 가난한 형을 무시할 때부터 알아봤어요.

세라　사람마다 자기만의 행운과 불운이 있다는 게 참 그럴듯하다. 형의 행운은 농사가 아니라 장사 쪽이었잖아? 각자 자기 개성과 능력을 살려야 잘살 수 있다는 말을 이렇게 재미있게 풀어 낼 줄이야. 잘 써먹어야겠어.

통이　하하. 우리의 행운은 농사도 장사도 아니고 이야기 쪽인 건가요?

노고할망　행운 중에 걔가 최고지. 밑천도 필요 없고, 관리비도 안 들고.

뭉이쌤　맞아요. 그가 힘을 내면 불운이 저절로 힘을 잃고 숨어 버리죠.

연이　저는 사람마다 운이 있다는 것보다 그 운이 다른 사람에게 옮겨 갈 수 있다는 게 신기해요.

통이　맞아. 내가 처음 이 이야기를 봤을 때, 불운이 동생을 주인으로 삼는 대목에서 소리를 질렀다니까!

뭉이쌤　형이 그 불운을 상자에 가둬서 땅에 파묻어 버리잖아? 매정해 보이지만 불운을 떨쳐 내는 좋은 방법이지.

퉁이　　앞으로 불운이 닥쳐오면 꽁꽁 가둬서 파묻어 버리겠어요.

엄지　　저도요. 아주 좋은 방법이에요.

퉁이　　오오, 엄지와 내가 의견 일치를? 이거 행운의 신호다. 크크크.

뭉이쌤　그래, 좋구나. 그런데 행운을 너무 믿을 일은 아니야. 모든 일에
　　　　　는 양면성이 있는 법이거든.

뀨 아재　행운과 불운은 동전의 양면 같은 것.

세라　　인정해요. 그럼 이제 제가 이야기를 이어 나가 볼게요.

얘들아, 내가 아주 특별한 행운을 찾아 나선 사람 이야기를 해 볼게. 폴란드에서 전해 온 민담이야. 얼마나 특별한 행운이냐면, 원하는 모든 걸 단번에 다 이룰 수 있는 정도야. 하루아침에 인생 역전이지 뭐. 그런데 그 행운에는 한 가지 제한이 있었어. 그걸 미리 말하면 바보겠지? 한번 잘 들어 봐.

마법의 고사리꽃

폴란드 민담

폴란드에 아주 오랜 옛날부터 전해 온 이야기가 있었어. 일 년 중 가장 밤이 짧은 날이 하짓날이잖아? 그날이 그곳에선 '성 요한의 날'이야. 그날 밤에 고사리꽃이 피는데, 그 꽃을 따서 품에 간직하면 세상에서 가장 큰 행운을 얻는다는 거야. 꽃이 피는 고사리는 몇 개? 단 한 개. 수많은 고사리 중 하나가 구석진 데서 아주 잠깐 꽃을 피운다는 거지. 작은 꽃인데 따고 나면 크고 아름다운 꽃송이로 변한다고 해.

이게 아주 오래된 전설이거든. 하지만 고사리꽃을 발견한 사람은 아무도 없었어. 찾으러 나선 사람도 없었지. 가는 길이 정말 험하고 어렵다고들 했거든. 온갖 괴물들이 덤벼든다는 거야. 게다가 꽃을 얻는 데는 또 다른 조건이 있었어. 죄를 짓지 않은 순결한 손이라야만 꽃을 딸 수 있다는 것. 이래저래 쉽지 않지 뭐.

그때 야책이라는 소년이 있었어. 착하면서도 좀 괴상한 아이야. 다들 안 된다고 하는 거 꼭 하려는 성격, 알지? 애한테 신기한 보물 얘기 같은 거 금지야. 가만있질 않거든. 근데 어떤 할머니가 야책에게 고사리꽃 얘기를 했지 뭐니. 눈이 반짝반짝! 그걸 찾는 게 얼마나 어려운가 어떤가 하는 말은 귀에 들어오지도 않아.

"내가 그 꽃을 따겠어. 진짜로 있다고 믿는 자에게는 나타나는 법이거든."

그때부터 얘가 다른 일을 제쳐 두고 성 요한의 날만 기다리는 거야. 하루가 일 년 같지 뭐. 마침내 그날이 오고 밤이 다가왔어. 아이들은 성 요한의 날 행사에 참여하느라고 들떠 있었지. 하지만 제일 들뜬 건 야책이야. 야책은 몸을 깨끗이 씻은 뒤 하얀 셔츠에 깃털 모자 차림으로 남몰래 숲으로 들어갔어. 밤하늘에 별이 가득한데 달은 없었지. 별빛이 땅을 밝히진 못하잖아? 숲속이 완전 깜깜하지 뭐.

거기는 야책이 늘 다니던 숲이거든. 어디가 길인지 빤히 알아. 근데 그날 밤은 도저히 길을 찾을 수가 없지 뭐니. 자기가 알던 숲이 아닌 거야. 몇 아름이나 되는 나무 둥치가 우뚝 서 있는가 하면 바닥에는 돌부리랑 나무줄기가 잔뜩 널부러져 있어. 가다가 꽈당, 또 꽈당! 날카로운 가시덤불과 쐐기풀, 도깨비풀은 왜 그리 많은지 몰라. 게다가 어둠 속에서 하얀 눈, 노란 눈, 파란 눈, 빨간 눈이 번득번득. 야책은 고개를 세차게 흔들면서 중얼거렸어.

"다 허깨비야. 겁먹으면 안 돼."

하지만 그건 허상이 아니었어. 야책은 계속 여기저기 걸려 넘어지고 가시에 찔려야 했지. 천신만고 끝에 거길 벗어나고 나니까 이번엔 질퍽한 늪지대가 앞을 가로막지 뭐니. 우회로는 없었어. 그냥 밟고 지나가는 게 유일한 방법이야. 근데 천천히 움직이면 발이 푹푹 빠지거든. 야책은 온 힘을 다해서 빠르게 걸음을 옮겼어. 푸욱, 쑤욱, 푸욱, 쑤욱…… 최악의 장애물 경주야. 사투 끝에 거길 통과하고 보니까 허벅지까지 진흙이 가득이더래.

다시 얼마를 갔을까. 야책의 눈앞에 낯선 덤불이 나타났어. 거대한 덤불인데, 잘 보니까 그게 바로 고사리지 뭐니. 야책의 눈이 반짝. 덤불을 이리저리 살피는데 줄기 하나에 뭐가 반짝. 보니까 다이아몬드처럼 빛나는 작은 꽃이야. 황금빛 꽃잎 다섯 장 속에서 깨알만 한 눈이 뱅글뱅글. 야책의 가슴이 쿵쿵. 손을 뻗어서 꽃을 따려는 순간, 갑자기 어디서 꼬끼오! 그러자 꽃은 흔적도 없이 사라지고 사방에서 이상한 웃음소리만 울려 퍼졌지. 온갖 시끄러운 소리에 머리가 윙윙. 야책은 그대로 땅바닥에 쓰러졌어.

얼마 만에 눈을 떴는지 몰라. 보니까 자기 사는 오두막 침대지 뭐니. 엄마가 눈물을 흘리면서,

"애야, 깨어났구나. 너를 잃는 줄만 알았어."

숲속을 이리저리 찾아 헤맨 끝에 반죽음 상태로 쓰러져 있는 걸 발견했다는 거야. 애가 고사리꽃을 찾으러 갔다는 말을 못 하지. 그냥 입을 꾹. 속으로는 어떤 생각을 했을까?

'포기하지 않아. 내년 성 요한의 날에 승부를 보겠어!'

눈앞에서 행운의 고사리꽃을 놓쳤잖아? 그러니 더 미련이 남는 거야.

이어진 일 년은 오로지 성 요한의 날을 기다리는 시간이었어. 시간은 더없이 느렸지만 결국 그날은 다시 왔지. 야책은 다시 깨끗하게 차려입고 숲으로 들어갔어. 근데 숲속 풍경이 지난번하고 딴판이지 뭐니. 나무가 듬성듬성 서 있는 사이로 수많은 바위들이 어지럽게 흩어져 있었어. 바위는 이끼가 가득해서 미끄러웠지.

한참을 가다 보니 바위 사이로 고사리들이 보이기 시작했어. 고사리는 갈수록 많아졌지. 헤아릴 수 없을 정도야. 하지만 꽃은 통 보이지 않았어. 그 대신 줄기가 갑자기 쭉 자라나서 앞을 가로막곤 했지. 몸이 닿으면 날카로운 신음 소리가 쫙! 소름이 쭉!

그렇게 가고 또 가고 한참을 걸었을 때 드디어 기다리던 것이 나타났어. 다섯 개 황금 꽃잎 속에서 작은 눈이 뱅글뱅글 도는 행운의 꽃. 야책은 곧바로 달려가서 손을 쭉 뻗었지. 바로 그때, 어디선가 꼬끼오! 꽃은 이번에도 흔적 없이 사라져 버렸지. 소년은 맥이 빠져서 자리에 털썩. 하지만 정신을 잃지는 않았어. 마음에 뜨거운 불길이 피어올랐지.

"두고 봐라. 삼세번이야!"

야책은 갑자기 밀려온 피로감에 눈을 감았어. 한참 만에 눈을 떠 보니까, 날이 훤히 밝았는데 마을에서 멀지 않은 곳이었지. 집으로 돌아온 야책은 낡은 침대에 몸을 던졌어.

"애야, 무슨 일이니? 무덤에서 나온 사람 같아."

엄마가 걱정 가득한 표정으로 말했지만 야책은 아무 말도 하지 않았어. 그 뒤에도 도통 입을 열려고 하지 않았대. 부모 형제와 친구들한테 모두.

다음 해 성 요한의 날 밤, 야책은 다시 숲속에서 고사리꽃을 찾고 있었어. 밤새 어둠 속을 헤맸지만 꽃은 좀처럼 보이지 않았지.

"아아, 없어! 이걸로 끝인가……."

바로 그때, 자기 발밑에서 뭐가 반짝한 거야. 행운의 꽃이 자기를 바라보면서 눈을 깜빡. 야책은 재빨리 손을 뻗어서 꽃을 잡았어. 손이 타는 듯 뜨거웠지만 야책은 힘을 주고 꽃을 뚝 꺾었지. 그러자 꽃이 점점 크게 자라나지 뭐니. 전설로 들은 그대로야. 꽃이 어찌나 눈부신지 똑바로 볼 수가 없더래. 야책은 꽃송이를 셔츠 안에 넣었어. 심장이 있는 왼쪽 가슴으로. 그때 심장이 울리면서 이상한 소리가 퍼져 나온 거야.

"드디어 나를 가졌구나. 좋다. 이제 행복은 너의 것이다. 너는 나의 힘으로 원하는 것을 다 얻게 될 것이야. 다만 한 가지! 그 행복을 누구하고도 나누어서는 안 된다. 그러면 모든 게 사라지게 되지. 어떠냐?"

야책은 벅찬 기쁨으로 들떠 있었어. 그런 조건 따위는 상관없었지.

"아무렴. 내가 행복하면 그걸로 충분해!"

그 순간, 야책은 품속의 꽃송이가 몸에 달라붙어 자라면서 심장에 뿌리를 내리는 걸 느꼈어. 자기랑 완전히 한 몸이 된 거지. 그러면 꽃이 도망갈 일도 없고 도둑맞을 일도 없잖아? 야책은 만족스럽게 웃으면서 고개를 끄덕였어. 그러고는 하늘을 향해 크게 소리쳤지.

"야책! 드디어 해낸 거야!"

숲에서 나오는 길은 들어갈 때와 완전히 달랐어. 길이 은빛으로 빛나고 나무들이 알아서 착착 물러서지 뭐니. 덤불들은 알아서 고개를 숙이고, 꽃들은 웃으면서 인사를 해. 야책은 고개를 쳐들고 성큼성큼 걸으면서 어떤 소원을 빌지 궁리했지.

"그래. 멋진 궁궐과 화려한 도시, 수많은 시종과 드넓은 영토…… . 왕이 되는 거야."

그 순간 야책은 전혀 다른 세상에 완전히 다른 사람으로 서 있었어. 낡은 셔츠는 최고급 옷으로 바뀌고 황금으로 장식된 신발이 발을 감싸고 있었지. 시종들이 백마 여섯 마리가 끄는 마차를 대령하고 허리를 굽혀서 예를 갖추더니,

"전하! 마차에 오르소서."

하루아침에 인생 대역전이야. 떡하니 마차에 올라앉아서 궁궐에 도착하고 보니까 꿈에서만 보던 것들이 한가득. 세상에, 이게 다 내 거라니! 밤새 움직이느라 피곤했던 야책은 깃털 침대에 풀썩 몸을 던졌어. 곧바로 잠들었는데 시간이 얼마나 흘렀는지도 몰라. 눈을 떴더니 배 안에서 꼬르륵. 하지만 문제는 없었지. 최고급 진수성찬이 앞에 떡 차려졌거든. 다시 확인해 봐도 모든 건 꿈이 아니었어.

야책은 마음껏 먹고 마신 뒤 정원으로 나갔어. 신기한 꽃나무와 과일나무가 가득한데, 한쪽은 푸른 바다와 닿아 있고 맞은편은 멋

진 숲이더래. 그 사이로 투명한 초록빛 시내가 졸졸졸. 시냇물 속에서 오색 물고기들이 퐁퐁퐁. 입이 안 다물어질 정도야.

'가만, 내가 살던 마을은 어디쯤이지?'

하지만 그 생각은 금방 스쳐 지나갔어. 또 다른 화려한 풍경이 앞에 착착착 펼쳐졌거든. 보물 창고에 들어가 보니까 갖가지 귀한 보석들이 가득하고, 오색 종이가 쌓여 있는데 그게 또 평범한 종이가 아니야. 원하는 것들을 척척 만들어 내는 요술 종이! 최고의 장난감이지 뭐.

"멋지다! 엄마 아빠에게 갖다주면 어떤 반응일까?"

하지만 야책은 얼른 그 생각을 지웠어. 행복을 나누면 안 된다는 고사리꽃의 말이 떠오른 거지.

"부모님은 부모님 인생을 사는 거야. 나는 나대로 사는 거고. 꽃을 찾은 건 나잖아."

야책은 계속 새로운 놀이를 찾아냈어. 세상에는 신기한 볼거리도 많고 재미있는 놀거리도 많잖아? 맛있는 것도 많고 말야. 시간 가는 줄 모르지 뭐. 나중에는 얘가 생무를 먹고 감자를 먹더래. 그게 새로운 음식이 된 거지. 최고 미녀들이 추는 화려한 춤을 즐기다가 그것도 질리니까 그다음엔 뭘 하느냐면 공연히 시종들을 괴롭히는 거야. 그것도 얼마 안 가니까 싫증 나지 뭐.

하여튼 그렇게 몇 년을 지내다 보니까 모든 게 다 재미가 없어지는 거야. 옛날 하던 대로 갈퀴로 낙엽을 긁고 삽으로 땅을 파 보기도 했지만 영 집중이 안 돼. 그런 일을 하면서 먹고살 때랑은 천지 차이지 뭐.

야책은 점점 향수에 젖어 들기 시작했어. 부모님과 친구들을 만나고 싶은 생각이 점점 커져만 갔지. 하지만 그들을 만나면 행운을 나누게 될 거잖아? 야책은 보고 싶은 마음을 애써 누르고 또 눌렀어. 하지만 어느 날, 야책은 더 참지 못하고 소리쳤어.

"마차야, 우리 부모님 계신 오두막으로 날 데려다줘."

그러자 말들이 나는 듯이 달리는데, 눈을 한 번 감았다 떠 보니까 낯익은 풍경이야. 자기 살던 집은 변한 게 하나도 없었지. 우물 옆의 낡은 여물통, 장작을 쪼개던 나뭇등걸, 이끼가 무성한 지붕, 그 옆에 받쳐진 사다리……. 야책의 눈에 눈물이 고였어.

'그런데 사람들은 다 어디 있지?'

그때 허리 굽은 노파가 그을음 가득한 옷을 입고서 문을 열고 나온 거야.

'아아, 엄마!'

야책은 마차에서 내려섰어. 그때 늙은 개가 털을 세우고 달려들면서 짖어 대지 뭐니. 개가 자기를 알아보지 못할 줄이야! 엄마는 어땠을까? '저 사람이 누군가?' 하는 표정이지 뭐. 야책의 가슴이 쿵쿵쿵.

"엄마! 저 야책이에요."

노파가 '무슨 말인가?' 하는 표정으로 바라보더니 고개를 저으면서,

"농담하지 마세요. 야책은 이 세상에 없어요. 그 아이가 살아 있

다면 소식 한 번 안 전할 리 없죠. 개는 불쌍한 부모 형제가 굶주려 죽도록 놔둘 아이가 아니에요. 우리 야책은요, 가족들과 나눠 가질 수 없다면 어떤 행복도 마다할 아이였어요.”

그 말에 야책은 힘없이 고개를 떨궜어. 그때 그는 주머니 속에 든 금을 만지작거리고 있었거든. 그걸 꺼내려던 야책은 순간 동작을 멈췄어. 그걸 주면 모든 게 사라져 버리는 거잖아. 그가 가만히 서 있으니까 다른 가족들이 하나둘 모여들어서 낯선 사람을 구경하기 시작했지. 야책은 말없이 돌아서서 마차에 올라탔어.

자신만의 낙원으로 돌아온 야책은 즐거움을 가져다줄 수 있는 모든 걸 다 했어. 음악과 춤, 맛있는 음식, 사냥과 채찍질 등등. 하지만 가슴은 커다란 돌멩이를 매단 것처럼 무겁기만 했지.

야책은 그렇게 일 년을 보낸 뒤 참지 못하고 다시 자기 살던 오두막으로 갔어. 모든 게 이전과 같았지. 그런데 부모님 모습이 안 보이지 뭐니. 문을 열고 나타난 건 동생이었어.

“애야, 부모님은 안 계시니?”

“엄마는 아파서 누워 계셔요. 그리고 아빠는…… 묘지에…….”

야책은 개가 달려드는 걸 아랑곳하지 않고 오두막 안으로 들어갔어. 엄마는 낡은 침대에 누워서 신음하고 있었지. 이번에도 엄마는 야책을 알아보지 못했어. 초점 없는 눈으로 무심하게 바라볼 뿐이야. 야책도 입을 열 수가 없었단다. 황금을 쥔 손을 끝내 주머니에서 꺼내지 못했지.

‘어머니는 곧 떠나시겠지만…… 나는 아직도 살날이 창창해.’

야책은 오두막에서 나와서 마차에 오른 뒤 궁궐로 돌아왔어. 자기 방으로 들어간 야책은 방문을 걸어 잠그고서 한참을 울고 또 울었대.

야책은요, 가족들과 나눠 가질 수 없다면 어떤 행복도 마다할 아이였어요.

엄마가 했던 말이 천둥처럼 쿵 쿵 쿵. 야책은 그 소리를 잊으려고 시끄러운 음악과 화려한 춤에 둘러싸여서 술을 마구 들이켰어. 사냥하러 나가서 미친 듯이 뛰어다니기도 했지. 하지만 그 소리는 좀처럼 사라지지 않았어.

그렇게 일 년이라는 시간을 더 보냈을 때, 야책은 몸이 장작개비처럼 여위고 얼굴빛이 노랗게 변했어. 완전히 딴 사람이지 뭐. 어느 날 그는 결국 괴로움을 참지 못하고 황금을 가득 챙겨서 오두막으로 달려갔어. 모든 걸 잃더라도 어머니와 형제들을 구하기로 결심한 거야.

"마음대로 해 보라지! 차라리 그냥 죽고 말겠어. 가슴속의 이 징그러운 벌레와는 더 이상 같이 살 수 없다고!"

오두막은 예전과 마찬가지였어. 여물통, 나뭇등걸, 이끼 낀 지붕, 사다리…… 그런데 아무 인기척이 없는 거야. 잘 보니까 문이 막대기로 받쳐져 있지 뭐니. 창문으로 들여다보니까 안이 어둑해. 그때 거지 한 명이 다가오더니,

"나리, 그 오두막에는 아무도 없어요. 거기 살던 사람은 굶주림

과 병으로 다 죽었다우."

세상에서 제일가는 행운의 주인공은 몸이 돌덩이처럼 굳은 채로 한참을 서 있다가 악을 쓰듯이 소리쳤어.

"다 내 잘못이야. 그러니 나도 죽여라!"

그 순간, 땅이 쩍 갈라지면서 그를 안으로 쭉 빨아들인 거야. 행운의 사나이는 그렇게 지상에서 영원히 사라져 버렸다고 해. 마법의 고사리꽃을 가슴에 담은 채로 말이지. 그래서 어떻다? 이제 그 꽃을 찾으려고 해 봤자 헛수고다.

퉁이   누나, 무섭다. 이렇게 끝날 줄 몰랐어요.

연이   나도. 너무 슬퍼.

뀨 아재   남들과 나누지 못하는 행복은 뭐?

연이·엄지   재앙!

퉁이   그렇게 힘들게 찾아낸 행운이 재앙이었다니, 야책이 불쌍해.

세라   내 생각엔 본인 책임이 커. 몇 번이나 돌이킬 기회가 있었잖아.

엄지   맞아요. 멍청해. 그깟 부귀가 뭐라고.

뭉이쌤   사람의 심리가 원래 그래. 처음부터 없었다면 모르지만 한번 크게 누리고 나면 버리기가 쉽지 않지.

노고할망   내가 비밀을 하나 말해 줄까? 그 고사리꽃 만든 게 꽤나 짓궂은 신이야. 아마 어딘가에 비슷한 걸 다시 만들어 놨을걸?

연이   정말요? 무섭다.

뭉이쌤   종종 뉴스에서 보지 않니? 세계적인 재력가나 남부러울 것 없는 연예인이 해서는 안 될 선택을 하는 일.

연이   헉! 그 사람들도 고사리꽃에 걸린 건가요?

세라   그 비슷하지 않겠니?

퉁이   근데 누나가 그 꽃이 없어졌으니 찾아봐야 헛수고라고 했잖아요?

뀨 아재   그건 꽃이 있어도 그냥 없는 거로 치라는 말씀.

세라　　맞아요. 바로 그거예요.

퉁이　　나누지 못하는 행복은 재앙이라는 말씀, 가슴에 꽃처럼 새겨 두

　　　　겠습니다!

연이　　오, 그 꽃 괜찮다!

뭉이쌤　하하. 이제 내가 이야기 하나 해 보도록 하마.

다들 저승에 창고가 있다는 이야기 기억하는지 모르겠네. 저승 부자 매일장상 이야기. 이승에서 베푼 만큼 창고에 재물이 쌓인다는 거지. 그런데 하늘에도 특별한 창고가 있다고 해. 사람들의 복을 간직하고 있는 창고. 문제는 그 복의 크기가 사람마다 제각각이라는 거야. 누구는 금수저 누구는 흙수저, 이런 식이지. 이거 어떻게 해야 할까? 한번 들어 봐.

복 빌려 온 나무꾼

한국 민담

옛날 한 마을에 차복이라는 나무꾼이 살았어. 참한 각시랑 결혼해서 오손도손 재미있게 살았지. 근데 집이 너무나 가난해서 늘 고민이야. 날마다 산에 가서 힘들게 나무를 한 짐씩 해다가 장에 가서 파는데 살림이 통 나아질 기미가 없었지 뭐냐. 잘못하다가는 그렇게 하루 벌어 하루 먹는 걸로 한평생을 보낼 판이야. 자식들까지 생기게 되면 더 문제잖아? 그럴 순 없지.

어느 날 차복은 단단히 마음을 먹었어.

"계속 이렇게 살 수는 없어. 까짓거, 고생하는 김에 제대로 해 보자. 하루에 나무를 두 짐씩 하는 거야!"

말이 좋아서 하루에 두 짐이지, 나무 두 짐을 하려면 깜깜한 새벽에 나가서 해가 넘어간 뒤까지 일을 해야 해. 하지만 차복의 결심은 차돌처럼 단단했어. 바로 그날부터 어둑한 새벽에서 어둑한 저녁까지 이를 악물고 손에 걸리는 대로 열심히 나무를 하기 시작했지. 그렇게 하니까 하루에 나무를 두 짐 하는 게 가능하더래.

"됐어. 이렇게만 하면 돼!"

그런데 이게 웬일이야. 나무를 두 짐 해서 쌓아 뒀다가 다음 날 일어나서 장에 내가려고 보면 나뭇짐 하나가 감쪽같이 사라지고 없지 뭐냐. 누가 다녀간 자취가 전혀 없는데 말이지. 하루이틀이면 그러려니 하겠는데 같은 일이 날이면 날마다 계속되거든. 이거야 원, 귀신이 곡하다가 넘어질 노릇이지.

"안 되는 놈은 뒤로 자빠져도 코가 깨진다더니 이게 대체 무슨 일이람. 에잇! 내가 범인을 꼭 잡고 말 테다."

차복은 밤중에 나무 두 짐 가운데 하나에 빈틈을 내고서 그 속으로 쏙 들어가 앉았어. 거기서 살펴보는 게 가장 확실한 방법이라고 생각한 거지. 잠시 시간이 흐르고, 꾸벅꾸벅 졸던 차복은 깜짝 놀라서 번쩍 눈을 떴어.

"어어, 이게 뭐지!"

세상에! 제 몸이 어디론가 둥실 떠오르는 거야. 머리를 빼꼼 내밀고서 살펴보니까 사방이 깜깜해서 잘 보이지 않지만 나뭇짐이 통째로 하늘로 올라가는 게 분명했지.

'히야, 하늘에서 이렇게 밤마다 나무를 훔쳐 갔던 거야? 세상에나…… 야, 차복. 정신 똑바로 차려야 된다, 너!'

그렇게 얼마를 올라갔나 몰라. 올라가고 또 올라가고 계속 올라가. 그러다 드디어 멈출 때가 됐는지 나뭇짐이 멈칫하면서 출렁. 그러더니 어딘가로 쿵!

그때 누군가의 말소리가 들려오는데, 차복이 들으니까 '이런 게 위임이구나.' 싶어. 그런데 문제는 목소리가 아니고 내용이야.

"그 녀석, 또 나무를 두 짐 했더냐! 어리석은 것. 제 복도 모르고! 쯧쯧쯧."

거기가 하늘이잖아? 차복이 머리를 굴려 보니까 그게 말로만 듣던 옥황상제가 분명해. 차복은 마음을 다잡고서 나뭇짐 밖으로 펄쩍 뛰어내렸어.

"어어어, 이게 뭐냐!"

다들 난리지 뭐. 차복이 높은 곳에 떡하니 앉아 있는 분 앞으로 썩 나아가더니,

"보십시오, 상제님! 제가 고생고생해서 해 놓은 나뭇짐을 이렇게 막 가져가시면 어떡합니까? 하늘에서 이래도 되는 거예요?"

옥황상제가 누구야. 하늘에서도 높디높은 신이거든. 차복의 말을 듣고 단번에 모든 사태를 파악했지 뭐. 눈을 부릅 치켜뜨면서,

"이놈! 네 타고난 복을 모르고 왜 이리 설친단 말이냐! 그러다가 제 명에 못 산다는 걸 모르는 게야?"

내친걸음이잖아? 차복은 지지 않고 맞섰어.

"타고난 복이라니 그게 무슨 말씀입니까? 저의 복이 미리 정해져 있다고요?"

"그래, 이놈아. 궁금하면 나를 따라오너라. 내가 특별히 가르쳐 주지."

옥황상제가 걸음을 옮기자 차복이 그 뒤를 따라나섰어. 하늘나라 신하들이 어째야 할지 몰라 허둥지둥. 그런 일은 하늘과 땅이

갈라진 이래로 처음이거든.

옥황상제가 차복을 이끌고 간 곳은 커다란 창고였어. 문을 열고 들어가 보니 무수한 주머니들이 주렁주렁 매달려 있는데, 크기도 모양도 제각각이야. 차복이 가까이 가서 살펴보니까 주머니마다 사람 이름이 적혀 있지 뭐냐.

"봐라, 이놈아! 이게 네 주머니다."

자기 이름이 붙어 있는 복주머니를 본 차복은 맥이 탁 풀렸어. 눈에 잘 띄지도 않을 정도로 쬐그마한 주머니였거든.

"아이고, 이게 내 복이라고?"

그 주머니를 어루만지노라니 눈물이 좔좔. 다른 사람의 커다란 주머니를 바라보노라니 한숨만 푹푹. 그때 차복의 눈이 둥그레졌어. 다른 것과 비교가 안 될 정도로 커다란 주머니가 근처에 걸려 있지 뭐냐.

"상제님! 대체 이건 누구의 복주머니길래 이렇게나 크단 말입니까? 와……."

"그건 석숭이 것이야. 복을 엄청 타고났지. 머잖아 세상에 태어날 게다."

바로 그때, 석숭의 복주머니를 유심히 바라보던 차복이 갑자기 옥황상제 옷자락을 붙잡고서 통사정을 시작했어.

"상제님, 제 말씀 좀 들어 보십시오. 석숭이라는 자가 누군지는 모르지만 아직 세상에 태어나지도 않았다면 그 복을 저한테 잠시만 빌려주시면 안 되겠습니까? 나중에 돌려주면 되잖습니까. 네?

상제님!"

그러자 옥황상제가 잠깐 당황해. 그런 건 전혀 예상에 없었거든. 잠시 고민을 하더니만,

"듣고 보니 말은 되는구나. 잠깐 빌려주지 뭐."

차복이 얼굴이 환해져서,

"진짜지요? 고맙습니다, 상제님!"

"하지만 때가 되면 주인한테 복을 돌려줘야 한다. 석숭이 일곱 살 되는 날을 넘기면 안 돼."

"네네, 명심하겠습니다요."

차복은 이렇게 해서 하늘나라에서 석숭의 복을 빌려 가지고 지상으로 돌아왔어. 하늘에 잠깐 머물렀는데 아래로 내려와 보니까 여러 날이 지나가 있더래. 남편이 실종된 줄 알고 안달하던 색시가 남편을 붙잡고서 눈물을 줄줄. 그 손을 잡으면서 차복이 말했어.

"여보, 됐어요! 이제 우리도 잘살 수 있어. 내가 하늘에서 복을 빌려 왔거든."

아내는 그게 무슨 말인가 하고서 눈만 끔뻑끔뻑.

아니나 다를까, 다음 날부터 차복이 하는 일이 풀리기 시작하는데, 세상이 이렇게 달라질 줄이야. 나무를 하다 잠깐 쉬면서 밤톨을 주웠더니만 웬 노인이 부싯돌을 내밀면서 밤톨하고 바꾸재. 안 바꿀 이유가 없지. 차복이 부싯돌을 만지작거리고 있으니까 웬 포수가 오더니 자기한테 그것 좀 달래. 총을 쏴야 하는데 부싯돌이 없어서 불을 못 붙이고 있다는 거야. 노루를 두 마리 잡아 가지고

한 마리를 준다는데 안 내줄 이유가 없지. 포수가 불을 붙여서 빵!
또 빵! 가만히 앉아서 노루 한 마리가 생겨났지 뭐. 차복이 노루를
가지고 집으로 가려는데 어떤 영감이 오더니 노루를 자기 말이랑
바꾸재. 말이 도무지 말을 안 들어 먹어서 못살겠다는 거야. 마침
말을 한번 가져 보는 게 차복이 소원이었거든. 냉큼 바꿨지 뭐. 이
게 웬 횡재냐고. 그런데 그게 끝이 아니야. 다음 날 집에 낯선 사
람이 찾아와 가지고는 값을 얼마든지 줄 테니 그 말을 팔라지 뭐
냐. 사실 그게 천하 명마인데 무과 시험을 보는 데 꼭 필요하다는
거야. 그 말을 팔고 나니까 농사 밑천이 두둑해. 차복이 땅을 사서
열심히 일을 하니까 재산이 착착착 불어나지 뭐. 차복은 몇 해 만
에 갑부 소리를 듣게 됐어.

그렇게 부자가 된 차복이 자식까지 낳고 행복하게 잘 사는데,
마음 한구석에 늘 근심이 있는 거야. 그게 다 돌려줘야 하는 복이
잖아? 석숭이 언제 나타나나 하고 늘 마음을 졸이지 뭐.

그러던 어느 날, 차복의 집에 웬 거지 부부가 동냥을 왔어. 보니
까 여자가 배가 불룩한 게 곧 아이를 낳게 생겼지 뭐냐. 차복 부부
는 그들을 집으로 들여와 쉬게 하고 음식도 내줬어. 그러고서 내
보냈냐고? 아니야. 아이가 태어날 때까지 자기 집에 머물게 했단
다. 고생해 본 사람이 남의 힘든 사정을 안다잖아. 차복이 부자가
된 뒤에 늘 그렇게 살았던 거야. 어차피 돌려줄 복인데 아등바등
아낄 필요도 없지 뭐.

어느 날, 거지 여자가 배가 아프다고 야단을 하더니 아이를 쑥

낳았어. 사내아이인데, 딱 봐도 튼튼한 게 장군감이야. 울음소리
는 또 얼마나 우렁찬지 몰라. 차복이 미역국을 갖다주면서 거지
남편한테 물었어.

"축하합니다. 아이 이름은 지었나요?"

그때 거지 입에서 한마디 말이 나왔는데, 그게 천둥이지 뭐니.

"예, 석숭이라고 지을랍니다."

어허 참, 복의 임자가 다른 데도 아닌 자기 집에서 태어날 줄이
야. 차복이 속으로 한숨을 쉬면서,

'드디어 왔구나. 이제 몇 년 안 남았군. 쟤가 일곱 살 되는 설날
까지야.'

하지만 어쩌겠어. 그게 다 빌려온 거잖아. 그동안 잘산 것으로
만족해야지 뭐.

차복은 거지 부부한테 다른 데로 가지 말고 그냥 자기 집에서
함께 살자고 제안했어. 거지 가족으로서는 감지덕지지 뭐. 그게
다 무슨 복인가 싶어. 무슨 복이긴, 자기 아들 복이지!

세월은 잘도 가고 석숭도 쑥쑥 잘 컸어. 해가 가고 또 가서 석숭
이 일곱 살 되기 전날, 그러니까 섣달그믐날이지. 차복은 석숭 일
가족을 앞에 두고서 지난 사연을 이야기하기 시작했어. 먹고살려
고 나뭇짐을 두 짐씩 하다가 하늘에 올라간 이야기, 하늘 창고에
서 석숭의 복을 빌려온 이야기, 그리고 이제 그 복을 돌려줄 때가
됐다는 이야기.

"자, 제 복은 여기까지입니다. 이제 임자한테 돌려드립니다. 덕

분에 그동안 잘살았어요. 석숭아, 이 집 재산은 이제부터 전부 다 네 것이다."

그게 천만뜻밖의 말이잖아? 거지 부부가 당황해서 한동안 입을 못 열더니,

"어떻게 이 재산을…… 어떻게 저희가……."

그때 어린 석숭이 썩 나서더니,

"아버지, 어머니! 당연히 받아야지요. 내 복이라잖아요! 이제부터 내가 이 집 주인입니다요! 하하하."

차복 부부는 고개를 끄덕이고, 석숭 부모는 쟤가 뭐 하는 짓인가 하고 어안이 벙벙해. 그때 석숭이 뭐라고 하느냐면,

"그 대신 제가 오늘부터 두 분을 양부모로 모시렵니다. 지금처럼 함께 사는 거예요."

그 말에 석숭의 부모가 오오오! 차복 부부와 자식들의 얼굴이 활짝!

그 뒤로 석숭은 세상에서 제일가는 부자가 되고 차복도 그와 함께 평생을 평안히 잘살다가 엊그저께 죽었다는 이야기야. 내가 장례식에 가 봤는데, 완전 호상이더군.

연이　와, 재미있어요. 이야기에 행복한 기운이 넘쳐나요.

뭉이쌤　응, 나도 석숭한테 복을 잠깐 빌려 봤어.

퉁이　오, 그럼 저도 빌릴 수 있는 거예요? 최고다!

뭉이쌤　차복도 빌렸는데 우리라고 안 된다는 법 없잖아? 더군다나 잠깐 빌리는 것쯤이야.

엄지　하늘나라 복 창고에 제 주머니는 어떤 모양일지 궁금해요.

세라　내 생각에는 꽤 클 거 같은데. 우리 모두.

뀨 아재　동의! 이렇게 재미있게 이야기를 나누는 복, 아무나 누리는 거 아니죠.

노고할망　내가 비밀을 살짝 얘기해 주면, 그 주머니가 늘 같은 크기가 아니고 커졌다 작아졌다 해요.

연이　와, 진짜요? 그거 멋지다. 원래 큰 것보다 작은 걸 크게 키우는 게 더 행복하잖아요.

뀨 아재　연이가 인생을 좀 아는군. 소녀 철학자 인증.

퉁이　이야기에서 석숭이 큰 부자가 되잖아요? 뭔가 그럴 만하다고 생각됐어요. 돈이 많을수록 더 편안할 것 같은 느낌. 차복은 그렇지 않았거든요.

뭉이쌤　옥황상제가 차복더러 무리하면 탈이 난다고 했잖아? 세상에는 가진 게 많으면 오히려 불안하거나 힘겨운 사람도 있지.

세라   차복이 좀 그런 면이 있어요. 석숭이 나타나면 재산이 사라질 일을 늘 걱정하잖아요.

연이   타고난 복이 있다는 게 그런 뜻일까요? 사람마다 어울리는 크기나 양이 있다고 하는…….

뭉이쌤   그렇지. 근데 중요한 게 뭐냐면, 내 복이 작아도 곁에 복 많은 사람이 있으면 문제없다는 거야. 차복 같은 사람은 자기가 돈이 많은 것보다 옆에 석숭이 있는 게 더 나을 수 있지.

뀨 아재   재산 관리도 만만한 일 아니죠.

퉁이   관리가 힘들지 않고 걱정할 필요도 없는 재산도 있어요.

연이   옛날이야기 말하려는 거 맞지?

퉁이   앗! 읽혔다.

뭉이쌤   사용하면 사용할수록 더 불어나는 게 옛이야기지. 좋은 재산 맞아.

노고할망   그 재산, 저승 창고에도 착착 쌓인다우.

퉁이   오예! 옛이야기 만세! 나는 이야기 석숭이 돼 보겠습니다.

세라   그래요, 이야기 부자님. 널리 널리 잘 나눠 주세요.

퉁이   넵. 우리 모두 다 함께요. 홧팅!

일동   홧팅!

나도 이야기꾼

기본 스토리텔링

이번 스테이지에서 만난 이야기 중 가장 마음에 드는 것을 골라서 다음과 같은 단계로 스토리텔링 활동을 해 보자.

step 1: 책에 쓰인 그대로 이야기를 소리 내어 읽는다.

step 2: 책에 쓰인 그대로 이야기를 소리 내어 읽되, 가상의 청자에게 말해 주듯이 읽는다.

step 3: 청자에게 이야기를 전달하되, 틈틈이 책을 참고한다.

step 4: 청자에게 이야기를 전달하되, 책을 참고하지 않는다.

step 5: 청자에게 이야기를 전달하되, 표현과 내용을 조금씩 자신의 방식대로 바꿔 본다.

step 6: 완전히 내 것이 된 이야기를 구연 환경과 청자의 성향에 맞춰 내용과 표현을 자유자재로 조절하며 전달한다.

이야기별 재창작 스토리텔링

다음은 이번 스테이지에서 만난 이야기들에 대한 활동거리이다. 이 중 하나 이상을 골라 스토리텔링 활동을 해 보자.

<이 세상은 운동의 태양>

① **이야기 확장하기:** 만약 다섯 번째 태양이 끝나고 여섯 번째 태양이 시작된다면, 어떤 세상이 어떻게 열릴지 상상해서 이야기해 보자.

<모든 곳에 있는 신>

② **관련된 경험 이야기하기:** 살면서 신이 있다는 걸 느껴 본 경험을 이야기해 보자. 가까운 일상 속에서 경험한 것이면 더욱 좋다.

<물고기와 반지>

③ **이야기 배경 공간 찾기:** 세계 지도에서 요크 민스터와 우즈강, 스카버러 등을 찾아보고 인물들의 동선을 체크해 보자.

④ **이야기 흐름 바꾸기:** 소녀가 부모와 살았음에도 남작의 아들과 결혼하는 내용으로 이야기를 바꿔 보자. '운명적 만남'의 요소를 살리도록 한다.

<지식과 행운>

⑤ **상대방 칭찬하기:** 지식과 행운으로 배역을 나누어서 상대방의 미덕과 역할을 칭찬해 보자. 이야기 내용을 반영해서 말하도록 한다.

<행운과 불운>

⑥ **나의 운들과 대화하기:** 나의 집 어딘가에서 행운이나 불운을 만났다고 가정하고 나와 행운(불운)의 가상 대화를 구성해 보자.

<마법의 고사리꽃>

⑦ **문제의 원인 분석하기:** 야책이 비극적 결말을 맞은 가장 큰 원인은 무엇이었을지 분석해서 의견을 말해 보자.

⑧ **화소를 그림으로 나타내기:** 마법의 고사리꽃을 각자의 감각으로 그려 보자. 이야기 속의 묘사에 구애받지 않고 자유롭게 표현하도록 한다.

<복 빌려 온 나무꾼>

⑨ **이야기 흐름 바꾸기:** 차복이 석숭 가족을 거두지 않고 먼 곳으로 보내 버렸다고 가정하고 뒷이야기를 이어 가 보자.

⑩ **나의 복주머니 만들기:** 각자 자신의 복주머니를 만들고 그 속에 들어 있을 만한 것들을 쪽지에 써서 넣어 보자. 가방이나 보자기, 봉투를 이용해도 좋다.

이야기 연계 스토리텔링

1. 이 스테이지에 있는 이야기들 가운데 한 편을 골라서 이야기에 녹아들어 있는 인생철학을 하나의 명제나 격언의 형태로 써 보자. 아래의 예시를 참고한다. 이후 각자 작성한 내용을 발표하고 제일 멋진 것을 선정해 본다.

   ㉠ 〈마법의 고사리꽃〉: 남들과 나누지 못하는 행복은 재앙이다.

2. 다음 인물들을 참석자로 하여 '진정한 행운이란 무엇인가?'에 대한 가상 좌담회를 진행해 보자. 각자 인물의 배역을 맡아서 의견을 말하도록 한다. 한 인물 배역을 2명이나 3명이 나눠 맡아도 좋다.

   (1) 〈물고기와 반지〉의 소녀
   (2) 〈지식과 행운〉의 소년
   (3) 〈마법의 고사리꽃〉의 야책
   (4) 〈복 빌려 온 나무꾼〉의 차복

3. 이 외에 이야기들을 흥미롭게 연계할 수 있는 여러 가지 방법을 찾아보고 이를 토대로 다양한 스토리텔링 활동을 해 보자.

선의와 믿음, 긍정의 힘

이번에는 이 할배가 먼저 이야기를 시작하게 됐네요. 동남아시아의 미얀마에서 전해 온 이야기를 해 볼게요. 예전에 미얀마를 한번 가 봤었는데 사람들이 참 따뜻하고 순박했어요. 이 이야기를 들으면서 그때가 생각나서 고개가 끄덕여졌답니다. 짧지만 울림이 있는 이야기예요.

세 명의 수행자

✳

미얀마 민담

먼 옛날은 아니고 조금 옛날의 이야기예요. 미얀마의 시골 마을에 한 소녀가 엄마 아빠와 함께 살았답니다. 아빠는 아침이면 일하러 나가고 소녀는 학교에 공부하러 갔지요.

어느 날 엄마가 집안일을 하다가 빨래를 널러 나갔는데 마을 정원에 긴 수염을 가진 수행자 세 명이 앉아 있었어요. 그곳 사람들이 스님과 수행자들을 존중하거든요. 이 엄마도 마찬가지였어요. 엄마는 수행자들을 집에 모셔서 차를 대접하고 싶었답니다. 수행자들께 공손히 인사를 하고서,

"스승님들, 저희 집에 들어가서 쉬었다 가시겠어요?"

"고마운 말씀입니다만, 집에 다른 가족이 계신가요?"

"지금은 저 혼자랍니다."

그러자 수행자들이 천천히 고개를 끄덕이더니,

"그러시군요. 우리네 예법이 여자 혼자 있는 집에는 들어가지 않는답니다."

엄마는 많이 아쉬웠지만 어쩔 수 없었어요. 수행자들의 예법을 따라야 하니까요. 그런데 얼마 있다가 남편하고 딸이 함께 집으로 들어온 거예요. 오는 길에 수행자들을 봤느냐니까 정원에서 쉬는 걸 보고 인사를 나눴다고 해요.

"아직 거기 계시는구나. 그분들을 집에 모셔서 가르침을 받고 싶어요."

그러자 소녀도 좋다고 하고 아빠도 그러면 좋겠다고 해요. 엄마는 밖으로 달려가서 수행자들께 말했어요.

"저희 남편하고 딸이 집에 돌아왔어요. 세 분을 집으로 초청해서 말씀을 듣고 싶습니다."

그러자 수행자들이 고개를 끄덕이더니,

"감사합니다. 하지만 우리 가운데 한 사람만 초청할 수 있어요. 우리 소개를 할 테니 들어 보고 생각대로 고르시면 됩니다. 나는 보다나예요. 부귀와 재산이라는 뜻이지요."

"나는 보아우나예요. 풍요와 안락이라는 뜻입니다."

"나는 봄밋다랍니다. 자애를 뜻하죠."

엄마가 그 말을 듣고 나니 누구를 청해야 할지 고민이에요. 엄마는 집으로 와서 가족들에게 말했어요.

"수행자 세 분이 보다나와 보아우나, 봄밋다였어요. 내 생각엔 보다나를 청하면 좋을 듯한데 어때요? 우리 집이 가난해서 재산이 필요하잖아요."

그러자 아빠가 말했어요.

"내 생각에는 보아우나가 좋겠어요. 풍요와 안락이 찾아오면 행복할 거예요."

그때 소녀가 나서서 말했어요.

"엄마, 그리고 아빠. 딱 한 분만 초청해야 한다면 저는 봄밋다님을 모셔야 한다고 생각해요. 우리 집이 자애의 향기로 가득하면 정말 행복할 거예요. 다른 일도 잘 풀릴 거고요."

그러자 아빠가 말했어요.

"우리 딸 생각이 깊구나. 네 말대로 봄밋다를 초청하자꾸나."

엄마도 좋다고 고개를 끄덕이고서 수행자를 청하러 나갔어요.

"스승님들! 저희 집에 봄밋다님을 초청하기로 결정했어요."

그러자 수행자들은 조용히 고개를 끄덕였어요. 봄밋다가 자리에서 일어나서 엄마의 뒤를 따랐지요.

그때, 생각하지 못했던 일이 벌어졌어요. 보다나와 보아우나가 일어나더니 봄밋다의 뒤를 따라서 움직인 거예요. 세 명의 수행자는 차례로 집 안으로 들어왔답니다.

"스승님들이 다 들어오셔서 정말 좋아요. 그런데 한 분만 초청할 수 있다고 하시지 않았나요?"

그러자 봄밋다는 말없이 미소만 짓고 보아우나가 말했어요.

"만약에 나나 보다나를 청했으면 한 명만 들어왔을 거예요. 봄밋다를 청하셨기 때문에 우리도 따라서 들어올 수 있었던 거랍니다. 자애의 뒤에는 모든 것이 따르는 법이거든요."

그 말에 엄마와 아빠는 손을 모으며 감탄했어요. 자애 가득한

눈으로 어린 딸을 바라봤지요.

자애가 깃든 그 집에는 풍요와 안락이 따르고 부귀와 재산도 자연히 따라와서 오래오래 잘 살았다고 합니다. 풍요와 안락, 부귀가 따르지 않았더라도 잘 살았을 거예요. 집 안에 자애가 넘치니까요.

로테 이모 감동적인 이야기네요. 아이들이 어른보다 낫다는 걸 실감할 때가 많아요.

엄지 저는 딸의 의견을 존중한 부모님이 훌륭해 보였어요.

동이 자애가 넘치는군. 좋아 좋아!

연이 자애가 들어오면 다른 모든 것이 따라 들어온다는 게 정말 마음에 와닿았어요.

세라 사실 그런 좋은 말은 세상에 아주 많잖아? 그런 법이야, 하고 말했으면 그러려니 했을 거야. 그런데 이렇게 이야기로 풀어내니까 더 실감 나게 와닿는 거 아닌가 싶어.

뭉이쌤 바로 그거예요. 스토리로 표현된 인생철학이지요. 그런 철학은 자연스럽게 사람 마음에 스며들게 됩니다. 잠깐 스쳐 가는 게 아니라 영혼에 새겨져서 오래오래 남는 거지요.

이반 제가 공대생이잖아요? 공학 분야에도 스토리를 활용하는 법을 연구해 봐야겠어요.

세라 그래, 이반. 그저 그런 스토리가 아니라 인생철학이 담겨 있는 스토리로!

약손할배 하하. 내가 마음이 뿌듯해지네요.

연이 할아버지께서 그 집에 풍요와 안락, 부귀가 따라오지 않았어도

잘 살았을 거라고 하셨잖아요? 그 말이 참 좋았어요. 진짜 풍요
와 안락은 물질적인 게 아니잖아요. 부귀도요.

엄지　맞아요. 좋은 분들하고 좋은 이야기를 나누는 일이야말로 진정한
부귀예요.

세라　저승 창고에 착착 재물 쌓이는 소리가 들리네.

이반　이번에는 제가 이야기를 해 볼게요.

러시아 옆, 핀란드 아래에 위치한 작은 나라 에스토니아에서 전해 온 민담입
니다. 에스토니아에서 한국으로 유학 온 마레트루드라는 분이 들려준 이야기
예요. 한국어 말하기 대회에서 상을 탄 적도 있는 분이라고 해요. 우리가 유럽
민담을 보통 책으로 보잖아요? 그 지역에서 오신 분이 한국말로 구술하니까
느낌이 아주 새로웠어요.

손님을 위한 검은 빵

옛날에 큰 농장을 가진 부잣집이 있었어요. 농장에는 소와 말, 양 같은 동물도 많고 농작물도 무척 많았습니다. 그 농장에는 손님이 아주 많이 찾아왔어요. 볼거리와 먹거리가 많은 데다 여주인이 무척 친절했거든요. 여주인은 손님들을 늘 반갑게 맞이했고, 맛있는 검은 빵을 대접해 줬습니다. 그러다 보니 손님이 갈수록 더 많아지는 거예요.

여주인은 점점 많아지는 손님을 맞이하다 보니 지치고 힘들었습니다. 어느 날 여주인은 이렇게 생각했어요.

'내가 왜 이 많은 손님들을 치르느라 고생해야 하지? 이제 지겨워. 나도 편하게 내 일을 하고 싶거든. 손님맞이는 지금까지 한 걸로 충분해.'

문제는 손님이 안 찾아오게 하는 방법이에요. 생각 끝에 여주인은 이름 높은 주술사를 찾아가서 어떻게 하면 손님이 안 오게 할 수 있는지 물었습니다.

"헛간 앞으로 가서 열쇠를 뒤로 세 번 던지면서 던질 때마다 '손님들아, 사라져라!' 하고 소리치세요. 그러면 손님들이 다시는 오지 않을 겁니다."

들어 보니까 생각보다 아주 쉬운 거예요. 사람들한테 낯을 붉힐 일도 없으니까 좋잖아요? 여주인은 헛간 앞에 가서 열쇠를 던지면서 크게 외쳤습니다.

"손님들아, 사라져라! 손님들아, 사라져라! 손님들아, 다 사라져라!"

참 신기해요. 그렇게 하고 나니까 진짜로 손님들이 줄어들더니 얼마 안 가서 뚝 끊긴 거예요. 여주인은 완전히 만족했어요. 이제 편안하고 행복하게 살 수 있다고 생각했습니다.

그런데 손님들이 끊기면서 집에 변화가 생기기 시작했어요. 동물들이 하나씩 병들어 죽고, 농작물이 마르면서 흉작이 들었습니다. 그 집에 식구가 많았거든요. 추수를 했는데 집안 식구들 먹을 것도 모자랐어요. 전에는 없던 일이었죠. 여주인은 다시 주술사를 찾아가서 물었어요.

"이상해요. 왜 집에 있는 동물들이 죽어 나가고 농작물이 안 되는 걸까요? 이런 일이 없었거든요."

그러자 주술사가 여주인을 똑바로 바라보면서 말했습니다.

"손님들이 없어지면 좋겠다고 하지 않았나요? 동물들도, 농작물도 다 손님이에요. 집에 찾아오는 사람들과 다를 바 없지요."

그 말에 여주인은 뒤통수를 세게 맞은 것 같았어요. 자기 집에 찾아오는 손님들이 귀찮은 존재가 아니라 귀한 재산이었다는 걸 깨달았습니다. 실은 손님들이 안 오면서부터 집이 아주 썰렁하고 스산해졌거든요.

"이제야 알겠어요. 부자니까 손님이 찾아오고, 손님이 찾아오니까 부자라는 것을요. 손님들이 다시 찾아오게 하는 방법을 알려 주세요."

"저녁에 헛간 뒤에서 열쇠를 앞으로 세 번 던지면서 던질 때마다 '손님들아, 다시 와라!' 하고 소리치세요."

집으로 돌아온 여주인은 저녁때가 되자마자 헛간으로 가서 열쇠를 앞으로 던지면서 힘차게 외쳤습니다.

"손님들아, 와라! 손님들아, 다시 와라! 이런 손님, 저런 손님, 모든 손님들 다 우리 집으로 오세요!"

그러자 다음 날부터 다시 손님들이 찾아오기 시작했어요. 검은 빵을 빚는 손길이 바빠졌지요. 손님들이 북적대니까 집 안에 활기가 넘쳤습니다. 동물들도 건강하게 불어나고 농작물도 풍요롭게 자라났지요. 그 집은 전보다 더 부자가 됐답니다. 진짜 부자가요.

연이　오빠, 정말 좋다. 마지막에 진짜 부자가 됐다는 건, 마음의 부자 얘기 맞지?

이반　응. 물질적으로도 풍요롭고 마음도 풍요로우니 진짜 부자.

동이　원래 말이지, 되는 집안은 손님이 넘치기 마련이야.

약손할배　손님이 찾아오지 않으면 몸은 편할지 모르지만 활기가 부족하지. 울타리 안에 갇히게 돼요. 옛날 부잣집은 일부러 대문을 열어서 손님들을 많이 맞이했어요. 잠도 재워 주고 음식도 나눠 주고. 그래야 진짜 부자 소리를 들었지.

엄지　그렇구나. 서양이나 우리나라나 다르지 않네요.

세라　사람 사는 이치는 어디나 다르지 않으니까. 사실 내가 불청객을 싫어하는 스타일인데 그게 맞는지 돌아봐야겠어.

엄지　저도요. 친구들한테 '앞에다가 벽을 치고 있다'는 얘기를 종종 듣거든요.

뭉이쌤　비슷한 이야기가 한국에도 있는 거 아니? 부잣집에서 손님을 끊는 데 성공했다가 집이 망해 버렸다는 얘기가 전설로 곳곳에서 전해진단다.

이반　그렇구나. 이 이야기에서는 열쇠를 던지잖아요? 한국 이야기는 어떤가요?

뭉이쌤　집 뒷산에 있는 바위를 깨뜨리거나 산줄기를 훼손하는 방식이 많아. 자연의 기운과 집의 기운이 서로 통한다는 사고가 반영돼 있지.

연이　여기서는 열쇠를 앞에서 뒤로 던졌다 뒤에서 앞으로 던졌다 하잖아요? 어떤 뜻인지 궁금해요.

동이　그거 행운의 열쇠?

세라　에이, 그건 아닌 것 같고. 이모님이 아실 것 같은데. 열쇠 관리자 맞으시죠?

로테 이모　우리 집은 공동 관리예요. 내 생각에 열쇠를 뒤로 던지는 건 문을 잠그는 걸 뜻하고 열쇠를 앞으로 던지는 건 문을 열고 맞이한다는 뜻 같아요. 어떤가요, 쌤?

뭉이쌤　멋진 해석이에요. 문에는 대문이나 곳간 문뿐만 아니라 마음의 문도 포함되겠지요.

엄지　마음의 문. 뭔가 철학적이에요.

연이　이번 이야기판 주제가 긍정의 철학이잖아요? 딱 맞는 이야기였어요. 이제 제가 이야기 하나 해 볼게요.

제가 들려드릴 이야기는 베트남에서 전해 온 설화예요. 민담은 아니고 전설로 이어져 온 이야기랍니다. 신화 같은 느낌도 있어요. 신적인 존재인 뭇할아버지가 등장하고, 이야기 내용이 여신의 유래로 이어지거든요. 이야기 제목도 '물배추 여신'이에요. 물배추가 뭔지 아시려나 몰라요. 배추 종류인 줄 알았는데 그건 아니고, 배추 비슷하게 생긴 작고 통통한 물풀이래요.

물배추 여신

베트남 전설

옛날 베트남 시골 마을에 농부의 딸이 살았어요. 베트남에서는 논에서 벼를 많이 재배하잖아요? 그 집도 벼농사를 지었어요. 소녀는 엄마가 죽은 뒤 재혼하지 않고 딸과 함께 사는 아빠를 도와서 열심히 벼를 가꾸었어요. 그런데 날씨 탓인지 무슨 탓인지 벼가 튼튼하게 자라질 않고 점점 힘없이 말라 가는 거예요. 소녀는 그 모습을 보는 게 너무나 힘들었어요. 결국 논 앞에서 엉엉 울음을 터뜨렸답니다.

"애야, 왜 그리 구슬프게 울고 있니?"

소녀가 놀라서 돌아보니까 하얀 수염을 가진 할아버지가 서 계신 거예요. 소녀는 그게 뭇할아버지라는 걸 알아차렸어요. 우리나라에 산신령이 많잖아요? 뭇할아버지는 베트남의 산신령이나 들신령 같은 분이라고 해요.

"뭇할아버지, 이것 좀 보세요. 벼가 자꾸 힘없이 말라 가요. 이러다가는 쓰러져 버릴 거예요."

그러자 뭇할아버지가,

"오호, 네가 이 벼들을 구해 주고 싶은 거구나."

"맞아요, 할아버지. 저에게 방법을 알려 주세요. 벼들을 꼭 살리고 싶어요."

뭇할아버지가 고개를 끄덕이더니 이렇게 말했어요.

"이 벼들을 구하려면 네가 가장 아끼는 귀한 물건을 내놔야 해. 그럴 수 있겠니?"

소녀는 그런 물건이 무얼까 생각해 봤어요. 딱 떠오르는 게 있었답니다. 바로 돌아가신 엄마가 물려준 귀걸이였어요. 그게 떠오르자 소녀는 고민에 빠졌어요. 엄마가 귀걸이를 주면서 평생토록 잘 간직하라고 말씀하셨었거든요. 소녀에게는 엄마의 마음이 담겨 있는 둘도 없는 보물이에요.

하지만 소녀는 고민 끝에 두 귀에 달고 있던 귀걸이를 뺐어요. 돌아가신 엄마도 벼들이 죽어 가는 걸 두고 보지 않았을 거라고 생각한 거예요.

"뭇할아버지, 제가 가장 아끼는 귀한 물건은 이 귀걸이랍니다."

그러자 뭇할아버지가 말했어요.

"그걸 논 한가운데로 힘껏 던져야 해. 할 수 있겠니?"

벼를 키우는 논은 넓기도 하지만 땅이 질퍽하고 물이 차 있거든요. 거기 귀걸이를 던지면 찾는 건 불가능해요. 소녀는 다시 고민에 빠졌죠. 하지만 고민의 시간은 길지 않았어요. 소녀는 손에 든 귀걸이를 힘차게 논으로 던졌답니다. 속으로 '엄마!' 하고 소리쳐

부르면서요. 날아간 귀걸이는 벼들 사이로 떨어져서 물속으로 사라져 버렸죠.

그때 논에서 신기한 일이 벌어지기 시작했어요. 귀걸이가 떨어진 곳에 처음 보는 이상한 풀이 생겨나더니 논 전체로 착착 퍼져 나갔답니다. 작은 배추 모양으로 생긴 통통한 풀이었어요. 그 풀이 바로 물배추랍니다. 물배추가 영양가가 많대요. 그게 있으면 벼들이 튼튼하게 잘 자라는 거예요. 논에 물배추가 퍼지자 시들어 가던 벼들이 기운을 되찾고 싱싱하게 빛나기 시작했답니다. 덕분에 그해 농사가 풍년이었어요.

어느 날 아빠가 딸의 귀에 귀걸이가 없는 걸 발견하고 놀라 물었어요.

"애야, 귀걸이 어디 간 거야? 네 엄마가 물려주신 거."

소녀는 울면서 그 귀걸이를 논에 던진 사연을 이야기했어요. 그러자 아빠가 딸을 안아 주면서,

"그래, 잘했다. 엄마가 계셨으면 많이 칭찬하셨을 거야."

소녀는 아빠의 품에 안겨서 뜨거운 눈물을 흘렸답니다. 기쁨인지 슬픔인지 모를 눈물을요. 제 생각에는 둘 다인 것 같아요.

그런데 물배추가 이 집 논에만 자라는 게 아니잖아요? 논마다 널리 퍼지면서 양분을 제공한 덕분에 다른 집의 벼들도 다 잘 자라게 된 거예요. 사람들은 그게 다 이 여자아이 덕분이라고 해서 뒷날 소녀를 기리는 사당을 만들어서 신으로 모셨답니다. 물배추 여신으로요.

지금도 베트남에 가면 그 사당을 볼 수 있다고 해요. 하노이 근처에 있는 타이빈성 라번 마을에 가면요. 맞다. 그곳에서는 '물배추 여신 축제'도 벌인다고 해요. 언제 한번 축제 때에 맞춰서 그곳에 가 보고 싶어요.

이야기에 대한 이야기

연이　엄지　이반　세라　로테 이모　뭉이쌤　약손할배　동이

엄지　이 이야기 감동이다. 이야기를 들으면서 여자아이와 한마음이 됐었어.

이반　베트남에서 실화처럼 전해진다는 거잖아? 그래서 더 실감 나는 것 같아.

연이　오빠라면 귀걸이 던질 수 있었겠어? 나였다면 진짜 고민을 많이 했을 것 같아. 못 했을지도 몰라.

약손할배　그래. 대단한 결심을 한 거지. 여신이 될 만해.

로테 이모　뭇할아버지가 한몫을 했어요. 그분의 가르침이 아니었으면 소녀도 그렇게 하지 못했을 거예요.

약손할배　하하. 괜히 내가 뿌듯해지네요.

세라　할아버지가 여기 계셔서 얼마나 좋은데요! 오래오래 우리 곁에 계셔 주세요. 뭇할아버지처럼요.

약손할배　고마워요. 내가 물배추 기운을 받은 벼처럼 힘이 나요!

동이　아함, 물배추 먹고 싶다. 맛있는데. 하하.

뭉이쌤　소녀가 시골에서 농사를 지으면서 살았잖아? 자연과 어울려 살아가는 사람들이 가지고 있는 특별한 인생철학이 배어나는 이야기였어요.

세라　맞아요. 귀걸이는 사람이 만든 거지만 벼는 하늘이 내고 자연이 키우는 거잖아요. 자연을 믿고 따르는 마음이 느껴졌어요.

연이 그것도 긍정의 철학 맞죠? 그래서 이 이야기를 선택했거든요.

이반 맞아. 아주 잘했어, 연이야.

동이 흠, 그러면 이제 내 차롄가? 내가 감동을 이어 가 보지. 어떻게?
재미있게!

내가 독일의 숲을 누비고 다닐 때의 일이야. 어느 날 밤 숲에서 잠을 자는데 갑자기 하늘에서 별들이 우수수 쏟아져 내리지 않겠어? 무슨 일인가 하고 별이 쏟아진 곳을 찾아가 보니까 한 아이가 서 있는데 온몸에서 빛이 좌악! 평생 잊을 수 없는 장면이었지.

하늘에서 쏟아진 은화

독일 민담

옛날에 한 불쌍한 소녀가 있었어. 원래 집이 아주 가난했는데, 아버지와 어머니가 차례로 돌아가시니까 오갈 데 없는 외톨이야. 들어가서 쉴 작은 방도 없고, 몸을 누일 낡은 침대도 없어. 가진 거라고는 몸에 걸친 옷이 전부야. 먹을 거? 차가운 빵 한 조각. 얘가 하도 안돼 보이니까 어떤 사람이 먹으라고 준 거야.

이런 상황이면 어른이라도 견디기 어렵잖아? 그런데 얘가 좀 대단해. 본래 마음씨가 착하고 믿음이 깊었는데 그게 변하질 않는 거야. 갈 곳이 없었던 아이는 하느님을 믿고 들판으로 나갔지. 그런데 어떤 불쌍한 남자가 얘를 보더니 이렇게 말하는 거야.

"얘야, 배가 너무 고프구나. 먹을 걸 좀 줄 수 없겠니?"

보니까 그 사람이 너무 불쌍하거든. 소녀는 가지고 있던 빵을 남자에게 주면서 말했어.

"하느님의 축복을 기원할게요. 힘내세요."

그러고서 얘가 계속 걸어가는데 자기보다 더 어린 아이가 울면

서 다가오더니,

"머리가 어는 것 같아. 머리를 덮을 것이 필요해요."

소녀는 머리에 쓰고 있던 모자를 벗어 주고 아이를 위해 기도해 줬어. 그러고 또 가는데 이번에는 한 아이가 조끼도 없이 덜덜 떨고 있거든. 소녀는 불쌍한 마음에 자기 조끼를 벗어 줬어. 그게 끝이 아니야. 또 다른 헐벗은 여자아이가 몸을 웅크리고서 오들오들. 소녀는 원피스를 벗어 줬지. 이제 남은 건 속옷뿐이야.

소녀가 숲속에 도착했을 때 날이 저물어서 어두워졌어. 그때 벌거벗은 여자아이가 떨면서 다가오더니 속옷을 달라지 뭐냐. 소녀는 잠시 생각에 잠겼어.

'이것까지 벗어 주면 알몸이야. 하지만 얘가 너무 불쌍해. 캄캄해서 보는 사람이 없으니 괜찮아.'

그러면서 소녀는 속옷을 벗어서 여자아이한테 건넸어.

그 순간, 놀라운 일이 벌어졌어. 하늘에서 소녀한테로 별들이 쏟아져 내린 거야. 셀 수도 없을 정도로 많은 별들이 우수수수수수. 내가 살면서 그런 장면은 처음 봤다니까! 놀라서 달려가 봤더니 이게 뭐야. 소녀 주변에 은화가 수북이 쌓여서 반짝반짝. 소녀가 따뜻한 옷을 입고 서서 세상에서 가장 아름다운 미소를 활짝. 사람이 별이 될 수 있다는 걸 깨달은 순간이었지.

그래서 어찌 됐느냐고? 물어보는 사람 바보!

연이　엄지　이반　세라　로테 이모　뭉이쌤　약손할배　동이

연이　그 뒤로 소녀는 오래오래 행복하게 잘 살았습니다. 이거 맞지?

동이　노코멘트!

이반　내 생각에는 그 소녀가 신 같아. 여신.

동이　오호! 진짜로 그때 내가 본 게 여신 모습이었음. 절까지 올릴 뻔
했다니까.

엄지　소녀가 길에서 만난 사람들이 다 하느님이었던 걸까?

동이　엥? 그 생각은 못 했는데.

로테 이모　나도 엄지랑 같은 생각을 했어. 하느님께서 아이를 시험하고 있
구나, 이런 생각.

약손할배　하느님이 멀리 계신 게 아니지요.

세라　다른 사람은 몰라도 소녀 안에 하느님이 계셨던 건 분명해요.

뭉이쌤　한국 신화에서는 모든 사람들 내면에 신성이 있다고 하지요. 이
이야기에도 그런 철학이 담겨 있는 것 같아요.

연이　소녀가 자기를 믿고 하늘을 믿었던 사람이었잖아요? 그것도 신
성 맞죠?

뭉이쌤　그렇지! 어떤 종교를 가졌느냐를 떠나서 인류 보편의 문제야.

이반　쌤께서 종종 말씀하시는 '원형' 같은 건가요?

뭉이쌤　그래. 시대나 지역을 떠나서 모든 사람에게 두루 통하는 근본적

인 무엇.

동이 어허! 사람으로만 한정하면 차별.

뭉이쌤 아하, 그런가? 인간과 자연 모두에게 통하는 근본적인 무엇. 사실 이 이야기 속의 은화는 별이 변한 것이 아니라 별 자체가 은화라고 볼 수 있지. 자연이라고 하는 헤아릴 수 없는 재산.

동이 바로 그거. 굿!

연이 하늘의 별들이 은화라는 말씀 참 좋아요. 갑자기 부자가 된 느낌.

세라 이야기 속의 소녀가 그렇게 부자가 된 거라고 볼 수 있겠어.

약손할배 자연을 마음에 품는 사람이 진짜 부자죠.

엄지 그렇구나. 많이 배웠어요. 이제 제가 이야기 하나 해 볼게요.

제가 들려드리려는 이야기는 태국에서 전해 온 민담이에요. 어린 여자아이가 나오는 이야기랍니다. 뭉이쌤께서 옛날이야기는 시대나 지역을 넘어선다고 하셨잖아요? 방금 <하늘에서 쏟아진 은화>를 들으면서 제가 준비해 온 이야기랑 비슷해서 놀랐어요. 하지만 다른 점도 있으니 재미있게 들어 주세요.

넛너이의 요술피리

태국 민담

옛날에 태국의 시골 마을에 넛너이라는 여자아이가 부모님과 함께 살았어요. 넛너이는 날마다 부모님을 돕는 착하고 부지런한 아이였답니다. 세 사람은 가난하지만 평화롭게 잘 살았어요.

그러던 어느 날, 넛너이의 집에 안 좋은 일이 생겼어요. 아빠가 산에 나무를 하러 갔다가 벌집을 잘못 건드리는 바람에 말벌에게 온몸을 쏘인 거예요. 아빠는 겨우 벌들을 피해서 도망쳐 왔지만 몸이 엉망이 됐답니다. 퉁퉁 부어오른 얼굴이 가라앉질 않아서 오래도록 누워 있어야 했죠. 그때 하필 넛너이의 엄마도 몸이 안 좋아서 누워 있었거든요. 어쩔 수 없이 넛너이가 돈을 벌러 나서야 했어요.

넛너이는 도시락을 싸 들고서 일거리를 찾아 나섰어요. 하지만 이곳저곳을 아무리 다녀 봐도 적당한 일거리를 구할 수 없었답니다. 너무 어렸기 때문이에요. 아무 소득도 없이 온종일 헤매 다닌 탓에 지칠 대로 지친 넛너이는 커다란 나무 아래에 철푸덕 앉아서

도시락을 꺼냈어요. 그때 다 떨어진 옷을 입은 꼬부랑 할머니가 지팡이를 짚고 다가오더니,

"얘야, 내가 며칠이나 굶었더니 배가 너무 고프구나. 밥 좀 나눠 줄 수 있겠니?"

넛너이는 불쌍한 마음이 들어서 할머니에게 도시락을 통째로 내밀었어요.

"할머니 먼저 잡수세요. 저는 남은 걸 먹을게요."

그러자 할머니는 주먹밥을 허겁지겁 집어 먹기 시작했어요. 그런데 밥을 하나도 안 남기고 다 먹은 거예요. 넛너이는 기가 막혔지만 아무 말 없이 도시락을 챙겼습니다. 할머니가 얼마나 배고프면 그랬을까 생각한 거예요. 그때 할머니가 말했어요.

"착한 아이로구나. 내가 줄 만한 게 이것밖에 없으니 어쩐담?"

그러면서 할머니는 낡은 피리를 내밀었어요. 넛너이는 아주 기뻤답니다. 그런 물건을 가져 본 건 처음이었거든요.

넛너이는 집에 돌아오는 길에 나무 아래 앉아서 피리를 불어 봤어요. 피리에서는 아름다운 소리가 흘러나왔습니다.

'멋지다. 사람들이 피리 소리에 맞춰서 춤을 추면 더 멋지겠어!'

그때였어요. 지나가던 사람들이 다들 넛너이의 피리 소리에 맞춰서 춤을 추기 시작했답니다. 흥이 난 사람들은 서로 손을 잡고서 마음껏 즐겼어요.

'저 사람들이 나에게 동전 한 닢씩만 준다면!'

그러자 춤을 추던 사람들이 진짜로 넛너이에게 다가와서 동전

한 닢씩을 주는 거예요. 넛너이는 그 돈을 가지고 먹을 것과 필요한 물건들을 살 수 있었답니다. 어린 딸이 먹을 것을 구해서 돌아오니까 엄마와 아빠가 깜짝 놀랐죠.

다음 날, 넛너이가 피리를 불고 있는데 험상궂게 생긴 사람이 보따리를 들고 달려왔어요. 그 뒤를 이웃집 아저씨가 급히 따라오면서,

"도둑이야! 도둑 잡아라!"

그 모습을 본 넛너이가 마음속으로 생각했어요.

'도둑이 콱 넘어지면 좋겠다.'

그러자 도둑이 진짜로 돌부리에 걸려서 콱 넘어진 거예요. 그 덕분에 이웃집 아저씨는 도둑을 잡고 물건을 되찾을 수 있었답니다.

'뭐지? 이거 요술피리인가 봐.'

넛너이는 부모님이 누워 있는 곳으로 와서 정성껏 피리를 불면서 마음속으로 힘을 모아 소리쳤어요.

'우리 엄마 아빠의 병이 낫게 해 주세요!'

그러자 신기한 일이 벌어졌어요. 부모님이 곧장 자리를 털고서 일어나 앉은 거예요. 병이 깨끗이 나은 상태였지요. 넛너이는 너무나 고맙고 행복했습니다.

그때 나라에서 백성들에게 알리는 포고문이 내려왔어요. 공주가 늘 슬픔에 잠겨서 울음을 그치지 못하는데, 그 병을 고치는 사람에게 큰 상을 내린다는 것이었죠.

넛너이는 공주가 안됐다는 생각이 들어서 왕궁으로 찾아갔어요.

넛너이는 피리를 불며 마음속으로 왕이 자기에게 공주를 고칠 기회를 주게 해 달라고 빌었어요. 그러자 왕은 넛너이를 공주의 방으로 들여보내 주었답니다.

공주는 세상에서 제일 슬픈 표정으로 누워 있었어요. 얼굴에는 눈물 자국이 가득했죠. 넛너이는 정성을 다해서 피리를 불면서 마음속으로 간절히 빌었어요.

'공주님이 아름다운 것만 보고, 좋은 일만 생각하고, 마음속 깊은 곳에서 행복을 느끼게 해 주세요.'

넛너이의 요술피리 소리가 감돌면서 방 안의 공기가 바뀌기 시작했어요. 공주는 조용히 침대에서 일어나 앉더니 행복한 미소를 지었답니다. 그동안 왜 슬펐었는지 다 잊어버리고서요.

왕은 넛너이에게 큰 상을 내리고 공주와 친구로 지낼 수 있게 해 줬어요. 넛너이는 좋은 사람들과 함께 오래오래 행복하게 잘 살았답니다. 꼬부랑 할머니에게 받은 피리를 즐겁게 불면서요.

 연이  엄지  이반  세라  로테 이모  뭉이쌤  약손할배  동이

이반 엄지야, 넛너이가 공주하고 친구가 됐다는 결말이 참 좋다.

엄지 넛너이가 고생을 많이 하면서 살았잖아? 내 생각엔 공주가 넛너이에게 많이 기댔을 것 같아요.

로테 이모 나이노 어린데 마음 쓰는 게 어찌 그리 깊은지!

동이 나이는 단지 숫자일 뿐.

약손할배 맞아요. 나이가 많다고 더 현명한 건 아니지. 요즘 세상에서는 더 그래요.

연이 왠지 넛너이는 요술피리를 불면서 이것저것 많은 걸 빌지 않았을 것 같아요.

세라 그래. 잘 보면 넛너이가 자기 자신을 위해 빈 것은 거의 없었어. 처음에 사람들이 동전 한 닢씩 주면 좋겠다고 한 것 말고는.

엄지 그것도 몸이 아픈 부모님을 위한 거였어요.

이반 그렇구나. 갑자기 뜨끔해지네. 나 같으면 내 일을 먼저 빌었을 거거든.

뭉이쌤 요술피리가 원하는 걸 다 이뤄 주잖아? 하지만 자기를 위해 이것저것 욕심을 내면 작동을 멈췄을 거야. 이야기에 나오는 화수분 보물들이 대개 그렇거든. 욕심에 빠지다 보면 오히려 재앙을 가져오기도 하지.

연이 넛너이가 참 현명했던 거네요. 그걸 알아본 꼬부랑 할머니는 노고할망님 같은 분이셨을까요?

이반 그렇지 않을까? 여신님의 기운이 확 느껴져.

세라 쌤, 넛너이의 피리 소리는 그의 선하고 아름다운 기운을 상징하는 거겠죠?

뭉이쌤 그렇죠. 조금 다르게 표현하면 영혼의 숨결이라고 할 만해요. 그 숨결이 퍼져 나가면서 세상이 치유된 거지요. 가까운 곳에서부터 먼 곳까지요.

로테 이모 맞아요. 지금 이곳까지도요.

엄지 선한 영향력, 맞죠?

뭉이쌤 그래. 바로 그거야. 이제 내가 이야기를 이어 가 보도록 하마.

내가 들려줄 이야기는 한국에서 구전돼 온 민담이야. 평소에 내가 이런저런

설명이 많은 편이지? 이번에는 곧바로 이야기로 들어가도록 하마. 따로 설명

이 필요 없거든.

잃어버린 돈

한국 민담

옛날에 시골에서 가난하게 사는 부부가 있었어. 늘 살림이 쪼들려서 고생했지. 그러던 중에 아내가 뒤늦게 아들을 낳고서는 세상을 떠나 버렸지 뭐냐. 아버지 혼자 아이를 키우려니 말이 아니지. 아버지는 짚신을 삼아서 겨우 끼니를 이으며 힘들게 아들을 키웠어. 다행히 아들은 별 탈 없이 자랐단다. 하지만 집이 가난한 건 예나 지금이나 다르지 않았지.

그럭저럭 세월을 보내던 어느 날, 아들이 아버지에게 말했어.

"아버지, 계속 이렇게 살 수는 없어요. 제가 집을 나가서 십 년 기한을 두고 무슨 일이든 해서 돈을 벌겠습니다."

아버지가 말렸지만 아들은 요지부동이야. 보니까 결심이 아주 단단하거든. 떠나보낼 수밖에. 아들은 그렇게 하루아침에 먼 곳으로 떠났어.

그런데 한번 떠나더니 애가 통 소식이 없지 뭐냐. 일 년, 이 년이 지나고 삼 년, 사 년이 지나도록 말이지. 아들이 어디서 무얼

하고 있는지 알 수도 없어. 그냥 살아 있기를 바랄 따름이야. 아버지는 어떻게 살았냐고? 계속 짚신을 삼으며 근근이 사는 거지.

세월이 흘러서 아들이 떠난 지 팔구 년쯤 지나니까 아버지는 나이가 들고 초췌해져서 노인 소리를 듣는 신세가 됐어. 그날도 노인이 쓸쓸하게 짚신을 삼고 있는데 누가 편지를 한 통 전하지 뭐냐. 보니까 그게 아들이 보낸 거야. 노인이 그만 울컥. 꿈인가 생시인가 싶지 뭐.

근데 편지 내용이 아주 간단해. 다른 이야기는 없고 한양 어느 곳으로 오면 자기를 만날 수 있으니 찾아오라는 말뿐이야. 보니까 그 아래에 한양 어디라고 써 있는데 그게 주소지 뭐. 하지만 그걸로 충분해. 꿈에도 그리던 아들을 찾게 됐으니 감지덕지. 노인은 그 주소를 소중히 챙겨 가지고 곧바로 한양을 향해서 길을 떠났어. 한양이 어느 방향인지는 다 알잖아? 무작정 그쪽으로 걸어가는 거야.

노인은 여러 날 만에 한양에 도착한 뒤 물어물어 편지에 적힌 주소를 찾아갔어. 그러자 아들이 펄쩍 뛰어나오더니 땅바닥에 엎드려 절을 하면서,

"아버지, 그간 얼마나 고생이 많으셨습니까? 불효자식을 용서하십시오."

"이게 얼마 만이냐? 그간 어떻게 지낸 거야?"

그때 아들이 눈을 들어서 아버지를 보는데 만감이 교차하지 뭐.

"아버지, 말도 마십시오. 그간 안 해 본 일이 없습니다. 돈 벌기

가 그렇게 어려운 줄은 정말 몰랐어요."

그러더니 아들은 집 안에서 보따리 하나를 꺼내 와 아버지에게 내밀었어.

"그간 제가 모은 돈입니다. 이거면 논 다섯 마지기는 살 수 있을 거예요. 이걸로 논을 사서 농사를 지으세요. 저는 여기서 돈을 조금 더 벌어서 내려가겠습니다."

아버지가 보따리를 열어 보니까 평생 만져 본 적도 없는 돈 꾸러미가 찰랑찰랑. 그걸 어루만지고 있으니 눈물이 고이지 뭐. 그게 다 아들의 피와 땀이거든.

아들 집에서 며칠을 머문 노인은 돈 보따리를 품에 간직하고서 시골집으로 향했어. 몇 날 며칠 가는 동안 정신은 온통 돈에 가 있었지. 혹시라도 잃어버릴까 봐 잠시도 품속에서 꺼내지 않았단다. 근데 세상일이라는 게 요상하거든. 그날따라 품속의 돈이 잘 있는지 자꾸 궁금증이 생겨나지 뭐냐. 노인은 높은 고개를 넘다가 정자나무 아래에 놓여 있는 평상에 앉아 쉬면서 슬쩍 돈 꾸러미를 꺼냈어. 세어 보니까 아들에게 받은 그대로지 뭐. 노인은 안심하면서도 맥이 탁 풀렸어.

그러고는 어찌 됐을까? 그 보따리를 평상에 놔 두고서 그냥 고개를 내려온 거야. 굽이굽이 긴 고갯길을 다 내려오고 나서야 그걸 깨달았지 뭐냐. 미친 거지 뭐.

"어어어어어!"

노인은 비명을 내지르면서 고갯마루를 뛰어 올라가기 시작했어. 불길한 예감은 틀리지 않는다잖아? 평상은 아무것도 없이 깨끗했단다. 누가 챙겨 간 거지 뭐. 거기가 사람들이 많이 지나는 길목이었거든.

"에구구구구구."

노인은 넋이 다 나간 상태로 근방을 이리저리 뒤지다가 자리에 털썩 주저앉았어. 세상에, 그게 어떤 돈이냔 말야. 하도 기가 막혀서 울음도 안 나와.

그때 저만치 있던 점잖게 생긴 백발 영감 하나가 다가오더니 무슨 일이냐는 거야. 말할 기운도 없지 뭐. 노인은 떠듬떠듬 사연을 말했어. 아들이 피땀으로 모은 돈을 고스란히 잃어버린 기막힌 사연을 말이지. 그러자 백발 영감이,

"혹시 이거 아니우?"

하면서 품속에서 보따리를 쓱 꺼내거든. 보니까 딱 자기가 놓고 간 돈 보따리지 뭐. 열어 보니까 가지고 온 그대로야.

"영감님, 이걸 어떻게?"

"혹시라도 누가 집어 갈까 봐 내가 간직하고서 주인을 기다리고 있었다우. 가지고 가시구려."

세상에 이렇게 고마울 데가 없잖아. 노인은 엎드려서 절을 하고 또 절을 했어.

"고맙습니다. 정말 고맙습니다요."

노인은 돈을 품속에 꽁꽁 간직하고서 다시 길을 나섰어. 죽다 살아난 기분이지 뭐. 근데 고개를 내려오기도 전에 하늘에 먹구름

이 몰려오더니 폭우가 쏟아지지 뭐냐. 비는 하늘에 구멍이라도 난 것처럼 한참 동안 무섭게 내렸어. 겨우 비가 멈춘 뒤 노인이 다시 길을 가는데, 이번에는 냇물이 앞을 턱 가로막네. 폭우에 물이 잔뜩 불어나서 사납게 출렁이는데 건널 수가 없는 거야. 여러 사람들이 물을 못 건너고 서성대고 있었지. 그때 한 사람이 냇물을 가리키면서,

"저거 뭐야? 사람 아니야?"

보니까 어떤 젊은이가 물에 빠져서 허우적거리며 떠내려오고 있지 뭐냐.

"사람 살려! 사람 살려!"

사람들이 마구 소란해지기 시작했어. 저러다 사람 죽겠다고 야단이었지. 하지만 다들 말로만 떠들 뿐 구하러 나서는 사람은 없었어. 노인이 나서면서,

"이봐요. 저 사람 죽어요. 누가 좀 어떻게 해 봐요!"

하지만 젊은 사람들이 다들 눈치만 볼 뿐 아무도 그 사람을 구하러 들어가질 않는 거야. 마음이 다급해진 노인이 자기도 모르게 소리쳤어.

"저 사람을 구해 오면 내가 논 다섯 마지기 값을 주리다. 제발 누가 좀 나서 보오!"

그러자 젊은 사람 한 명이 썩 나서면서,

"노인장, 그 말 사실이우?"

"아, 그렇고말고요."

그 사람은 웃통을 벗어 던지고 물속에 뛰어들더니 능숙한 솜씨로 헤엄을 치기 시작했어. 얼마 지나지 않아서 물에 떠내려가던 젊은이를 구해 내고서 노인에게 다가오더니,

"아휴, 십년감수했네. 자, 돈을 내시오."

엉겁결에 꺼낸 얘기지만 약속은 약속이잖아? 노인은 품속에 지니고 있던 돈 꾸러미를 꺼내서 그 사람에게 통째로 건네줬어. 그 사람은 돈을 확인하더니 어깨를 으쓱하고서 사라졌단다.

그때 물에 빠져서 죽을 뻔하다 살아난 젊은이가 정신을 차리고 사람들에게 물었어.

"꼭 죽는 줄만 알았습니다. 저를 구해 주신 분이 누구시죠?"

그러자 사람들이 노인을 가리키면서 말했어.

"이 어르신이 자네를 살렸다네. 아무도 구하러 나서는 사람이 없는데 이분이 논 다섯 마지기 값을 내놓는 바람에 어떤 사람이 자네를 건져 낸 거야."

그러자 젊은이는 노인에게 넙죽 엎드려 절을 했어.

"정말 고맙습니다. 이 은혜를 어떻게 갚아야 할지요."

"고마울 게 뭐 있나? 죽는 사람을 살리는 건 당연한 일이지. 가 보게나."

그런데 청년이 가지를 않고 노인의 옷소매를 잡아끄는 거야.

"어르신, 저하고 함께 가시지요. 우리 집에서 쉬시다가 물이 빠지거든 그때 떠나세요."

젊은이가 간곡하게 잡아끄니까 노인은 할 수 없이 그를 따라갔

어. 가다 보니까 백여 가구나 되는 큰 마을이 나와. 근데 젊은이가 마을 한가운데 있는 커다란 기와집으로 들어가지 뭐냐. 젊은이가 사랑채로 들어가니까 한 영감님이 앉아 있다가,

"내 아들, 이제 오느냐? 큰물이 졌을 텐데 어찌 건넜어?"

"네, 아버지. 제가 무리해서 물을 건너다가 그만 급류에 휩쓸렸습니다. 영락없이 죽을 판인데 어떤 어르신께서 논 다섯 마지기 값을 내걸고 저를 구하게 하신 덕분에 겨우 목숨을 건졌습니다."

"어허, 그런 일이 있었어? 그 어르신은 어디 계시느냐?"

"문밖에 계십니다."

그러니까 영감님이 어서 모셔 들이라고 하지 뭐. 젊은이는 노인을 인도해서 사랑채로 들어갔어. 얼굴을 마주친 두 노인은 누가 먼저랄 것도 없이 깜짝 놀라고 말았단다.

"아니, 노인장은!"

"아니, 영감님은!"

그 영감님은 누구? 정자나무 아래에서 노인의 돈 꾸러미를 간직했다가 찾아 준 바로 그분! 영감님이 탄복하면서 말했어.

"세상에! 그 귀한 돈을 통째로 내놓고서 우리 아들을 구해 주셨단 말입니까?"

"그게 다 영감님 덕이었습죠."

"고맙습니다. 정말 고마워요. 덕분에 칠대독자 귀한 자식을 살렸습니다."

얼마나 고맙겠어? 그야말로 칙사 대접이지 뭐. 노인이 태어나서

그렇게 잘 먹고 잘 쉰 건 처음이야. 다음 날 그가 길을 떠나려고 하니까 영감님이 놔주지를 않아.

"뭘 그리 서두르십니까? 여기서 한 달 정도 편안히 쉬다가 가시구려."

아버지랑 아들이 함께 꽉 붙잡는 거야. 결국 그 집에서 한 달 동안 머물면서 좋은 대접을 잘 받았지 뭐.

한 달이 지난 뒤 자기 집으로 돌아간 노인은 깜짝 놀랐어. 쓰러 ·져 가던 오두막집이 있던 자리에 번듯한 새 기와집이 덩그러니 앉아 있거든. 무슨 일인가 싶어서 안으로 들어가니까 한 사람이 맞이하면서,

"어서 오십시오. 이게 어르신 집입니다. 이것도 어르신 물건이니 받으세요."

웬 문서를 내미는데, 보니까 다섯 섬지기짜리 논문서지 뭐냐. 다섯 섬지기면 오십 마지기거든. 그 정도 논이면 아주 큰 부자야. 그걸 누가 마련해 줬는지는 물으나 마나지 뭐. 백발 영감님이 아들을 구해 준 데 대한 보답으로 그렇게 한 거야.

그 후 노인은 한양에 있던 아들을 고향으로 내려오게 한 다음 좋은 며느리를 들이고 자손을 많이 얻어서 남은 평생을 유복하게 잘 살았다고 해. 그 집하고 백발 영감님 집은 대대손손 한 집안처럼 왕래하면서 잘 지냈단다.

연이 감동적이에요. 마음이 따뜻해졌어요.

엄지 저도요. 할아버지 두 분 다 정말 훌륭하세요.

약손할배 내가 다 뿌듯해지는구나. 예전엔 그렇게 서로 도우면서 산 사람 늘이 많았지.

로테 이모 선한 마음이 선한 마음을 낳아서 다 잘된 게 정말 좋아요. 그야말로 선순환이네요.

뭉이쌤 맞아요. 실제로도 이런 일은 얼마든지 있지요. 그간 살면서 비슷한 경험을 한 적이 많아요. 그래서 그냥 좋게 꾸며 낸 이야기로 생각되지 않았답니다.

세라 제가 직장 생활을 하잖아요? 직장에서도 이런 경우를 본 적이 있어요. 선의를 베푼 사람은 결국 좋은 결과를 얻더라고요.

이반 그런데 제 경험으로는 꼭 그렇지 않은 경우도 있었어요. 남한테 좋게 행동한 사람이 오히려 이용당하기도 하더라고요.

약손할배 그래요. 하지만 결과보다 중요한 건 행동 자체지. 좋은 행동을 하면 그 자체로 마음이 좋아지는 법이거든.

이반 네. 나쁜 마음, 나쁜 행동은 본인을 괴롭힌다는 걸 저도 알아요.

연이 오빠, 좋게 행동하는데도 나쁘게 받는 사람은 무시하면 그만이야.

이반 하하. 그래.

동이   참지 말고 한 방 먹여 주는 것도 방법임.

엄지   맞아! 본인이 뭘 잘못하는지 깨우쳐 줘야 해요.

로테 이모   젊은 사람들이 살아가면서 부대끼는 일이 많은가 봐. 이야기 속
          에서처럼 서로 좋은 마음으로 함께 잘 어울려 살 수 있으면 좋겠
          는데…….

엄지   걱정 마세요! 좋은 사람들이 더 많다는 것도 잘 알거든요.

세라   애들아, 내가 또 다른 멋진 이야기를 하나 해 볼게.

이야기판이 무르익어 가네. 정점을 찍을 만한 이야기를 하나 해 볼게. 내가 중앙아시아 유목민 설화에 좀 약한가 봐. 이 이야기를 보면서 좀 감탄했거든. 저절로 반성도 되더라고. 기대해도 좋아. 너무 많이는 말고 적당히. 이야기의 효과를 위해서.

신비로운 정원

✦

카자흐스탄 민담

옛날 카자흐스탄의 한 마을에 아산과 하센이라는 오래된 친구가 살았어. 둘 다 아내를 여읜 홀아비야. 가진 재산이라고는 아산은 조그만 농토, 하센은 양 몇 마리가 다야. 먹고사는 일이 늘 걱정이었지. 하지만 둘에게는 자랑거리가 있었어. 둘 다 자식이 훌륭했거든. 아산에게는 아름답고 상냥한 딸이 보배고, 하센에게는 힘세고 온순한 아들이 보물이었지.

어느 해 봄, 하센에게 재앙이 닥쳤어. 목초가 부족했던 긴 겨울을 못 버티고 양들이 다 굶어 죽은 거야. 하센은 아들의 부축을 받으며 친구를 찾아와서 말했어.

"아산, 작별 인사를 나누러 왔네. 내 양들이 다 죽었어. 이제 나도 곧 굶어 죽을 거야. 그간 고마웠네."

그러자 아산이 친구를 끌어안고 말했어.

"친구여, 내 심장의 반은 자네 거야. 내 땅의 반을 가지게나. 쟁기로 밭을 갈다 보면 슬픔을 잊게 될 거야."

하센은 친구에게 안긴 채로 하염없이 눈물을 흘렸어.

작은 땅을 나눴으니 먹고살기가 힘들잖아? 그래도 둘은 어떻게든 버틸 수 있었어. 그렇게 계절이 가고 여러 해가 지난 어느 날, 하센이 밭을 일구는데 쟁기 끝에서 쟁그랑 소리가 나지 뭐니. 뭔가 하고 파 보니까 낡은 무쇠솥이야. 근데 이게 웬일? 솥 안에 황금이 가득한 거야. 하센은 곧바로 그 솥을 친구의 움막에 가져다 놓고 소리쳤어.

"아산! 기뻐하세나. 사네에서 행운이 찾아왔어. 땅에서 이 솥이 나왔지 뭔가. 보라구. 황금이야. 이제 자네는 부자야."

그러자 아산이 정색하고 말했어.

"하센! 자네가 정직하다는 걸 알지만, 이건 맞지 않아. 그 황금은 자네 거라네. 자네 땅에서 나왔잖아."

"아산, 나도 자네를 잘 알지. 하지만 자네가 나에게 땅을 줄 때 그 속에 숨겨진 것까지 준 건 아냐. 이건 누가 뭐래도 자네 거야."

"여보게 친구! 땅에서 나온 모든 것은 거기서 피땀을 흘린 사람이 가져야 해."

이렇게 계속 실랑이하는데 결론이 안 나지 뭐니. 그때 아산이 말했어.

"여보게 하센, 이건 어떻겠나? 자네에게 아들이 있고 나에겐 딸이 있잖아? 둘 다 결혼할 때가 됐으니 짝지어 주고 황금을 주는 거야."

그러자 하센이 고개를 끄덕였어. 아이들에게 그 말을 하니까 두

말없이 오케이지 뭐. 오래전부터 서로 사랑하고 있었거든. 곧바로 결혼 날짜가 잡혔고 행복한 결혼식이 치러졌어.

다음 날 아침, 신혼부부가 두 아버지에게 인사를 왔는데 손에 무쇠솥을 들고 있지 뭐니.

"그 솥은 왜?"

"두 분께서 물리친 재물을 저희가 가지는 게 옳지 않다고 말씀 드리려고요. 저희에게는 황금이 필요 없어요. 둘의 사랑으로 충분 합니다."

애들도 황금을 갖지 않겠다는 거야. 다시 논쟁 시작이지 뭐. 기나긴 토론 끝에 내린 결론은 신망 높은 현자를 찾아가서 방법을 묻자는 것이었어.

그들은 곧바로 길을 떠나서 며칠 만에 현자의 거처에 도착했어. 사연을 들은 현자가 첫째 제자를 부르더니,

"너라면 이들에게 어떤 조언을 해 주겠느냐?"

"저라면 황금을 왕에게 가져가라고 하겠습니다. 왕이 모든 보물 의 주인이니까요."

현자가 둘째 제자를 부르더니,

"너라면 어떻게 하겠느냐?"

"저라면 제가 갖겠습니다. 원고와 피고가 거절한 물건은 재판관 이 갖도록 되어 있으니까요."

다음은 셋째 제자.

"누구도 황금을 가질 생각이 없다면 원래 있던 곳에 다시 묻으

라고 하겠습니다."

끝으로 제일 어린 넷째 제자.

"스승님, 저라면 그 황금을 이용해서 헐벗은 초원에 큰 정원을 가꾸겠습니다. 가난한 사람들이 편히 쉬면서 과일을 맘껏 먹을 수 있는 정원을요."

현자가 고개를 끄덕이더니,

"현명한 젊은 사람을 나이 많은 사람처럼 존경하라고 했지. 훌륭한 생각이다. 이 황금을 가지고 수도로 가서 최고의 씨앗들을 사다가 네가 말한 정원을 만들도록 해라. 그리하여 사람들이 이 훌륭한 분들과 너의 뜻을 영원히 기억할 수 있도록 해라."

젊은이는 즉시 황금을 가죽 자루에 담아서 둘러멘 뒤 길을 떠났어. 오랜 여행 끝에 수도에 도착한 그는 씨앗을 구하러 시장으로 찾아갔지. 이 사람이 도시의 시장은 처음이거든. 신기한 물건이 어찌나 많은지 정신을 못 차릴 정도야. 그때 갑자기 요란한 방울 소리에 뒤섞여서 날카로운 비명이 들려오지 뭐니. 뭔가 하고 살펴본 젊은이는 깜짝 놀랐어.

"세상에! 어찌 이런 일이……."

정말 끔찍한 풍경이었어. 상인 무리가 낙타 떼를 끌고 가는데 거기 짐 대신 수천 마리 새들이 묶여 있지 뭐니. 새들이 한꺼번에 요동치다 보니 서로 부딪혀서 다치고 찢기고 난리도 아냐. 수천 마리 새가 동시에 날개를 파닥파닥 파다닥. 비명을 꺄갸꺄갸 까갸꺅.

젊은이는 차마 그 모습을 두고 볼 수가 없어서 인솔자에게 어찌 된 일이냐고 물었어.

"왕을 위한 식재료입니다. 궁궐에 가면 왕이 새 값으로 금화 500 닢을 줄 거요."

들어 보니까 새들이 죽으러 가면서 그 고통을 받고 있는 거지 뭐 니. 젊은이는 어깨에 멨던 가죽 자루를 내려서 그에게 내밀었어.

"이걸 다 드릴 테니 새들을 풀어 주세요."

상인이 보니까 자루에 황금이 들었는데 왕이 약속한 돈의 곱절 도 넘거든. 곧바로 거래 성립이지 뭐. 상인들이 새들을 풀어 주고 황금을 챙겨 가니까 남은 건 빈 자루뿐이야. 잠깐 볼거리는 있었 지. 발이 묶였던 새들이 풀려서 날아가는 모습이 장관이었거든. 그 모습을 보면서 젊은이는 행복했어. 하지만 그건 잠시뿐. 고향 으로 돌아오는 발걸음이 너무나 무거운 거야.

'내가 다른 사람의 재산을 마음대로 쓰다니! 멋진 정원을 기대 하면서 씨앗을 기다리는 분들이 얼마나 실망하실까?'

자책은 슬픔을 낳고 절망으로 치달았어. 차라리 죽는 게 낫겠다 는 생각까지 들지 뭐니. 고향 마을이 가까워졌을 때 그는 기운이 다하고 맥이 풀려서 풀썩 쓰러졌어. 그대로 정신을 놓아 버렸지.

근데 그 상태에서 꿈을 꾼 거야. 아주 생생한 꿈. 오색찬란한 새 가 가슴에 날아와 앉더니 아름다운 목소리로,

"친절한 분이여, 괴로움을 잊고 슬픔을 털어 버려요. 우리가 황 금을 돌려드릴 수는 없지만 다른 선물을 드릴 수 있답니다. 어서 정신 차리고 일어나세요!"

젊은이는 놀라서 눈을 떴어. 그러고는 더 놀라서 그대로 얼음이 돼 버렸어. 세상에! 자기가 풀어 준 것보다 백 배는 많은 새들이 초원에 내려앉더니 발로 땅을 헤치고 부리로 흙을 덮지 뭐니. 새가 어찌나 많은지 끝이 보이지 않을 정도야. 새들이 일을 마치고 한꺼번에 날아오르는데, 세상천지 그런 풍경은 처음이지 뭐. 순간적으로 세상이 깜깜해졌다가 쫙 밝아지는데, 말하자면 그게 천지개벽이야.

놀라운 일은 그것으로 끝이 아니었어. 새들이 앉았던 사리에서 파란 싹들이 돋아나더니 쭉쭉 자라나기 시작한 거야. 하늘로 뻗은 가지각색 나무들에 황금빛 열매가 가득. 지상에는 시원한 그늘이 가득. 사이사이 실개천으로 맑은 물이 졸졸졸. 가지가지 새들이 앉아서 재잘재잘 짹짹. 젊은이가 꿈이 아닌가 싶어서 소리를 꽥꽥 지르고 제 뺨을 짝짝 때리고 그런 야단이 없더래. 아야야야! 그렇게 행복한 비명은 처음이지 뭐.

얼마 뒤, 그 신비로운 정원 앞에 아산과 하셴이 아들딸과 함께 나란히 섰어. 현자와 제자들도 함께였지. 그 감격을 뭘로 표현하겠니. 이루 말할 수 없다는 표현이 딱이야. 그다음은 누구? 남녀노소 수많은 사람들. 변변한 집이나 땅을 갖지 못하고 살아온 사람들은 그 정원이 자기네 것이라는 말에 다들 눈물을 흘렸어.

근데 불청객도 찾아왔지 뭐니. 권력자들과 부자들이 말을 타고 몰려든 거야. 하지만 정원은 그들의 접근을 허락하지 않았어. 갑자기 말이 솟구치면서 뒤로 벌러덩. 기어이 과실에 손을 대다가 눈이 뒤집히면서 바닥으로 쿵. 그러니까 다들 겁을 먹고 도망쳐 버렸지 뭐.

가난하고 선량한 사람들은 하늘이 내린 신비로운 정원에서 모든 근심을 잊고 편안히 쉴 수 있었다고 해. 민속 악기 돔브라와 갖가지 새들과 실개천의 아름다운 합주를 즐기면서. 오래도록.

 연이  엄지  이반  세라  로테 이모  뭉이쌤  약손할배  동이

이반 누나, 기대했던 것 이상이에요. 감동이다.

연이 맞아요. 나 눈물 날 뻔했어. 특히 현자의 제자가 쓰러졌다가 깨어나서 기적을 보는 장면에서.

엄지 막내의 힘!

세라 오호, 엄지가 이런 유머를?

연이 카자흐스탄에 가면 실제로 이런 정원을 볼 수 있을까요?

세라 글쎄. 이야기는 이야기일 뿐.

뭉이쌤 단지 상상이라고만 할 일은 아니에요. 하늘이 낸 신령한 정원이 진짜로 있거든요.

엄지 오, 진짜요?

뭉이쌤 그럼! 우리 근처에 있는 산이나 숲도 하늘이 낸 거 아니겠니? 사람들이 가꾼 공원이나 정원도 사실 그 나무와 꽃은 하늘과 땅이 키운 거라고 볼 수 있지.

엄지 그러고 보니까 황금도 땅에서 나왔어요.

이반 흠, 그래서 열매도 황금빛인가?

동이 땅이 황금!

약손할배 그렇지. 조금 말을 바꾸면 모든 씨앗이 황금.

로테 이모 황금은 못 먹잖아요? 씨앗과 열매가 더 귀한 황금이에요.

뭉이쌤	그게 땅에 발을 딛고 하늘을 믿으며 산 사람들의 세계관이지요.
세라	저는 아산과 하센이 서로 황금을 떠미는 장면에서부터 놀랐었어요. 해법을 잘 찾았다고 생각했는데 자녀들이 또……. '와, 이 사람들 뭐지?' 이런 느낌이었어요.
동이	뭐긴 뭐겠음? 부전자전이지!
연이	하하. 저는 현자의 막내 제자가 모두를 위한 정원을 만들자는 의견을 말했을 때 깜짝 놀랐어요. 저는 가난한 사람들에게 나눠 준다는 것 정도만 생각했거든요. 오래오래 모두가 누릴 수 있는 정원이 더 멋져요.
뭉이쌤	유목민 사회에는 나눔의 공동체 문화가 발달한 게 특징이야. 생활 속에서 자연스레 우러나온 거라고 볼 수 있지.
약손할배	카자흐스탄에 '적도 우리 집에 들어오면 친구가 된다'는 말이 있다고 들었어요.
세라	맞아요. 카자흐스탄 사람들은 자기는 못 먹어도 손님은 잘 대접한다고 해요.
이반	이런 이야기가 그냥 나온 게 아니군요. 인생철학이 느껴져요.
뭉이쌤	그렇지. 설화의 철학!
로테 이모	이제 내가 인생철학이 담긴 설화를 하나 이야기해 볼게요.

내가 들려줄 이야기는 신화의 나라 그리스의 민담이에요. 전에는 잘 몰랐는데 그리스 민담 가운데 감동적인 것들이 많더라고요. 이번 민담은 제목이 '일년 열두 달'인데, 잔잔하고도 아름다운 이야기예요. 힘들게 자식을 키우는 엄마가 나오는 이야기라서 더 마음에 와닿았던 것 같아요.

일 년 열두 달

✳

그리스 민담

옛날 옛적에 남편이 세상을 떠나서 홀몸으로 아이들 다섯을 키우는 과부가 있었어요. 과부는 일자리를 구하려 했지만 뜻대로 되질 않았답니다. 돈을 못 버니까 먹고사는 일이 너무나 힘들었지요. 자기 못 먹는 건 문제가 아니에요. 아이들이 제대로 먹지 못한다는 게 정말 슬펐답니다.

그 마을에는 부잣집이 있었어요. 과부는 그 집에 찾아가서 빵을 반죽하는 일을 도와주곤 했지요. 그런데 부잣집 마님은 과부에게 빵 한 조각도 주려 하지 않았어요. 불쌍한 과부는 손에 밀가루 반죽을 묻힌 채로 집에 와서 깨끗한 물에 손을 씻은 뒤 그 물을 끓여서 만든 죽을 아이들에게 먹였답니다. 아이들은 그 희멀건 죽을 아껴 먹으면서 일주일을 버텼어요.

그런데 참 신기하기도 하지요? 멀건 밀가루죽만 먹는데도 아이들은 몸에 포동포동 살이 올라서 달덩이 같았답니다. 부잣집 자식들은 갖가지 기름진 음식에 부드러운 빵을 실컷 먹는데도 비실비

실 마르는데 말이지요. 부잣집 마님은 그게 너무 속상하고 화가
났어요. 그때 친구들이 이렇게 말한 거예요.

"과부가 손에 네 아이들 행운을 묻혀 가서 자기 아이들에게 주
는 거야. 그러니 네 아이들이 허약할 수밖에."

들고 보니까 그 말이 딱 믿기는 거예요. 마님은 과부가 반죽을
도와주고 돌아가려고 할 때 손을 깨끗이 씻고 가게 했답니다. 행
운을 조금도 안 뺏기겠다는 거지요. 과부는 빈손으로 돌아와야 했
어요. 눈에 저절로 눈물이 고였지요. 아이들도 엄마 손에 아무것
도 없는 걸 보고 슬프게 울기 시작했답니다. 과부는 애써 울음을
참으면서 말했어요.

"애들아, 울지 마. 내가 나가서 빵 한 조각이라도 구해 올게."

집을 나선 과부는 이 집 저 집 돌아다니면서 남은 빵이 있으면
달라고 사정했어요. 과부가 얻은 건 마른 빵 한 조각뿐이었답니다.
과부는 그 빵에 물을 부어서 으깬 뒤 아이들에게 나누어 줬지요.
아이들이 그걸 먹고 잠이 들자 과부는 무작정 밖으로 나왔어요. 아
이들이 배고픈 상태로 잠든 모습을 차마 보기 어려웠거든요.

황량한 밤길을 하염없이 걷던 과부는 높은 데서 웬 불빛이 반짝
이는 걸 발견하고 그리로 다가갔어요. 보니까 언덕 위에 낯선 천
막이 있는데 거기서 불빛이 나오고 있었지요. 과부는 천막을 살짝
들추고서 안을 살폈어요.

'오, 저게 뭐람?'

천막 가운데에 커다란 등이 걸려 있는데 열두 개의 전등 아래쪽

으로 동그란 공 같은 게 매달려 있었어요. 그 불빛 아래 청년 열두 명이 앉아서 열심히 토론을 하고 있었지요. 청년들은 차림새가 제 각각이었어요. 누구는 털옷을 껴입었는데 누구는 아주 가벼운 차림이었답니다. 청년들이 고개를 돌려 과부를 바라보더니,

"아주머니, 잘 오셨어요. 이리 와서 앉으세요."

과부가 자리에 앉자 청년들은 그녀에게 세상살이가 어떠냐고 물었어요. 과부는 가난한 사람들이 얼마나 굶주리고 있는지를 눈물을 흘려 가면서 얘기했답니다. 누구에게든 마음껏 하소연하고 싶었거든요. 그때 털옷을 입은 청년 하나가 일어서더니 과부에게 음식을 가져다줬어요. 과부가 배고픈 상태라는 걸 눈치챈 거예요. 그 청년은 한쪽 발이 짧아서 걸을 때 살짝 기우뚱거렸어요. 하지만 문제될 건 없었지요. 과부는 음식을 맛있게 먹었어요.

"정말 고마워요. 오랜만에 잘 먹었네요."

청년들은 궁금한 게 많았어요. 이런저런 대화가 오가던 중 봄옷 차림의 젊은이 세 명이 몸을 쭉 내밀면서 물었어요.

"아주머니에게는 일 년 열두 달이 어떤 존재예요? 3월과 4월, 5월을 어떻게 생각하세요?"

그러자 과부가 얼굴을 빛내면서 말했어요.

"그 세 달, 너무 좋아요. 푸른 들판에 온갖 꽃이 피어나면서 사방으로 향기가 퍼지죠. 새들은 노래하고, 농부들은 새싹을 키우면서 꿈에 부푼답니다. 이 세 달에 대해선 불평할 게 조금도 없어요."

그러자 소매를 바짝 걷어 올린 차림으로 밀 이삭을 들고 있던

청년 셋이 물었어요.

"그럼 6월과 7월, 8월은 어떤가요?"

"아주 좋지요! 곡식과 과일이 익어서 수확하는 철이라 먹을 게 풍부해요. 우리같이 가난한 사람들은 입을 걱정을 안 해도 되니 더할 나위가 없지요."

그러자 포도를 들고 있는 청년 셋이 몸을 내밀면서,

"9월, 10월, 11월은요? 그때도 괜찮은가요?"

"그림요. 그 세 달 동안 사람들은 포도를 따서 술을 담그지요. 경치는 또 얼마나 좋고요. 겨울을 기다리며 땔감과 옷을 준비하는 손길에 활력이 넘쳐요."

다음은 털옷을 껴입은 청년들 차례였어요.

"12월과 1월, 2월은요? 추워서 힘들죠?"

"그렇지 않아요. 그 세 달이 얼마나 소중한데요. 일에 지친 사람들이 편안히 휴식할 수 있는 시기잖아요. 긴 밤에 난롯가에서 아이들과 이야기를 나누는 시간은 정말 행복해요."

과부가 말을 마치자 청년들은 더 묻지 않고 고개를 끄덕였어요. 서로 눈짓을 하는가 싶더니 포도를 들고 있던 청년 한 명이 밖에 나가서 뚜껑이 덮인 항아리를 하나 가져왔답니다.

"아주머니, 가지고 가세요. 이게 있으면 자식들을 먹여 살릴 수 있을 겁니다."

그 말에 과부는 너무나 기뻐서 입이 저절로 벌어졌어요.

"아아, 정말 고마워요. 다들 오래오래 잘 지내길 바랄게요."

"네. 아주머니도 사시사철 늘 행복하세요."

인사를 마친 과부는 항아리를 들고 천막을 나섰어요. 항아리는 무거웠지만 발걸음은 아주 가벼웠지요. 집에 와서 홑이불을 깔고 항아리를 열어 보니까 안에 금화가 가득했답니다. 과부는 날이 밝자마자 가게에서 빵과 치즈를 사 온 뒤 아이들을 깨웠어요. 음식을 본 아이들 눈이 휘둥그레. 아이들은 감사 기도를 마친 뒤 오랜만에 배부르게 잘 먹었답니다. 최고의 한 끼였지요.

과부는 밀가루를 많이 사서 방앗간에서 빻은 뒤 가루를 잘 반죽해서 빵집으로 가져갔어요. 과부가 반죽으로 빵을 만드는데 그보다 행복한 손은 없었을 거예요. 그런데 과부가 빵을 짊어지고 집으로 오는 걸 부잣집 마님이 봤지 뭐예요. 마님은 과부를 부르더

니 어찌 된 일이냐고 캐물었어요. 마음 착한 과부는 간밤에 겪은 일을 애기해 줬답니다.

그 말을 듣고서 가만히 있을 마님이 아니에요. 마님은 그날 밤 과부가 가르쳐 준 길로 해서 언덕 위에 있는 천막을 찾아갔답니다. 그녀가 안으로 들어가자 청년들이 물었어요.

"어떻게 마님께서 여기를 다 오셨나요?"

"내가 많이 가난하거든. 날 좀 도와줘."

"음식을 가져다 드릴까요?"

"아니, 음식은 됐어. 그거 말고 다른 거 없는가?"

청년들은 서로의 얼굴을 바라봤어요. 봄옷을 입은 세 청년이 나서면서,

"3월, 4월, 5월 세 달을 어떻게 생각하세요?"

"말도 마. 말로만 봄이지 툭하면 찬 바람이 불어 대서 뭘 할 수가 없어. 망할 달들."

"6월, 7월, 8월은 어떠세요?"

"그 끔찍한 달들? 어찌나 더운지 가만있어도 땀이 뚝뚝. 비는 왜 그리 자주 와서 옷을 망가뜨리나 몰라."

"9월, 10월, 11월은요?"

"말하면 뭐 해. 겨우 더위에 익숙해졌나 할 때 찬 바람이 쌩쌩. 내가 감기를 달고 산다니까."

"12월, 1월, 2월은 괜찮겠죠?"

"무슨 소리! 그놈의 추위, 생각하기도 싫어. 눈 때문에 길바닥이

질퍽한 건 또 어떻고. 2월 그 절름발이 녀석은 봄이 코앞인데 뭔 심술을 그렇게! 으, 짜증 나."

그 말에 한쪽 발이 짧은 청년의 표정이 아주 슬프게 변했어요. 마님이 그걸 알 턱이 없지요. 그때 한 청년이 나가더니 뚜껑이 덮인 항아리를 가져와서 마님 앞에 내밀었어요.

"아주머니, 이 항아리를 아무도 없는 방에서 혼자 열어 보세요."

그러자 마님은 얼굴이 환해졌어요. 이제 됐다 싶었던 거지요. 마님은 급히 항아리를 들고 집으로 온 다음 자기 방에서 문을 꼭꼭 걸어 잠그고 항아리를 쏟았답니다. 청년들이 따로 말하지 않았어도 자기만 있는 데서 항아리를 열었을 거예요.

그 항아리에서 나온 것은 황금이 아니라 뱀이었답니다. 수많은 뱀이 쏟아져 나와서 마님을 잡아먹었어요. 그 집 아이들은 하루아침에 고아가 돼 버렸지요. 그 뒷이야기는 나도 모르겠어요.

과부의 자식들은 다들 훌륭하게 자라서 어머니와 함께 오래오래 행복하게 살았답니다.

 연이  엄지  이반  세라  로테 이모  뭉이쌤  약손할배  동이

연이 이모님, 이 이야기 참 좋아요. 마음이 따뜻해졌어요. 부잣집 아이들은 좀 불쌍하지만.

세라 그러게. 애들이 무슨 죄니? 엄마를 잘못 만나서.

엄지 내 생각에는 걔들 그리 불쌍하지 않아요. 과부네 아이들한테 나눠 줄 생각을 안 한 거잖아요.

세라 그건 그래. 엄마 품 안에서 아웅다웅했겠지.

동이 걔들이 왜 말라비틀어졌는지 알아? 마음이 말라비틀어져서야.

로테 이모 자식 키우는 입장에서 나는 엄마의 교육이 중요하다고 봤어요. 과부의 자식들이 못 먹어도 살이 찌고 나중에 잘된 것도 엄마 몫이 크다고 생각해요.

약손할배 참 훌륭한 사람이에요. 가난한 사람에게는 사시사철이 다 힘든 법인데, 일 년 열두 달을 다 좋게 말하는 게 대단했어요.

뭉이쌤 맞습니다. 긍정의 힘이 얼마나 크고 중요한지 잘 보여 주는 이야기예요. 살펴보면 일 년 열두 달뿐만 아니라 세상 모든 것에 좋은 면과 나쁜 면이 있기 마련이잖아요? 나쁜 면만 보면 거기 갇히게 되지요. 이야기 속의 마님처럼요.

이반 항아리에서 나온 뱀은 욕망을 상징하는 거겠죠?

뭉이쌤 그렇지. 자기 안의 욕망에게 잡아먹힌 거라고 볼 만해.

연이   그렇다면…… 과부 아주머니의 내면에는 금화가 빛나고 있었던 거네요.

세라   오호, 연이 대단한데. 그 말 금빛이었어.

동이   흐흠, 과부는 그 청년들이 열두 달이라는 걸 눈치챘을 수도!

엄지   엥? 그런가? 갑자기 감동이 반으로…….

약손할배   엉뚱한 말은 아니야. 일 년 열두 달을 누구보다 절박하게 보냈을 테니까.

엄지   아, 그래서 알아챘다는 말씀이네요. 그렇게 생각하니까 조금 나아요.

뭉이쌤   나는 아주머니가 한 말 가운데 겨울에 난롯가에서 이야기 나누는 시간이 행복하다는 게 제일 와닿았음.

연이   꼭 겨울 아니라도 되잖아요? 사시사철 일 년 열두 달을 옛이야기와 함께!

(일동 환호)

나도 이야기꾼

기본 스토리텔링

이번 스테이지에서 만난 이야기 중 가장 마음에 드는 것을 골라서 다음과 같은 단계로 스토리텔링 활동을 해 보자.

step 1: 책에 쓰인 그대로 이야기를 소리 내어 읽는다.

step 2: 책에 쓰인 그대로 이야기를 소리 내어 읽되, 가상의 청자에게 말해 주듯이 읽는다.

step 3: 청자에게 이야기를 전달하되, 틈틈이 책을 참고한다.

step 4: 청자에게 이야기를 전달하되, 책을 참고하지 않는다.

step 5: 청자에게 이야기를 전달하되, 표현과 내용을 조금씩 자신의 방식대로 바꿔 본다.

step 6: 완전히 내 것이 된 이야기를 구연 환경과 청자의 성향에 맞춰 내용과 표현을 자유자재로 조절하며 전달한다.

이야기별 재창작 스토리텔링

다음은 이번 스테이지에서 만난 이야기들에 대한 활동거리이다. 이 중 하나 이상을 골라 스토리텔링 활동을 해 보자.

<세 명의 수행자>

① **인물 되어 말하기:** 이야기 속의 '봄밋다'가 되어 자신을 초청한 가족을 축복하는 말을 해 보자.

<손님을 위한 검은 빵>

② **손님을 위한 레시피 마련하기:** 집에 갑자기 찾아온 손님에게 기쁘게 내놓을 수 있는 나만의 특별한 음식 레시피를 만들어 보자.

<물배추 여신>

③ **인물 되어 편지 쓰기:** 이야기 속 여자아이가 논에 귀걸이를 던진 날 저녁에 엄마에게 편지를 썼다고 가정하고 그 내용을 작성해 보자.

<하늘에서 쏟아진 은화>

④ **이야기 내용에 대해 토론하기:** 소녀가 자기가 가진 모든 것을 베푼 일에 대해 거기에 어떤 의미가 담겨 있는지, 그것이 최선의 선택이었는지 토론해 보자.

<넛너이의 요술피리>

⑤ **인물의 정체 추리하기:** 넛너이에게 피리를 준 꼬부랑 할머니의 정체는 무엇이었을지 추리해서 이야기해 보자.

⑥ **나만의 소원 빌기:** 나에게 요술피리가 있다고 가정하고 특별한 소원을 빌어 보자. 소소하면서도 재미있는 소원이면 좋겠다. 단, '나를 위한 것'이 아니라 '남을 위한 것'이 되도록 한다.

<잃어버린 돈>

⑦ **인물의 행동 평가하기:** 이야기 속에서 인물들이 행한 일들 가운데 좋았다고 생각되는 것들을 찾아서 목록화해 보자. 순위를 매겨 봐도 좋겠다.

<신비로운 정원>

⑧ **감동 포인트 찾기:** 이야기에서 가장 감동적인 포인트라고 생각되는 부분을 찾아서 제시하고 이유를 말해 보자.

⑨ **공공 정원 설계하기:** 나에게 자그마한 공공 정원을 자유롭게 꾸밀 권한이 주어졌다고 가정하고 거기 무엇을 어떻게 배치할지 설계해 보자.

<일 년 열두 달>

⑩ **장점 찾아 말하기:** 1월부터 12월까지 각 달이 가지고 있는 장점들을 헤아려 보고 그중 하나씩을 골라서 월별로 제시해 보자.

이야기 연계 스토리텔링

1. 이 스테이지에 있는 여덟 편의 이야기에서 가장 마음에 와닿았던 인물이
나 장면을 선정해서 어떤 점이 인상적이고 감동적이었는지 말해 보자. 다
른 사람의 공감과 동의를 얻을 수 있도록 한다.

2. 다음 네 인물이 동료나 친구로 함께한다고 가정하고, 그들이 펼쳐 낼 만
한 특별한 사연을 상상해서 이야기해 보자. 시대나 지역 배경은 자유롭게
설정한다. (1)~(3)의 소녀들에게 이름을 지어 줘도 좋겠다.

    (1) 〈세 명의 수행자〉의 소녀

    (2) 〈물배추 여신〉의 소녀

    (3) 〈하늘에서 쏟아진 은화〉의 소녀

    (4) 〈넛너이의 요술피리〉의 넛너이

3. 이 외에 이야기들을 흥미롭게 연계할 수 있는 여러 가지 방법을 찾아보고
이를 토대로 다양한 스토리텔링 활동을 해 보자.

고난과 시련, 성공의 어머니

이야기하는 종달새 달이예요. 유럽의 작은 나라 에스토니아에서 들은 이야기를 해 드릴게요. 고생하면서 살던 가난한 여자아이 이야기랍니다. 맷돌을 돌리면서 살던 아이였어요. 무거운 맷돌을요. 그 아이에게 필요한 건 무엇이었을까요? 이야기에서 확인해 보세요.

가난한 아이의 맷돌

에스토니아 민담

옛날에 부모가 없는 여자아이가 있었어요. 물려받은 재산도 없고, 자기를 돌봐 줄 친척도 없었답니다. 아직 어린데 혼자 살아갈 수가 없잖아요? 다행히 어느 집에서 이 아이를 양녀로 들였어요. 하지만 다행한 일이 아니에요. 새어머니가 아이를 많이 괴롭힌 거예요. 어린아이를 거의 하녀처럼 부려 먹었답니다. 일부러 그렇게 하려고 입양했나 봐요.

새어머니는 아이에게 아침부터 밤까지 일을 시켰답니다. 밥은 제대로 주지도 않으면서요. 아이는 배고픈 상태로 하루 종일 힘든 일을 했어요. 그 집이 식당 같은 걸 했나 봐요. 아이는 매일 맷돌을 돌려서 콩과 팥 같은 식재료를 갈아야 했답니다. 맷돌이 아주 무겁거든요. 어른도 돌리기 힘들어요. 그걸 아이 혼자서 돌리는 거예요. 저녁때가 되면 팔이 떨어져 나가는 것 같았답니다.

"아, 맷돌 돌리는 거 너무 힘들어!"

하지만 새어머니는 아랑곳하지 않았어요. 어떻게 하면 더 많이 부려 먹을까 하는 생각뿐이에요.

어느 날, 여자아이가 혼자서 맷돌을 돌리고 있는데 어떤 노인이 다가왔어요. 더러운 누더기를 걸쳤는데 옷이라고 말하기도 부끄러워요. 얼굴에는 때가 가득했죠. 노인은 배가 너무 고프다면서 먹을 게 없느냐고 물었어요. 여자아이는 노인이 불쌍해서 얼마 안 되는 자기 점심거리를 내줬답니다. 노인이 맛있게 다 먹더니,

"그 맷돌, 돌릴 만해? 무겁지 않니?"

"할아버지, 이거 너무 무겁고 힘들어요."

아이는 자기도 모르게 눈이 촉촉해졌어요. 노인이 고개를 끄덕이더니 여자아이에게 수건을 하나 주면서 말했어요.

"오늘 밤에 잠을 잘 때 이걸 머리에 두르고서 저절로 일하는 맷돌을 만나게 해 달라고 빌어 보려무나."

그러고서 노인은 훌쩍 사라져 버렸어요. 노인이 준 수건은 땀에 절어서 지저분하고 나쁜 냄새가 났답니다. 다른 아이였으면 쓰레기통에 버렸을 거예요. 하지만 아이는 노인이 알려 준 대로 밤에 수건을 두르고 누워서 정성껏 빌었어요.

"저절로 일하는 맷돌을 만나게 해 주세요."

그렇게 빌다 보니 솔솔 잠이 찾아왔답니다. 원래는 잠이 안 와서 오래 뒤척였었거든요. 그게 사실은 마법의 수건이었던 거예요. 노인은 위대한 핀란드 마법사였고요.

잠든 여자아이는 생생한 꿈을 꿨어요. 이상한 통로를 따라서 땅속으로 들어갔는데 커다란 문이 나왔답니다. 문을 열고 들어가니

까 커다란 농장이었죠. 농장에서는 활기차게 일하는 소리가 울려 퍼졌어요. 절구질 소리와 키질 소리, 물레질 소리, 그리고 맷돌 소리도요. 그런데 사람은 하나도 안 보였어요. 절구와 물레가 저절로 움직이면서 일하고 있었답니다.

"와, 신기해. 근데 맷돌은 어디 있지? 분명히 소리가 들리는데."

아이는 조용히 귀를 기울이며 맷돌을 찾기 시작했어요. 맷돌 소리는 커다란 관 속에서 나오고 있었답니다. 사람 시체를 넣는 관에서요. 아이가 관을 열어 보니까 맷돌이 혼자 열심히 돌면서 곡식을 빻고 있었어요.

"최고다! 갖고 싶어. 근데 어떻게 가져가지?"

그때 하얀 말이 마차를 끌고 척 나타났어요. 마부는 없었지만 문제없었죠. 관이 저절로 마차에 턱 실린 거예요. 말은 한 번 크게 울음을 울더니 질풍같이 달려갔답니다. 여자아이는 놀라서 마차를 향해 손을 내밀다가 꿈에서 깨어났어요.

"꿈이었구나. 너무 생생해."

근데 이게 웬일이에요! 낡은 침대 옆에 꿈에서 본 관이 놓여 있는 거예요. 열어 보니까 맷돌이 덩그러니 놓여 있는데, 생글 웃는 것 같아요. 여자아이는 맷돌구멍에 곡물을 넣어 봤어요. 와르릉, 와르릉! 맷돌이 저절로 돌면서 곡물을 갈기 시작했죠. 맷돌은 곡물을 다 빻은 뒤 알아서 척 멈췄답니다.

"우와, 진짜 좋다! 소원이 이루어졌어. 정말 감사합니다. 감사합니다!"

그날부터 여자아이는 힘들이지 않고 곡물 빻는 일을 척척 해냈어요. 얼굴에 저절로 행복한 웃음이 번졌죠. 먹지 않아도 배가 부를 정도였어요. 아, 맷돌이 아이가 먹을 수 있는 묷도 만들어 줬대요.

그런데 새어머니가 이상한 낌새를 알아챈 거예요. 아이 얼굴에 웃음이 번지고 피부도 뽀얗게 피어나니까 뭔가 있다고 생각한 거죠. 어느 일요일 날, 새어머니가 아이에게 말했어요.

"애야, 오늘은 교회에 가도록 해. 일은 내가 할 테니까."

이런 일은 처음이었어요. 원래는 일요일에도 아이에게 일을 시켜 놓고 자기들만 교회에 갔었거든요. 여자아이는 신이 나서 교회로 달려갔어요. 옷은 허름했지만 온몸에 생기가 넘쳤답니다. 사람들이 다들 한 번씩 쳐다볼 정도로요. 남자아이들이 반해서 졸졸 따라온 건 비밀 아닌 비밀이에요.

문제는 새어머니예요. 아이를 교회로 보내 놓고 비밀을 캐기 시작했거든요. 아이가 생활하는 다락방에 들어온 새어머니는 이상한 걸 발견했어요.

"이게 뭐야! 왜 방에 관이 있는 건데? 애가 무슨 짓을 하고 있었던 거냐고?"

새어머니는 관을 열려고 했지만 꼼짝도 하지 않았어요. 화가 난 새어머니는 망치를 가져다가 관 뚜껑을 깨부쉈어요. 관 안에는 이상한 맷돌이 앉아서 그녀를 노려봤습니다. 맷돌 옆에는 곡물을 간 흔적들이 남아 있었죠.

"이거였구나. 애가 마법의 맷돌을 쓰고 있었던 거야."

새어머니는 곡물을 한 바가지 가져다가 맷돌구멍에 부었어요. 그러자 맷돌이 저절로 와르릉 와르릉 돌아가기 시작했죠. 그녀는 신이 나서 곡물을 자꾸 부었답니다.

그때였어요. 한참 곡물을 갈던 맷돌이 갑자기 거꾸로 돌기 시작했어요. 무서운 속도로요. 그러자 맷돌구멍에서 곡물가루가 솟구쳐 나와서 새어머니의 얼굴을 마구 때렸어요. 새어머니는 벌러덩 쓰러져서 죽어 버렸답니다. 천벌을 받은 거예요.

사실 새아버지는 나쁜 사람이 아니었어요. 아내가 양녀를 괴롭히는 게 마음이 안 좋았었대요. 하지만 워낙 아내가 드센 사람이라서 어쩌지 못했던 거예요. 아내가 죽자 새아버지는 딸이 다른 집 아이들처럼 자유롭게 지낼 수 있도록 해 줬답니다.

그 아이에게 마법의 맷돌이 있잖아요? 아이는 교회도 다니고 친구도 사귀면서 즐거운 마음으로 일을 계속했어요. 아이가 커서 아름다운 처녀가 되자 청혼자가 줄을 섰다고 해요. 예쁘고 착하고 일도 잘하니까 최고잖아요. 여자아이는 자기 마음에 드는 남자를 잘 골라서 결혼했답니다.

신기한 일이 한 가지 있었어요. 결혼해서 첫날밤을 보내고 나니까 관이 감쪽같이 사라진 거예요. 여자아이는 관을 추억 속에 묻어 두고 오래오래 잘 살았답니다. 아들딸 많이 낳고서요. 아이들도 엄마에게 맷돌을 저절로 돌리는 비법을 전수받았다고 해요.

연이　　통이　　이반　　뀨 아재　　로테 이모　　뭉이쌤　　노고할망　　달이

통이　달이야, 좋았어! 근데 마지막에 그거 뭐야? 맷돌은 저절로 돌아가는 거 아냐? 무슨 비법?

달이　그거 아무나 할 수 있는 거 아니거든. 새어머니는 맷돌 돌리다가 죽었잖아.

연이　여자아이가 맷돌 돌리기 고수가 된 건가? 힘 안 들이고 씽씽 돌리기?

이반　힘든 일도 계속하다 보면 익숙해지기는 하지. 근데 그 맷돌이 관 안에 있었잖아? 그건 무슨 뜻일까?

로테 이모　그러게. 노인이 준 땀에 찌든 수건하고도 무슨 관계가 있을 것 같고…….

뀨 아재　뭉이쌤이 나서실 타임.

뭉이쌤　노인이 준 수건은 '오랜 노동의 경험'으로 볼 수 있을 듯해요. 오래 일한 분들이 가지고 있는 특별한 노하우 같은 게 생각나네요.

노고할망　그렇지. 특히 옛날 농사일과 집안일은 그전부터 내려온 경험이 중요해요. 단지 기술만이 아니에요. 마음가짐이 크지.

뭉이쌤　여자아이가 하룻밤 사이에 삶이 달라지는데 그 사이에 관이 놓이잖아요? 그건 심리적 죽음과 부활을 경험한 거라고 볼 만해요. 자기 삶을 대하는 태도가 질적으로 달라졌다는 거지요.

이반　　부정적인 생각을 긍정적인 방향으로 바꾸니까 삶의 색깔이 달라진 건가요?

뀨 아재　　어둠에서 빛으로.

로테 이모　　여자아이가 힘들게 살고 있었지만, 늘 그렇게 지내라는 법은 없어요. 시간이 가면 자기 삶이 열릴 테니까요. 그런 희망과 신념을 발견해서 내면화한 것이었군요.

퉁이　　저 지금 마법을 경험하고 있어요. 갑자기 눈앞이 확 트인 느낌이에요.

연이　　나도! 내가 요즘 힘든 일이 있어서 마음이 답답했거든. 털어 버릴 수 있을 것 같아.

노고할망　　그래그래. 즐거운 마음으로 맷돌을 힘차게 돌리렴.

연이　　네. 맷돌이 저절로 돌아갈 수 있게끔요.

퉁이　　자, 이제 제가 이야기 맷돌을 힘차게 돌려 보겠습니다.

달이가 들려주는 이야기를 듣다가 생각난 설화가 있어요. 중남미의 섬나라 아이티에서 전해 온 민담입니다. 달이의 이야기에 마법의 맷돌이 나왔잖아요? 이 이야기에는 마법의 나무가 나와요. 마법의 오렌지 나무입니다. 이야기 속에 노래도 나와요. 아이티 설화의 특징이라고 해요.

마법의 오렌지 나무

*

아이티 민담

옛날 옛적에, 태어나자마자 엄마가 돌아가신 여자아이가 있었어요. 원래 집이 가난했는데 엄마가 없으니까 집안이 엉망이 됐습니다. 아이가 죽지 않고 살아난 게 다행일 정도였죠. 여자아이는 정말 힘들고 외롭게 하루하루를 보냈어요. 대여섯 살 때부터 집안일을 맡아서 해야 했죠. 일곱 살인가 여덟 살이 되자 밖에 나가서 아빠가 하는 일도 도왔습니다. 나무도 해 오고 농사일도 거드는 거예요.

그러던 어느 날, 아빠가 재혼을 했어요. 딸이 웬만큼 컸으니 괜찮다고 생각했나 봐요. 하지만 아이에게는 지옥의 시작이었습니다. 새엄마가 아주 냉정하고 모진 사람이었거든요. 새엄마는 아이에게 힘든 일을 잔뜩 시켜 먹으면서 먹을 것은 잘 주지 않았어요. 어떤 날은 하루 종일 아무것도 주지 않았대요. 소녀는 늘 배고픈 상태로 지내야 했습니다.

어느 날 소녀가 밖에서 일을 하고 돌아와 보니까 식탁 위에 잘

익은 오렌지 세 개가 놓여 있었어요. 오렌지에서는 아주 맛있는 향기가 났습니다. 소녀는 그게 자기 몫이 아니라는 걸 알았어요. 하지만 너무 배가 고파서 참을 수 없었습니다. 소녀는 오렌지를 한 개 들어서 껍질을 까고 알맹이를 입에 넣었어요.

"와, 정말 맛있다."

소녀는 참지 못하고 두 번째, 세 번째 오렌지까지 다 먹어 치웠습니다. 오렌지를 먹는 동안 아주 행복했죠. 하지만 다 먹고 나자 커다란 두려움이 밀려왔습니다. 새엄마가 가만있을 리 없거든요. 소녀는 얼른 자기 방에 숨었어요. 그때 새엄마가 들어오더니,

"뭐야? 내가 식탁에 둔 오렌지 어디 있지? 응?"

그러면서 냄새를 킁킁 맡는 거예요. 오렌지 향이 나잖아요?

"이것 봐라. 누가 내 오렌지를 훔쳐 먹었군. 두고 봐라. 뼈도 못 추리게 해 주지! 기도 많이 해 두셔."

그게 딸이 들으라고 하는 말이에요. 소녀는 공포에 휩싸인 채 뒷문으로 빠져나와 마구 달렸습니다. 숲을 가로질러서 계속 달린 소녀는 죽은 엄마의 무덤 앞에 웅크리고 앉았어요. 소녀는 거기서 울면서 밤을 새웠습니다. 엄마에게 도와달라고 기도하면서요.

소녀가 깜빡 잠에서 깨어났을 때, 막 해가 떠오르고 있었어요. 날이 밝았지만 소녀는 갈 곳이 없었습니다. 집으로 돌아갈 자신이 없었어요.

"엄마, 어떡해? 나 어디로 가요?"

그때 소녀의 옷에서 무언가가 톡 떨어졌어요. 오렌지 씨였습니

다. 오렌지를 먹을 때 씨 하나가 옷에 달라붙었던 거예요. 소녀는 그 씨앗이 마치 자기인 것처럼 느꼈어요. 그래서 씨앗을 정성껏 땅에 묻었습니다.

오렌지 씨앗아, 죽지 말고 싹을 틔워 줘.
거친 땅을 뚫고서 푸른 싹을 틔워 줘. 쑤욱 틔워 줘.

그때 놀라운 일이 벌어졌어요. 땅에서 정말 푸른 싹이 쑥 돋아난 거예요. 소녀는 무릎을 꿇고서 다시 노래를 불렀어요.

오렌지 나무야, 쑥쑥 자라나 줘.
싱싱하게 쑥쑥 자라나 줘. 내 키만큼 자라나 줘.

오렌지 나무는 쑥쑥 커서 소녀의 키만큼 자라났어요.

오렌지 나무야, 크게 자라서 가지를 뻗어 줘.
높이 높이 자라나서 널리 널리 가지를 뻗어 줘.

그러자 나무가 쑥쑥 자라나면서 사방으로 가지를 뻗었어요. 가지에는 푸른 잎이 무성하게 돋아났습니다.

오렌지 나무야, 꽃을 피워 줘. 예쁜 꽃을 피워 줘.

하얀 꽃 예쁜 꽃을 가지마다 피워 줘.

아름다운 하얀 꽃들이 오렌지 나무를 뒤덮었어요. 잠시 후 꽃이 떨어지면서 하얀 꽃비가 내렸습니다. 꽃이 떨어진 자리에는 자그마한 초록색 열매가 맺혔어요.

오렌지 열매야, 토실토실 자라나서 맛나게 익어 줘.
둥그런 붉은 열매, 커다란 붉은 열매, 맛나게 익어 줘.

오렌지 열매는 쭉쭉 자라났어요. 금세 나무 전체가 황금빛 오렌지로 가득 찼습니다. 소녀는 기뻐서 나무 주위를 빙글빙글 돌면서 춤을 췄어요.

오렌지 나무야, 자라라 자라라 쑥쑥 자라라.
한없이 자라라. 하늘 높이 자라라.

오렌지 나무는 하늘까지 닿을 만큼 높게 높게 자라났어요. 근데 너무 높이 자라다 보니 열매를 딸 수가 없었습니다. 하지만 문제는 없었어요.

오렌지 나무야, 몸을 기울여 줘. 아래로 기울여 줘.
내 손에 닿을 만큼, 내 가슴에 닿을 만큼 몸을 기울여 줘.

오렌지 나무는 소녀의 손이 닿고 가슴이 닿을 만큼 몸을 기울였어요. 소녀는 황금빛 오렌지를 잔뜩 딸 수 있었죠. 그건 세상에서 제일 맛있는 오렌지였어요. 소녀는 오렌지를 실컷 먹은 다음, 양팔 가득 오렌지를 안고 집으로 돌아갔습니다.

소녀가 돌아오면 죽도록 야단치려고 벼르고 있던 새엄마는 깜짝 놀랐어요. 그렇게 탐스러운 오렌지는 처음이었죠. 딸에게 뭐라고 할 틈도 없이 오렌지를 빼앗아서 허겁지겁 먹기 시작했어요. 그 많은 걸 다 먹어 치우고도 성이 차지 않았는지,

"이런 오렌지를 어디서 찾은 거야? 나를 그리로 안내해!"

소녀가 말없이 가만있으니까 새엄마는 화를 내면서 딸을 다그쳤어요. 소녀는 할 수 없이 새엄마를 오렌지 나무가 있는 곳으로 안내해야 했습니다. 오렌지 나무는 황금빛 열매를 잔뜩 단 채로 하늘 높이 우뚝 솟아 있었죠.

"뭐야? 나무가 너무 높아서 따 먹을 수 없잖아? 어떻게 열매를 딴 거야?"

그러자 소녀는 나무를 향해 노래를 시작했어요.

오렌지 나무야, 내려와 줘. 이 아래로 내려와 줘.

아래로 내려와서 날 괴롭히는 사나운 입을 막아 줘.

그러자 오렌지 나무는 아래로 쭉쭉 내려오기 시작했어요. 가지가 손에 닿을 만큼 내려오자 새엄마는 나무에 올라타더니 이리저

리 옮겨 가면서 무서운 속도로 열매를 따 먹기 시작했습니다. 그 많던 열매가 다 없어질 지경이었어요.

오렌지 나무야, 올라라 올라라 쭉쭉 올라라.
한없이 올라라. 하늘 높이 올라라.

그러자 오렌지 나무는 하늘을 향해서 쭉쭉 올라가기 시작했어요. 하늘 높이 올라간 새엄마가 비명을 지르면서 실려 달라고 소리쳤죠. 그때 소녀가 온 힘을 다해서 외쳤습니다.

오렌지 나무야, 부서져! 산산이 부서져 버려!

그러자 오렌지 나무는 산산조각이 나서 흩어졌어요. 새엄마도 산산조각이 나서 사라져 버렸습니다.

소녀는 땅바닥에서 자그마한 오렌지 씨앗을 찾아내서 땅에 심은 뒤 부드러운 소리로 노래하기 시작했어요.

오렌지 씨앗아, 싹을 틔워 줘. 푸른 싹을 틔워 줘.
오렌지 나무야, 쑥쑥 자라 줘. 내 키만큼 자라 줘.
오렌지 나무야, 가지를 뻗어 줘. 널리 널리 뻗어 줘.
오렌지 나무야, 꽃을 피워 줘. 예쁜 꽃을 가득 피워 줘.
오렌지 열매야, 토실토실 자라나서 맛나게 익어 줘.

소녀 앞에 딱 키만큼
자라서 탐스러운 황금
빛 열매를 가득 매단 오렌
지 나무가 섰어요. 소녀는 오
렌지를 따서 시장으로 가져갔죠.
그게 세상에서 제일 달콤한 오렌지잖아
요? 오렌지는 금방 다 팔렸답니다. 다음 날도, 그다음
날도요.
　지금도 아이티의 시장을 찾아가면 세상에서 제일 맛있는
오렌지를 팔고 있는 소녀를 만날 수 있다고 해요.

| 연이 | 퉁이 | 이반 | 뀨 아재 | 로테 이모 | 뭉이쌤 | 노고할망 | 달이 |

달이 이거 나도 아는 이야기야. 그 오렌지 진짜로 맛있어!

뀨 아재 시장에 가서 어린아이가 팔고 있는 오렌지를 사 먹어야겠군.

연이 아이티 아니고 우리나라 시장에 가서요? 다른 사람이잖아요?

뭉이쌤 어디인가가 중요한 게 아니고 어떻게 사느냐가 중요한 기겠지.

퉁이 맞아요. 세계 어디든 이 소녀처럼 사는 사람들이 있어요. 한국에 도요.

연이 소녀가 불쌍했어요. 저보다도 어린데 너무 힘들게 살아서요.

로테 이모 그러게. 아이를 괴롭힌 새엄마 정말 나빴어. 자기가 낳은 딸이 아니라도 그렇지, 어떻게…….

뭉이쌤 자기가 낳은 딸을 괴롭히는 엄마도 많이 있지요.

이반 저도 그런 엄마 봤어요. 그나저나, 이 소녀는 행복을 찾은 거 맞겠죠?

퉁이 당연하지! 오렌지 농사 능력자 됐잖아? 사람들에게 달콤한 맛도 전해 주고, 돈도 잘 벌어서 큰 부자가 됐을걸.

뭉이쌤 결과를 떠나서 이 아이는 오렌지 나무를 키우는 과정에서 행복을 찾았을 거야. 농작물하고 교감하는 건 행복한 일이거든. 수확할 때는 더 말할 것도 없고.

연이 그런데요, 소녀가 커다란 오렌지 나무를 산산조각으로 부수잖아요? 그 대목이 좀 놀라웠어요.

로테 이모 나도 그 대목에서 깜짝 놀랐어. 얘가 마음속 상처와 고통이 정말 컸구나 싶었지.

연이 아, 꾹 누르고 있던 마음이 터져 나온 거군요.

뭉이쌤 그때 소녀가 키운 나무가 손이 안 닿을 만큼 컸잖아? 어쩌면 그건 불균형일 수도 있어. 또는 현실에서 멀리 벗어나고 싶은 마음.

뀨 아재 나무가 너무 높으면 열매를 따기 힘들죠.

연이 아, 그래서 새로 키운 나무는 자기 키만큼만 자라게 한 거구나.

로테 이모 쌤 말씀을 따르자면, 심리적인 안정을 얻은 거네요.

이반 커다란 나무가 산산이 부서진 게 필요한 과정이었군요. 새엄마가 죽은 것도 마찬가지인가요?

뭉이쌤 그렇지. 그 죽음은 실제 죽음으로 보기보다 소녀가 새엄마의 억압으로부터 벗어나 자유를 찾는 과정으로 이해하는 편이 어울려.

노고할망 죽어야 거듭나는 법이지요. 나무도, 그리고 사람도.

퉁이 신기하네요. 제가 얘길 하면서도 그런 생각까진 안 했거든요. 진짜 마법의 오렌지 나무예요.

뀨 아재 내가 그 마법을 이어 나가 보지!

내가 태국에서 전해 온 신기한 이야기 하나 해 보지. 주인공은 소라 껍질을 쓴 아이. 원래 이름은 허이쌍인데 어느 날 갑자기 쌍텅으로 변신하는 친구야. 잠깐 눠빠빠이도 되고, 하여튼 변화무쌍. 이야기를 구술하신 분 성함은 나우봉. 정겨운 이름이지? 파란만장 모험담인데 모험에 고난과 시련이 빠질 수 없잖아? 그 부분을 한번 잘 살려 보겠음. 물론 다른 부분도.

금소라 아이 쌍텅

*

태국 민담

옛날 먼 옛날, 태국에서 있었던 일이야. 그 시절에 나라의 왕은 부인을 두 명도 두고 세 명도 뒀거든. 어느 왕이 부인 두 명과 함께 살고 있었어. 근데 첫째 부인이 꿈속에서 휘황찬란한 태양을 보고서 임신을 한 거야. 태몽이 참 대단하잖아? 왕은 잔뜩 기대했지. 근데 이게 뭐야! 아이를 낳고 보니까 소라처럼 딱딱한 껍질을 뒤집어쓰고 있는 거라. 왕이 아이를 보더니,

"뭐야! 왕비가 허이쌍을 낳은 거야? 이게 내 아들? 말도 안 돼."

허이쌍이 태국 말로 '소라 아이'라는 뜻이거든. 그게 애 이름이 돼 버렸지 뭐. 아이는 뭐로 큰다? 부모의 사랑! 근데 아버지 반응이 이 모양이니 애가 사랑을 제대로 받을 리 없지. 거기에다가 나라의 유명 점술가가 쐐기를 박았네. 어떻게?

"불길한 징조입니다. 이 아이를 왕궁에 두면 아니 되옵니다."

이렇게.

왕이 이미 허이쌍을 제 자식으로 생각하지 않는 상태거든. 당장

애를 내보내라고 명령했지 뭐. 허이쌍을 낳은 엄마도 함께 말이지. 그러자 제일 좋아한 건 누구? 둘째 왕비! 그 여자가 첫째 왕비 자리를 호시탐탐 노리고 있었거든. 그녀가 슬쩍 점술가를 매수했다는 건 둘만의 비밀.

왕비가 사람 같지도 않은 아기를 데리고 하루아침에 쫓겨났는데 살길이 막막하잖아? 하지만 사람이 그냥 죽으란 법은 없어. 자식 없이 외롭게 살던 할머니 할아버지가 이들을 받아 준 거야. 소라 껍질 아이를 손자로 삼은 셈이지.

그렇게 세월이 흘러가는데 왕비는 늘 마음이 답답해. 아기가 소라 껍질에서 빠져나오기를 바라고 또 바라는데 아무 소식도 없었거든. 그러다 아이가 껍질 속에서 죽을 수도 있잖아? 왕비는 부처님께 빌고 또 빌었어. 아기가 무사히 나오게 해 달라고 말이지.

불교 나라에도 천사가 있나 봐. 왕비가 기도하는 소리를 천사가 들은 거라. 천사는 지상에 내려가서 엄마와 아들을 돕기로 했어. 날개를 펄럭이면서 땅에 내려온 천사가 뭐가 됐다? 정답은, 암탉! 암탉이 돼서 무슨 일을 한다? 정답은, 허이쌍 엄마의 밥을 훔쳐 먹는다.

"밥, 맛있다. _꼬꼬꼬꼬꼬_!"

완전 얌체지 뭐. 암탉이 엄마 밥을 정신없이 훔쳐 먹고 있는데, 갑자기 누가 닭의 등짝을 쫙! 누구? 소라 껍질 속에 있던 아이. 허이쌍이 보다 못해서 껍질 밖으로 나온 거야.

"왜 우리 엄마 밥 훔쳐 먹는 거야?"

아이의 등짝 스매싱이 얼마나 강력했는지 암탉 천사가 정신이 어질어질. 엄마가 무슨 일인가 싶어서 어안이 벙벙. 근데 기회를 놓치면 안 되잖아? 엄마는 얼른 소라 껍질을 콱 밟아서 깨뜨려 버렸어. 아이가 다시 들어가지 못하게 말이지. 아이가 깜짝 놀라면서,

"어머니, 그걸 깨면 어떻게 해요? 사람들이 저를 죽이러 올 거예요."

엄마가 그건 생각하지 못한 거야. 사실 그럴 만도 해. 아이가 워낙 예쁜 데다가 몸에서 찬란하게 빛이 났거든. 먼 데서도 알아볼 수 있을 정도야. 둘째 왕비가 그냥 두고 볼 리가 없지 뭐. 엄마랑 할아버지 할머니가 다 함께 걱정, 또 걱정. 그때 쓰러져 있던 암탉이 천사로 변해서 일어나더니,

"어구구, 아직도 아프네. 이 아이한테 어울리는 데가 있으니 그리 보내도록 해요. 거인들 사는 곳으로 보내면 엄마 거인 반투락이 애를 강인하게 키워 줄 거야."

그러자 엄마가 깜짝 놀라지.

"거인이요? 아이를 잡아먹는 거 아니에요?"

"반투락이 나하고 말이 통하거든. 내가 부탁하면 잘 돌봐 줄 거예요. 아무리 거인이라도 이렇게 예쁜 아이를 잡아먹을 순 없지."

천사가 발 벗고 나서는데 사람이 막을 수가 없지 뭐. 허이쌍은 거인들의 땅으로 가서 반투락과 함께 살게 됐어. 거인들 사는 데가 오죽할까. 더없이 거칠고 험해. 한마디로 야생의 삶! 허이쌍은 거기서 거인 아이들과 함께 자랐어. 쉽지 않은 날들이었지. 그러

던 어느 날, 반투락이 애를 부르더니,

"내가 당분간 어디를 다녀와야 하니 알아서 지내도록 해. 북쪽 땅은 위험하니 절대 가면 안 된다."

근데 허이쌍이 호기심이 많은 아이거든. 그게 북쪽 땅에 가라고 한 거나 마찬가지야. 반투락이 길을 떠나자마자 허이쌍도 북쪽을 향해 길을 떠났지. 근데 북쪽 땅을 이리저리 살펴봐도 별다른 게 없는 거라. 실망하고 돌아서려는데 무심코 지나쳤던 항아리 두 개가 눈에 들어오네. 그게 겉으로 보기에는 평범한데 뭔가 느낌이 다르거든.

"그래, 이거야!"

허이쌍이 항아리를 하나 열어 보니까 찬란한 광채가 쫙! 안에 금물이 가득 차서 출렁이는 거라. 허이쌍은 항아리에 들어가서 금물 속에 몸을 담갔어. 그러고서 나오니까 온몸이 다 금빛이지 뭐. 애가 쌍텅으로 변한 순간이야. 쌍텅이 무슨 뜻? 황금 아이!

항아리가 두 개잖아? 다른 것도 열어야지. 거기엔 흉측하게 생긴 탈바가지 같은 게 들어 있더래. 쌍텅이 그걸 쓰니까 금빛 몸은 어디 가고 세상에서 제일 못생긴 사람이 돼 있는 거라. 일컬어, 뉘빠빠이. 다들 놀라서 도망갈 정도야.

"됐다. 이제 세상에 나가는 거야!"

쌍텅은 추악한 모습을 한 상태로 거인의 땅을 벗어났어. 거기가 섬이었거든. 쌍텅이 뗏목을 타고서 섬을 나오는데 거인들이 그게 허이쌍이라는 걸 꿈에도 모르지 뭐. 쌍텅은 육지로 나와서 높은 절벽에 우뚝 올라섰어. 탈바가지를 벗으니까 금빛 광채가 십 리 밖, 백 리 밖까지 촤르르. 그걸 반투락이 봤지 뭐냐.

"안 돼, 내 아들! 이렇게 보낼 수 없어."

거인은 그 섬에서 나올 수가 없거든. 반투락은 목놓아 아들을 부르다가 죽어서 바위가 돼 버렸단다. 쌍텅도 그 소리를 다 들었지. 쌍텅은 눈물을 흘리면서 되돌아섰어.

'어머니! 제가 백 일 뒤에 와서 장례를 치러 드리겠어요.'

그러고서 쌍텅은 사람들 사는 세상으로 나왔어. 어떤 모습으로? 탈바가지를 쓴 뉘빠빠이 모습으로! 세상 사람들 누구도 알아보질 못하지. 워낙 못생겼으니까 다들 눈살을 찌푸리면서 피하기 바빠. 친엄마가 봤으면 좀 달랐으려나?

쌍텅이 향한 곳은 자기 살던 나라가 아닌 다른 나라였어. 가 보지 못한 새로운 땅. 그 나라 왕에게 딸이 일곱 있었는데 다들 엄청난 미녀야. 그중에도 최고는 막내였지. 이름은 로짜나. 언니들은 다 결혼을 했는데 로짜나만 미혼이야. 수많은 청년이 애한테 청혼했다가 단칼에 퇴짜를 맞았지 뭐. 왕이 왜 그러느냐고 하면,

"나는 그냥 엄마 아빠하고 살겠어요."

왕이 그러려니 하지 뭐. 근데 애가 쌍텅을 보더니 개하고 결혼하겠다고 나서는 거야. 세상에서 제일 못생긴 남자한테 말이지. 제일 화가 난 건 누구? 왕! 그럴 거면 아빠랑 살 거라고 말이나 하지 말던가. 왕은 화가 잔뜩 나서 소리쳤어.

"넌 내 딸도 아니야. 저놈이랑 함께 당장 사라져라!"

쫓아내니까 나가야지 뭐. 그래도 로짜나는 희희낙락이야. 뭘 보고 그랬냐고? 껍질 속에 있는 금빛 참모습을 알아봤던 거지. 아니나 다를까, 밤에 쌍텅이 탈바가지를 벗으니까 천상의 커플이야.

"내 사랑! 그 탈바가지 아예 없애 버리지 그래?"

쌍텅이 고개를 절레절레. 로짜나하고 단둘이 있을 때만 제 모습을 살짝 보이고 다른 사람 앞에서는 계속 못난이로 지내는 거야. 갖은 수모를 다 당하면서 말이지. 특히 여섯 언니의 남편들이 애를 그냥 두지를 않았대. 툭하면 찾아와서 갖가지 방법으로 못살게 구는 거라. 못난이가 자기 아내보다 예쁜 여자하고 사는 걸 참지 못한 거지. 못난 놈들이야.

그런데 쌍텅이 사는 나라하고 쌍텅이 태어난 나라 사이에 전쟁이 벌어졌어. 그래 여섯 사위가 나서서 싸우는데, 형편없지 뭐. 그때 금빛 찬란한 젊은 장수가 척 나타나 가지고 대활약을 해서 적을 항복시킨 거라. 누군 누구겠어, 쌍텅이지! 애가 한순간에 영웅이 됐지 뭐. 막내 공주 로짜나가 왕 앞에 척 나서면서,

"아버지! 어때요, 내 남편?"

세상에! 금빛 찬란한 영웅이 못났다고 구박받던 사위일 줄이야. 그 왕이 쌍텅의 장인이잖아? 근데 쌍텅은 그런 거 별로 신경 쓰지도 않아. 그의 관심은 자기가 태어난 나라의 왕에게 쏠려 있었지. 그게 자기를 내다 버리라고 한 아버지잖아. 그 아버지가 지금 자기 앞에 머리를 조아리고 있는 거야.

"당신이 왜 내 앞에 무릎을 꿇게 됐는지 아시오? 아내와 아들을

버렸기 때문입니다."

그 말에 왕은 깜짝 놀랐어. 이 사람이 대체 그 일을 어떻게 아는 거냐 말야.

"당신이 버렸던 아내와 아들을 되찾아서 당장 이리로 데리고 오시오!"

젊은 장수의 목소리가 얼마나 우렁찬지 몸이 덜덜 떨릴 정도야. 왕은 얼른 시종들을 시켜서 첫째 왕비와 허이쌍을 찾아오게 했지. 오래지 않아서 왕비는 찾아냈는데, 아들은 불가능이야. 왕비도 아들이 간 곳을 모르니 그럴 수밖에. 오래전에 거인의 땅으로 들어갔는데 살았는지 죽었는지 아무런 소식도 없다는 거라.

왕은 할 수 없이 쌍텅 앞으로 왕비만 데리고 갔어. 쌍텅이 머리를 조아리는 왕비를 그윽이 바라보면서,

"고개를 들어서 저를 보세요."

왕비가 고개를 들어서 보니까 금빛 찬란한 청년인데 낯이 익지 뭐냐. 한참 바라보더니,

"허이쌍? 내 아들 허이쌍! 맞지?"

쌍텅은 말없이 다가와서 어머니를 꼭 끌어안았어. 그걸 보고 사람들이 난리지 뭐. 제일 놀란 건 누구? 쌍텅의 아버지!

"허이쌍? 허이쌍이라니! 그대가 정녕 내가 버린 아들이란 말이오?"

왜 아니겠어? 두말하면 잔소리지. 왕은 아내와 아들에게 눈물로 용서를 빌었단다. 소식을 들은 둘째 왕비하고 점술가는 먼 곳

으로 도망쳐서 숨어 버렸다고 해.

쌍텅은 두 나라의 왕이 돼서 오래오래 잘 살았어. 백 일이 됐을 때 엄마 거인 반투락을 찾아가서 장례를 성대하게 치러 줬지. 왕궁에서 쫓겨난 자기를 거둬 준 할머니 할아버지께도 열 배 백 배로 은혜를 갚았다고 해.

천사는 어떻게 됐냐고? 그건 나도 잘 몰라. 가만…… 지금 이곳에 와 있는 거 아닌가? 하하.

로테 이모   내가 천사라는 거 눈치챈 거예요?

달이   앗! 내 얘기인 줄 알았는데.

퉁이   하하. 달이는 암탉으로도 변할 수 있는 거야?

달이   안 할래. 등짝 스매싱 싫어.

연이   주인공 매력적이에요. 허이쌍에서 쌍텅으로, 또 탈바가지로. 혼자서 여러 가지 삶을 산 거잖아요.

이반   뉘빠빠이였나? 탈바가지를 쓴 쌍텅이 소라 껍질 속의 허이쌍하고 연결돼 보였어.

퉁이   오오, 그러네. 참모습은 안에 있고 겉은 험하니까.

연이   그런데 왜 굳이 참모습을 감추고 다른 모습으로 산 걸까?

뀨 아재   사는 게 그런 거지. 늘 참모습을 드러낼 수는 없는 법.

뭉이쌤   아름답고 선량한 내면을 지키려면 때로는 보호막이나 가면이 필요하지요. 쌍텅처럼 어려서부터 많은 고난을 겪은 사람은 더 그럴 수 있어요.

로테 이모   늘 금빛 찬란한 모습으로 있었으면 지내기가 쉽지 않았을 거예요. 자기 참모습을 알아보는 사람을 만나기도 어려웠겠죠.

뀨 아재   내 생각엔 허이쌍, 쌍텅, 뉘빠빠이 전부 다 진짜 모습.

뭉이쌤   그 말이 맞아요. 어느 건 가짜라고 할 바가 아니지요. 빛과 그림 자처럼 한 존재의 양면성으로 보는 게 어울립니다.

노고할망 계곡이 깊으면 산이 높고, 어둠이 짙으면 햇살이 더 밝은 법.

퉁이 이해했어요. 힘든 고난의 시간이 있었기 때문에 멋진 성장과 성공을 이루었다는 뜻, 맞죠?

뭉이쌤 그래. 고난과 시련은 피하려 할 게 아니고 감당해서 이겨 내야 한다는 게 이 설화에 담긴 인생관이라 할 수 있지.

뀨 아재 고진감래. 쓴맛이 지나면 단맛이 온다. 고생 끝에 기쁨이 온다는 뜻이야.

연이 좋은 말씀 감사해요. 이번에는 제가 이야기를 하나 해 볼게요.

제가 들려드릴 이야기는 그리스의 <불행한 공주>예요. '불운한 공주'라고도 하는데 저에겐 '불행'이란 말이 와닿았답니다. 많은 여자들이 '공주'가 되는 걸 꿈꾸잖아요? 저도 마찬가지예요. 화려한 궁궐에서 모든 걸 누리는 삶, 좋잖아요? 근데 꼭 그렇지도 않더라고요. 이 이야기를 보고 보통 사람보다 공주가 더 슬프고 힘들 수도 있다는 생각을 하게 됐어요.

불행한 공주

✳

그리스 민담

옛날 옛적에 어떤 여왕이 공주 셋과 함께 살았어요. 공주들은 궁궐에서 편안하게 자라 예쁜 처녀가 됐답니다. 그런데 이상한 일이었어요. 공주들에게 결혼을 청하는 사람이 한 명도 안 나타나는 거예요. 다른 집 처녀들은 다 결혼하는데, 공주 셋은 점점 노처녀가 되어 갔답니다. 여왕의 걱정도 점점 커졌어요.

그러던 어느 날, 거지꼴을 한 여자 하나가 궁궐에 구걸하러 왔다가 여왕을 보더니 무슨 근심이 있느냐고 물었어요. 단번에 그걸 알아차리다니 신기하잖아요? 여왕은 거지에게 딸들에 대해 얘기했어요. 왜 구혼자가 없는지 모르겠다고요.

"공주님들이 밤에 어떤 자세로 자는지 살펴보고 저에게 말해 주세요."

무슨 말인가 싶었지만, 여왕은 거지가 시킨 대로 했어요. 밤에 보니까 공주들 자는 모습이 다 달랐답니다. 첫딸은 두 손을 머리 위에 얹고서 자고, 둘째는 가슴 위에 손을 모으고 자고, 막내는 무

릎 사이에 두 손을 넣고서 잤어요. 거지가 그 말을 듣더니,

"여왕님, 무릎 사이에 손을 넣고 자는 막내 공주님 운명이 좋지 않아요. 다른 공주님들이 결혼을 못 하는 것도 그 때문입니다."

그 말에 여왕은 새로운 걱정이 생겼어요. 막내딸을 어떻게 해야 하나 하는 걱정이요. 그때 막내 공주가 먼저 나서서 말했어요.

"어머니, 걱정 마세요. 제가 이곳을 떠날게요. 제 몫의 재산을 금화로 만들어서 치맛단 속에 넣고 꿰매 주세요."

여왕은 그렇게까지 할 필요 없다고 했지만, 공주는 고집을 부렸어요. 자기 때문에 남이 불행을 겪는 게 싫었거든요.

얼마 뒤, 공주는 수녀 옷으로 갈아입고 궁궐을 떠났어요. 막내 공주가 떠나자마자 신기하게도 두 젊은이가 언니들에게 구혼하러 찾아왔답니다. 두 공주는 행복한 결혼식을 올렸어요.

궁궐을 나와서 자기 운명 속으로 걸어 들어간 막내 공주는 저녁 무렵 한 마을에 도착했어요. 공주는 옷감 상인의 집을 찾아가서 하룻밤만 재워 달라고 부탁했답니다. 공주가 수녀 차림이잖아요? 상인은 공주에게 집 안으로 들어오라고 했어요. 하지만 공주는 그냥 헛간에서 자겠다고 했어요. 자기 불행을 남에게 옮기지 않겠다는 마음이었죠.

하지만 불행은 구석진 헛간까지 찾아왔답니다. 그리스에서는 운명의 여신을 '모이라'라고 한대요. 공주의 모이라가 한밤중에 불쑥 나타나더니 상인이 쌓아 둔 옷감을 갈기갈기 찢기 시작했어요.

"제발 그만두세요. 제발요!"

공주가 울면서 사정했지만 모이라는 들은 척도 하지 않았어요.

"가만있지 않으면 너도 찢어 버릴 거야."

공주는 수많은 옷감이 갈기갈기 찢기는 걸 밤새도록 보고 있어야 했답니다. 몸은 찢기지 않았지만 마음은 갈기갈기 찢어졌어요. 이렇게 불행한 존재라니! 너무 기가 막혀서 울음도 안 나왔답니다.

날이 밝자 손님이 잘 있는지 보려고 상인이 헛간으로 왔어요. 세상에! 상상도 못 했던 광경에 말문이 턱 막히죠. 이러려고 헛간에 묵었나 싶은 거예요.

"수녀님! 이게 무슨 짓입니까? 나한테 왜 이러는 건데요! 예?"

공주는 뭐라고 변명할 힘조차 없었어요. 비참한 운명이 원망스러울 뿐이었죠. 조용히 치맛단 속에서 금화를 꺼내 내밀면서,

"죄송해요. 제가 할 수 있는 게 이것밖에 없어요."

상인이 보니까 그거면 대략 물건값이 될 것 같았어요. 상인은 말없이 금화를 받고 헛간에서 눈을 돌렸어요. 귀중한 물건이 망가진 걸 보기가 힘들어서요. 공주는 도망치듯이 그곳을 벗어나 무거운 발걸음을 옮겼습니다.

그날 밤 공주는 유리 장사를 하는 사람 집에 머물게 됐어요. 공주는 다시 헛간을 잠자리로 선택했죠. 하지만 이번에도 불행은 공주를 봐주지 않았어요. 공주의 모이라는 잔뜩 화가 난 얼굴로 헛간에 있는 물건들을 모조리 부숴 버렸답니다. 유리가 산산조각 날 때 공주의 마음도 함께 부서졌지요. 아침에 금화로 물건값을 치렀지만 마음은 조금도 가벼워지지 않았답니다.

그 뒤로도 같은 일의 연속이었어요. 불행은 끝이 없었죠. 밑바닥 아래 또 다른 밑바닥이었답니다. 그러던 어느 날, 공주는 먼 나라 왕궁에 도착했어요. 가진 돈이 다 떨어진 상태였죠. 공주는 왕비를 찾아가서 뭐라도 좋으니 일자리를 달라고 간청했어요. 근데 이 왕비가 눈썰미가 좋았나 봐요. 공주를 딱 보더니 수녀가 아니고 귀한 집 딸이란 걸 알아차렸답니다.

"진주로 수를 놓을 줄 아느냐?"

"네, 할 줄 알아요!"

"그럼 여기 머물면서 그 일을 하도록 해라."

생각보다 쉽게 일자리를 얻은 공주는 행복했어요. 그간의 불행이 씻겨 가는 것 같았죠. 하지만 그렇지 않았어요. 공주가 수를 놓으려고 하면 벽에 붙어 있는 액자 속에서 사람들이 나와서 진주알을 뺏어 갔답니다. 기껏 수놓은 걸 죄다 망가뜨리기도 하고요. 하인들이 그걸 보고는 다들 손가락질을 하고 야단이에요. 공주가 기가 막혀서,

"나의 모이라는 왜 이렇게 날 괴롭히는 거야! 내 곁엔 왜 아무도 없냐고! 흑흑."

하지만 공주 곁에 아무도 없는 건 아니었어요. 왕비가 공주를 불러서 말했답니다.

"내 말을 잘 듣거라. 네 운명의 여신이 단단히 화가 나셨어. 너의 모이라가 마음을 풀도록 해야 한다."

"어떻게 해야 할지 모르겠어요. 모이라가 말도 못 붙이게 하거

든요."

"저쪽 멀리 산이 보이지? 그 산 위에 모든 모이라들이 모여 있다고 해. 네 모이라가 누군지 알잖아? 거길 찾아가 그녀에게 빵을 주면서 제발 운명을 바꿔 달라고 사정하렴. 모이라가 빵을 받기 전에는 절대 그곳을 떠나면 안 돼."

공주는 왕비가 건네준 빵을 받아 들고 산으로 향했어요. 산을 오르는 길은 또 왜 그리 험한지 몰라요. 온몸이 긁히고 옷이 다 찢어질 지경이었죠. 하지만 공주는 결국 산꼭대기에 다다라 낯선 집을 발견하고 문을 두드렸어요. 그러자 한 아름다운 아가씨가 나오더니,

"뭐야? 내가 운명을 정해 준 사람이 아니잖아!"

그러고는 그냥 들어가는 거예요. 다른 아가씨들도 다 마찬가지였죠. 다들 공주에게 작은 관심도 없었답니다. 어떤 모이라는 살짝 눈살을 찌푸리기도 했죠. 그렇게 모이라들이 다 사라지고도 한참 지났을 때, 드디어 공주의 모이라가 문 앞에 나타났어요. 모이라는 머리를 잔뜩 풀어 헤친 상태였답니다. 공주를 보더니 얼굴을 잔뜩 찡그리면서,

"여긴 뭐 하러 온 거야! 당장 사라지지 못해? 안 그러면 죽여 버릴 테다."

공주는 모이라에게 빵을 내밀면서 사정했어요.

"저의 운명의 여신님, 제발 제 불행한 운명을 바꿔 주세요."

"뭐? 내가 왜? 네 엄마한테 다시 낳아서 젖을 달라고 하든가!

넌 이미 틀렸거든."

공주가 빵을 든 채로 계속 사정했지만 모이라는 본 척도 하지 않았어요. 공주 입에서 자기도 모르게 엉엉 울음소리가 터져 나왔습니다.

"시끄러! 빨리 꺼져!"

그 광경을 보고 다른 모이라들이 다가오더니,

"여봐! 공주가 돼서 저렇게까지 고생하는데 좀 봐주지 그래."

"왜? 내가 왜!"

그녀는 공주가 내민 빵을 뺏더니 거칠게 내던졌어요. 빵은 공주의 머리를 때린 뒤 바닥으로 떨어졌습니다. 뒤로 넘어졌던 공주는 얼른 빵을 주워서 다시 내밀었어요.

"여신님, 제발요. 제발 이 빵을 받으시고 제 운명을 바꿔 주세요."

하지만 모이라는 화를 풀지 않았어요. 그대로 그곳을 떠나려고 했죠. 그러자 다른 모이라들이 그녀를 말리면서 한 번만 봐주라고 입을 모아 부탁했어요. 공주도 빵을 든 채로 모이라를 쫓아가면서 사정했어요.

"제발 이 빵을 받으시고 제 운명을 바꿔 주세요."

그러자 모이라가 귀찮다는 듯이,

"에잇, 이놈의 빵!"

그러면서 공주 손에서 빵을 채 갔어요. 공주는 다시 머리로 빵이 날아올까 봐 조마조마했죠. 하지만 빵은 날아오지 않았어요.

잠시 뒤, 고개를 숙이고 있는 공주에게 던져진 건 비단실 뭉치였답니다.

"그걸 가져가서 무게가 똑같은 것하고 바꾸도록 해. 절대 팔지 말고."

"고맙습니다. 정말 고맙습니다."

공주는 열 번도 넘게 인사를 한 뒤 실뭉치를 가지고 마을로 내려왔어요. 세상은 그대로였지만 공주는 달랐어요. 희망이 생겼으니까요. 그런데 실뭉치와 똑같은 무게가 나가는 물건은 좀처럼 찾을 수 없었답니다. 저울에 올려진 실뭉치는 꼼짝도 하지 않았죠. 큰돈을 줄 테니 팔라고 하는 사람들만 많았어요. 비단실이 아주 찬란했거든요.

그러던 어느 날 이웃 나라에서 한 사람이 공주를 찾아왔어요. 그 나라 왕이 실뭉치에 대한 소문을 듣고 시종을 보낸 거예요. 그 실로 옷을 만들어서 왕비에게 선물할 생각이었죠. 공주가 실을 안 판다고 하자 시종은 공주를 설득해서 자기 나라로 데려갔어요. 실뭉치를 본 왕은 꼭 그걸 갖겠다고 마음먹었답니다.

"저울에 실뭉치를 올려놓고 반대쪽에 금화를 올려라. 무게가 맞을 때까지 계속."

하지만 금화를 아무리 올려도 실뭉치는 까딱하지 않았어요. 커다란 자루에 금화를 가득 채워도 소용없었죠. 그때 옆에서 그 광경을 구경하던 왕자가 앞으로 나서더니,

"아니, 실뭉치가 얼마나 무겁기에 이런담?"

그러면서 금화를 치우고 자기가 저울에 올라섰답니다. 그러자 실뭉치가 스르르 떠오르더니 수평을 맞춰서 딱 멈추는 거예요. 공주가 그걸 보더니,

"아아, 드디어 찾았어요."

왕자는 실뭉치를 들어서 아버지에게 갖다주고 공주에게로 다가가더니,

"이제 내가 당신 거 된 거 맞죠?"

공주의 얼굴이 발그레. 다들 박수를 짝짝짝. 막내 공주는 그 왕자하고 결혼해서 오래오래 행복하게 잘 살았답니다. 운명의 여신은 더 이상 공주를 괴롭히지 않았다고 해요. 어쩌면 보이지 않게 공주를 보살펴 주지 않았을까요?

퉁이　　연이야, 좋았어! 멋진 해피 엔딩이다.

연이　　그렇지? 나도 이 이야기 처음 봤을 때 결말 부분에서 감탄했어.

퉁이　　모이라가 공주를 도와줬을 거라는 말에 동감. 실뭉치를 줬을 때 이미 마음을 푼 것 같아.

뀨 아재　　슬쩍 공주와 왕자를 연결해 준 셈. 츤데레.

이반　　왕자가 재미있는 사람 같아요. '나 당신 거 된 거 맞죠?'

뀨 아재　　불행의 반대편 사람. 공주의 불행을 소멸시킬 사람.

퉁이　　오, 천생연분이었구나. 왕자도 공주가 마음에 들었던 거겠죠?

뭉이쌤　　그렇지 않겠니? 스스로 불행을 헤쳐 나온 사람이 가지고 있는 특별한 매력이 있거든.

노고할망　　맞아요. 일방적인 불행이란 없지요. 불행의 반대편엔 행복이 있기 마련이에요.

달이　　동전의 양면처럼.

로테 이모　　연이야, 결혼식에 공주의 엄마하고 언니들도 왔겠지?

연이　　그렇겠죠? 가족의 불행은 나의 불행이잖아요. 다 함께 불행을 떨치는 게 맞아요.

이반　　공주의 모이라는 왜 그렇게 공주를 괴롭혔을까?

퉁이　　나도! 뭐 때문에 그렇게 화가 난 걸까?

연이	빵하고 얽힌 것 같기도 하고……. 쌤 생각은 어떠세요?
뭉이쌤	그 여신이 공주더러 엄마한테 다시 낳아서 젖을 달라고 하랬잖아? 엄마가 막내 공주를 낳을 때 운명의 여신을 무시했던 것 아닐까? 바쳐야 할 빵을 안 바치는 식으로.
연이	오오, 쌤. 그럴듯해요. 왕비가 막내를 낳았을 때 반가워하지 않았을지도 몰라요. 계속 딸이라서 그랬을까?
이반	갑자기 바리공주가 떠오르네.
뀨 아재	막내 공주가 무릎 사이에 두 손을 넣고 자잖아? 움츠러든 모습이야. 심리적 억압이 있었다는 뜻.
로테 이모	나도 비슷한 생각을 했어요. 공주 마음속에 우울과 분노가 쌓여 있던 것 아닐까 하고요. 엉뚱한 말일지 모르지만, 옷감을 찢고 유리를 깨부순 게 본인이 한 일 같기도 했어요.
퉁이	이모님, 저 지금 소름 돋았어요!
뭉이쌤	로테 이모님의 말씀, 설득력 있어요. 헛간이 구석지고 어두운 공간이잖아요? 공주는 거기서 내면에 쌓여 있던 부정적 감정들을 털어 냈던 거라고 볼 수 있겠어요.
연이	모이라가 결국 사람 안에 있다는 말씀이네요. 제가 이야기를 해 놓고도 놀라고 있어요.
퉁이	다시 한번 느끼는, 옛이야기의 놀라움!
노고할망	많은 사람들이 오랜 세월 동안 전해 온 데는 다 이유가 있기 마련이지. 이제 이 할망이 이야기 하나 해 보도록 하마. 또 다른 할망 이야기로.

다들 삼신할머니라고 들어 봤을 거야. 부부에게 아기를 점지하고 순산하게

해서 잘 크도록 돌봐 주는 신이지. 제주도에서는 삼승할망이라고 해. 나랑 같

은 할망인데, 호호백발 할머니라고 생각하면 오산이야. 신화에서 할망이나

할머니는 여신을 높여 부르는 말이거든. 제주도 삼승할망 명진국따님애기는

결혼도 안 한 처녀 신이란다. 내륙 지방의 삼신할머니는 당금애기인데 젊은

엄마이시지. 그새 좀 늙었으려나. 만나 본 지가 오래됐거든. 아마 아직도 창창

할 거야. 젊을 때 고생깨나 하더니 아이들 키우고 나서 신수가 훤해졌거든.

당금애기의 세 아들

한국 신화

옛날 옛적 천지개벽하던 시절의 일이야. 서천 서역국에 부처님이 내려왔는데 모두 쉰세 분이었지. 쉰셋 부처님은 세상을 이리저리 다니다가 해동 조선국 금강산 경치 좋은 곳에 커다랗게 절을 지었어. 스님들도 먹고살아야 하잖아? 흰쌀 보리쌀 시주를 받으려고 시준님이 세상으로 나왔지.

시주를 받으면서 이리저리 세상을 떠돌던 시준님은 서천 서역 당금애기 집을 찾아갔어. 당금애기는 티끌 하나 없이 깨끗하고 아리따운 아가씨였지. 귀하디귀한 대갓집 따님이야. 높다란 담장에 대문이 열두 개나 되는 큰 집 별당에서 몸종들하고 지내고 있었지. 울타리 바깥의 세상에는 나가 본 적이 없었단다. 그런데 담장 너머로 목탁 소리가 똑똑똑 울리더니 남자 목소리가 들려온 거야.

"나무아미타불 관세음보살! 절에서 시주를 청하러 왔습니다. 관세음보살."

당금애기가 그 소리를 듣고 깜짝 놀라서 몸종들에게 말했어.

"앞문에 옥단춘아, 뒷문에 매상금아, 대문 밖 좀 내다봐. 새도 못 들어오는 곳에 웬 사람 소리람?"

옥단춘이 대문간에 가 보더니 쪼르르 달려와서 말했어.

"스님이 시주를 청하러 오셨어요. 어른들이 안 계신다는데도 막 무가내셔요."

그때 시준님이 별당 앞으로 썩 다가오면서,

"나무아미타불 관세음보살! 소승이 당금애기 님을 뵙습니다."

별당 안에 있던 당금애기가 깜짝 놀라지. 그동안 가족들 말고는 남자를 만난 적이 없거든. 스님은 당연히 처음이야. 당금애기는 급히 몸단장을 시작했어. 동백기름으로 머리에 광을 내서 댕기를 고이 매고, 비단 저고리랑 비단 치마에 꽃버선을 신고는 문가로 다가가서 방문 사이로 바깥을 살짝 내다봤지. 그때 당금애기 눈길이 시준님 눈길하고 딱 마주쳤지 뭐냐.

"아기씨, 중 구경을 하려거든 밖으로 나와서 보세요. 문틈으로 보면 나중에 지옥으로 갑니다."

딱 걸렸는데 모른 척할 수 없잖아? 당금애기가 문을 열고 나오는데 그 모습이 돋아나는 반달 같아. 시준님이 그윽히 쳐다보더니,

"아기씨, 부처님 공양 올릴 흰쌀이 모자라서 머나먼 길을 찾아왔으니 시주나 좀 해 주세요."

"스님, 시주하는 건 좋습니다만 아버지 어머니와 아홉 오라버니가 멀리 일하러 가셔서 곳간 문이 굳게 잠겼습니다. 돌아가셨다가 다음에 오세요."

"문 잠긴 건 걱정 마세요. 불경을 읽으면 저절로 열립니다."

아닌 게 아니라 시준님이 불경을 외니까 곳간 문이 스르르 열리지 뭐냐. 당금애기가 놀라면서,

"옥단춘아, 매상금아! 아버지 잡수시던 쌀독에서 쌀 한 말 떠다 드려라."

그때 시준님이 도술을 부려서 당금애기 부모님 쌀독에 청룡과 황룡이 굽이치게 만들고, 오라비들 쌀독에는 청학과 백학이 알을 품게 만들고, 당금애기 쌀독에는 거미가 줄을 치게 만든 거야. 몸종들이 쌀을 못 푸고 돌아와서 그 얘기를 하니까 당금애기가 눈이 동그래지지.

"아기씨 잡숫던 쌀독에서 거미줄을 걷어 내고 손수 쌀 한 되만 퍼다 주세요."

당금애기가 할 수 없이 몸종들을 데리고 쌀을 뜨러 가는데, 시준님이 그사이에 자루 밑을 터 놓았지 뭐냐. 당금애기가 자루에 쌀을 부으니까 밑으로 다 쏟아져 내리지 뭐.

"스님, 어찌 밑 빠진 자루를 가지고 시주를 다니십니까? 옥단춘아, 빗자루 가져오너라. 매상금아, 키를 꺼내 오너라. 빗자루로 쓸어 모은 뒤 키질을 해서 드리자꾸나."

그러자 시준님이 눈을 크게 뜨면서,

"아기씨, 우리 절에 공양 올릴 쌀은 빗자루로 쓸고 키로 까부르면 부정 타서 안 됩니다. 뒷동산에 올라가 싸리나무를 꺾어다가 젓가락을 만들어서 한 톨씩 주워 담아야 합니다."

시주를 안 하기도 어렵고 하기도 참 어려워. 당금애기는 싸리나무를 꺾어다가 젓가락을 만들어서 쌀을 주워 담기 시작했지. 옥단춘도 집어서 넣고 매상금도 집어 넣고 시준님도 집어 넣었어. 그렇게 한 톨씩 집어 넣다 보니 해가 서산으로 넘어갔지.

"아이고, 스님! 해가 졌으니 어서 가십시오."

"아기씨, 날이 저물었는데 어디를 가라 합니까? 여기서 하룻밤만 묵게 해 주세요."

하기야 날이 저무는데 손님을 그냥 보낼 수 없잖아? 당금애기가 몸종들에게 아버지 주무시던 방에 잠자리를 준비하라고 하니까, 그곳은 누린내가 나서 안 된대. 어머니 주무시던 방은 비린내가 나서 안 되고, 오라버니 묵던 방은 땀내가 나서 안 된다지.

"스님, 그러면 마루방에서 주무세요. 아니면 부엌이나 마당에서 주무세요."

그러자 시준님이 이렇게 말하는 거야.

"당금애기 님, 그런 말씀 마시고 아기씨 자는 방 한쪽을 내어 주세요. 방 안에 병풍을 둘러친 뒤 병풍 아래에 아기씨가 자고 병풍 위에 제가 자면 되지 않습니까?"

자꾸 그렇게 고집하니까 당금애기가 이기지를 못해. 할 수 없이 자기 방에 병풍을 둘러치고 위아래로 나눠서 잠을 자는 거지. 당금애기가 정신없이 자면서 꿈을 꾸다가 깜짝 놀라 깨어 보니까 새벽이야. 근데 이게 어찌 된 일인가 몰라. 자기가 덮었던 이불은 어디 가고 시준님 주었던 이불을 덮고 있지 뭐냐. 당금애기가 얼른

몸을 수습하고서,

"스님, 날이 밝았습니다. 어서 일어나세요."

시준님이 기지개를 켜고 일어나서 나가려니까 당금애기가 옷소매를 살짝 잡으면서,

"스님, 지난밤 꿈에 제 한쪽 어깨에 해가 돋고 다른 쪽 어깨에 달이 돋았습니다. 또 하늘에서 별 세 개가 내려와 입으로 들어오고, 붉은 구슬 세 개가 치마에 떨어졌어요. 꿈풀이 좀 해 주세요."

시준님이 고개를 끄덕끄덕하더니,

"한쪽 어깨에 돋은 해는 소승이고 다른 어깨에 돋은 해는 아기씨입니다. 하늘에서 점지하신 아들 세쌍둥이를 낳을 꿈입니다. 귀한 태몽이에요."

당금애기가 결혼도 안 한 처녀인데 기가 막히잖아?

"스님, 처녀 몸에 세쌍둥이라니 이게 무슨 말씀입니까? 이상한 소리 하지 마세요."

"때가 되면 아실 일입니다. 그게 아기씨 운명이에요. 나중에 아이들이 크면 이걸 전해 주도록 하세요."

그러면서 뭔가를 주는데 그게 박씨 세 알이야. 당금애기가 박씨를 받고서 고개를 들어 보니까 앞에 아무도 없지 뭐. 이게 다 무슨 일인가 싶어. 그런데 손바닥에 있는 박씨는 그대로야. 꿈이 아니었다는 말이지.

그 일이 있고 나서 한 달이 지나고 또 한 달이 지났을 때, 당금애기 몸에 이상 증세가 나타나기 시작했어. 밥에서 비린내가 나고

물에서 흙내가 나고 장에서 구린내가 나서 먹지를 못하는 거야. 자꾸 신 것에만 구미가 당기니 이상한 일이지.

"옥단춘아, 매상금아! 뒷동산 개복숭아랑 시금털털 개살구 좀 따다 줘."

그렇게 몇 달이 더 지나니까 배가 점점 부르면서 몸이 한없이 무거워지지 뭐냐. 그게 임신이 아니고 뭐겠니. 시준님이 세쌍둥이라고 했잖아? 아홉 달이 되니까 배가 남산만 해졌어.

그때 집을 비우고 멀리 일을 나갔던 아버지 어머니와 아홉 오라버니가 돌아온 거야. 옥단춘과 매상금이 마중을 나가는데, 당금애기는 몸이 무거워서 일어나질 못해. 어머니가 와서 딸을 살펴봤지만 그게 무슨 병인지 알 도리가 없지. 하도 답답해서 무당을 불러서 물어보니까 날벼락 같은 말이 나오지 뭐냐.

"마님, 병이 아닙니다. 하늘이 아기를 점지하셨어요. 머지않아 아들 삼형제가 태어나겠습니다."

결혼도 안 한 딸이 자식을 낳는다니 이게 무슨 말이야. 딸에게 어찌 된 일이냐고 물으니까 눈물을 줄줄 흘리더니,

"아홉 달 전에 시준님이 시주를 왔다가 병풍 뒤에서 자고 간 뒤에 이렇게 됐어요."

어머니가 들으니 기가 막히지. 배 속에 있는 게 시준님 아이들이라는 말인데, 바람처럼 떠도는 스님을 어떻게 찾느냔 말야. 게다가 그 집이 지체 높은 양반집이잖아? 대갓집 처녀가 자식을 낳으면 커다란 망신이거든.

아니나 다를까, 사건이 터졌어. 당금애기가 임신한 걸 아버지랑 오라버니들이 알아차린 거야. 아주 난리가 났지. 아버지도 그렇지만 오라버니들이 당장 죽여야 한다고 야단이야. 오라버니들은 당금애기를 방에서 끌고 나와서 마당에 팽개쳤단다.

"아버님! 당장 작두로 목을 쳐야 합니다."

아버지가 눈길을 돌리면서 고개를 끄덕이니까 오라버니들이 커다란 작두를 들고 나와. 그때 갑자기 맑던 하늘에 먹구름이 밀려오더니 오라버니들 있는 데로 흙비, 돌비가 쏟아지지 뭐냐. 당금애기 있는 자리에는 환하게 상서로운 기운이 비치고 말이지. 그걸 본 어머니가 나서서 소리쳤어.

"내 배로 낳은 아들들아, 어찌 너희 손으로 동생을 죽이려 하느냐? 그러지 말고 당금애기를 뒷산 토굴 속에 넣어 두자꾸나. 죽어도 제가 죽고 살아도 제가 살게 말이다."

오라버니들이 생각하니까 동생을 토굴에 넣어 두면 배가 아파서 죽든지 배가 고파서 죽든지 할 거거든. 무정한 오라버니들은 어머니한테서 안 떨어지려고 눈물을 주룩주룩 흘리는 어린 동생을 담쑥 안아서 첩첩산중 뒷산으로 올라갔어. 사정없이 토굴 속에 집어넣고는 큰 돌로 입구를 막았단다. 그러고서 내려올 때에 갑자기 벼락이 치면서 흙비, 돌비가 또 쏟아지는 바람에 꼼짝없이 다 맞았지 뭐. 그 자리에 쓰러졌다나 어쨌다나.

그러고서 몇 날 며칠이 흘렀어. 당금애기가 떠난 뒤로 어머니는 밤낮 울면서 뒷산만 바라봤단다. 그런데 어느 날 흙비, 돌비가 쏟아지다가 날이 활짝 개면서 일곱 빛깔 무지개가 피어나더니 하늘에서 백학 세 마리가 날아서 내려오지 뭐냐.

"이게 뭔가? 불쌍한 내 딸이 눈물비를 쏟다가 죽어서 하늘로 올라가느라 무지개가 섰는가? 우리 딸 죽은 몸을 해치려고 새들이 맴도는가?"

어머니는 무작정 뒷산으로 올라가기 시작했어. 엎어지고 자빠지면서 토굴 앞에 가 보니까 입구가 꽉 닫혀 있거든. 어머니가 통곡하면서,

"당금애기야, 죽었거든 시체라도 보고 살았으면 얼굴 한번 보자꾸나."

그때 큰 돌이 옆으로 밀려나면서 당금애기가 나온 거야. 어머니 손을 잡더니 진주 같은 눈물방울을 뚝뚝 떨구면서,

"어머니!"

"그래, 내 자식아. 죽은 줄만 알았더니 어찌 살았나? 추워서 어찌 살고 배가 고파서 어찌 살았나?"

둘이 부둥켜안고서 울음을 우는데 토굴 속에서 어린아이 우는 소리가 들려오거든. 어머니가 놀라서 살펴보니까 백학 세 마리가 아들 삼형제를 하나씩 맡아서 한쪽 날개는 깔아 주고 한쪽 날개는 덮어 주고 있지 뭐냐. 산모와 태아들을 돌보라고 하늘이 내려보내 준 거지.

어머니가 세쌍둥이를 품에 안고서 딸에게 말했어.

"애야, 아가. 너 크던 후원 별당으로 가자꾸나. 내가 구메밥을

먹여서라도 삼형제를 키워 주마."

어머니가 앞장서서 딸을 데리고 돌아가니까 집에서도 쫓아내질 못해. 하늘이 살린 거니까 말이지. 근데 오라버니들은 다들 썩은 표정이야. 세쌍둥이를 조카 취급도 안 하더래. 조카는커녕 사람 취급도 안 해. 집안 망신거리로만 생각하는 거지.

삼형제는 아버지가 없는 건 물론이고 아버지가 누군지도 모르잖아? 서러울 수밖에. 근데 더 서러운 게 뭐냐면 다른 아이들의 괴롭힘이야. 삼형제가 쑥쑥 자라나서 글방에 다니며 글을 배우게 됐는데, 아이들이 그냥 두질 않아. 사촌들이라도 말리면 좋겠지만 똑같이 괴롭히니 기막힐 노릇이지. 당금애기 삼형제가 아주 총명했거든. 글방에 먼저 들어온 아이들보다 공부를 잘하니까 애들이 더 난리를 쳤단다. 삼형제가 얼마나 노력하는지는 생각도 안 하고 말이지.

어느 날 서당 훈장님이 삼형제를 괴롭히는 애들을 혼내 줬어. 공부는 제대로 안 하면서 엉뚱하게 애들을 괴롭히니까 혼날 만도 하잖아? 근데 애들은 거기 또 앙심을 품고서 삼형제에게 화풀이를 했지 뭐냐. 그냥 화풀이 정도가 아니야. 물에 떠밀어서 죽이려 하고, 절벽에서 밀어서 죽이려고 해.

"애들아, 왜 우리를 죽이려고 하는 거야? 그러지 마!"

그러자 아이들이 비웃으면서,

"아비도 없는 후레자식이 어디서 큰소리야?"

"아무리 글을 배워 봤자 네놈들은 사람 구실을 못 해. 지금 없어지는 게 나아."

아비 없는 자식이라는 말에 삼형제가 너무나 슬픈데도 뭐라고 말을 못 해. 요즘으로 치면 그 아이들이 사춘기거든. 삼형제는 참다못해 어머니 앞에 가서 하소연을 했어.

"어머니, 어머니. 우리 아버지 찾아 주세요. 헌 신발도 짝이 있는데 어머니는 아버지 없이 우리를 낳았단 말입니까? 우리 아버지를 찾아 주세요."

그 말을 들으니까 당금애기가 기가 막히지. 하지만 차마 너희 아버지가 시주를 왔던 스님이라는 말은 할 수가 없어. 대신 꽁꽁 간직했던 박씨 세 알을 내밀면서,

"해 질 녘에 이걸 심었다가 날이 밝거든 내다봐라. 줄기가 뻗으면 그걸 따라서 가자꾸나."

삼형제가 박씨를 받아서 해 질 녘에 심은 뒤 새벽에 나가 보니까 줄기가 천길만길 뻗어 있지 뭐냐. 삼형제는 어머니를 꽃가마에 태운 뒤 아버지를 찾아서 길을 떠났어. 박 줄기를 따라서 천리만리 산을 넘고 물을 건너며 수많은 절을 지나 강원도 금강산 일만 이천봉 큰 절에 다다르니까 박 줄기가 거기서 끝이 났지. 삼형제는 아버지를 찾아서 절 안으로 성큼 들어섰어.

그때 시준님이 자식들 마중을 나왔는데, 예전 시주 왔을 때하고는 딴판이야. 그때는 허름한 차림에 꾀죄죄한 몰골이었거든. 지금은 몸에 장삼을 두르고 백팔 염주를 목에 걸고 육환장을 손에 들고서 스르르 척 나서니 고승이지 뭐.

시준님이 당금애기를 그윽이 바라보면서,

"아기씨, 먼 길 오느라고 욕보셨습니다."

그때 삼형제가 시준님에게 달려들면서,

"아버지, 아버지! 성 찾으러 왔습니다. 이름 타러 왔습니다."

딱 봐도 자기 아들들이잖아? 안아 줄 만도 한데 오히려 정색을
하면서,

"내가 어찌 너희 아버지냐? 내 자식이 되려거든 쉰 길 연못에서
낚시로 물고기를 잡아 회를 쳐 먹고서 다시 산 채로 토해 내야 한
다."

그러자 삼형제는 곧바로 쉰 길 연못에서 낚시로 물고기 세 마리
를 잡아 회를 쳐 먹고서 산 채로 토해 냈어.

"아직 내 자식이 아니다. 강변에 나가서 삼 년 묵은 소 뼈다귀를
산 소로 만들어서 타고 들어와야 내 자식이다."

삼형제는 강변에 나가서 삼 년 묵은 소 뼈다귀를 모아 살아 있
는 소로 만들어서 한 마리씩 타고 들어왔어.

"아직 내 자식이 아니다. 짚으로 북을 만들어 처마 끝에 달아 놓
고 닭을 만들어 지붕 위에 얹어 놔라. 짚북이 소리가 나고 짚닭이
울어야 내 자식이다."

삼형제가 짚북을 만들어서 처마에 달아 놓고 짚닭을 엮어서 지
붕에 얹은 뒤 북을 치니까 천둥 같은 소리기 나고, 닭이 날개를 퍼
덕이면서 '꼬끼오' 울음을 울었지.

"이래도 우리가 아버지 자식이 아닙니까?"

"아직 부족하다. 손가락에서 피를 내어 이 그릇에 담아 봐라."

삼형제가 피를 내어 그릇에 흘리자 시준님도 피를 내서 그릇에 흘렸어. 그러자 네 사람의 피가 안개처럼 구름처럼 몽실몽실 싸여서 한군데로 뭉쳐졌지.

"너희가 내 자식이 분명하다."

그러자 삼형제가 말했어.

"아버지, 우리가 여태까지 아버지가 없어서 이름도 없이 살았습니다. 이름을 지어 주십시오."

"맏아들 이름은 태산으로 하자꾸나. 태산이 무너지겠느냐. 둘째 이름은 평택이다. 땅이 꺼지겠느냐. 셋째는 한강이다. 한강 물이 잦아지겠느냐."

"이름을 지었으니 이제는 먹고살 길을 마련해 주십시오."

"맏아들 될 것 있다. 금강산 부처님 되어라. 둘째 아들 될 것 있다. 태백산 문수보살 되려무나. 셋째 아들도 될 것 있다. 골매기 성황님으로 들어서라. 사람들 정성을 받으면서 천년만년 길이길이 잘 살리라."

무슨 말인지 알겠니? 삼형제가 다들 신이 된 거야. 수호신. 사람들에게 빛과 같은 존재지. 근데 자기들만 먹고살 일이 아니잖아? 어머니도 챙겨야지.

"아버지, 지금껏 고생하신 우리 어머니도 먹고살 길을 마련해 주십시오."

"세상에 둘도 없는 어머니, 너희 어머니 당금애기 될 것 있다.

삼신할머니가 되어서 마을마다 집집마다 금동자 아들을 점지하고
은동자 딸도 점지해서 운도 좋고 복도 많게 돌봐 주게 하자꾸나.
만인의 어머니로 모시자꾸나."

그래서 당금애기는 삼신할머니가 돼서 세상 사람들에게 아이를
점지해 주고 돌봐 주게 됐단다. 사람들이 아주 귀하게 모시는 신
이지.

시준님이 어찌 그리 대단한 힘이 있어서 다들 신으로 만들어 줬
냐고? 그게 어찌 시준님 덕일까. 자기들이 신이 될 수 있게끔 살
아온 덕분이지.

연이　　　　　할머니, 이거 신화 맞죠? 제대로 깨달았어요. 어떤 이야기가 신화인지를요.

노고할망　　그래. 누구나 다 신이 될 수 있지. 어떻게 사느냐에 달린 일이야.

이반　　　　　근데 다들 신이 되면 신이 너무 많은 거 아닌가요?

뭉이쌤　　　그게 우리 신화의 세계관이야. 보통 사람들도 죽으면 신이 되지. 무슨 신인지 아니?

뀨 아재　　　귀신!

둥이　　　　　아재, 쫌!

뭉이쌤　　　하하. 아주 틀린 말은 아니야. 사람들은 죽으면 조상신이 된단다. 죽은 조상님들에게 제사를 지내잖아? 제사는 조상신들을 위한 의례라고 할 수 있지.

노고할망　　자손들에게는 조상이 신이지요. 조상이 없으면 자기가 아예 없는 거니까.

둥이　　　　　그렇구나. 그런데 당금애기하고 삼형제는 특별한 신인 거 맞죠? 세상 사람들을 널리 돌보니까요.

뭉이쌤　　　그렇지. 삼신할머니는 아주 크고 중요한 신이야. 이 이야기에서는 삼형제가 지역 수호신이 됐다고 하는데 다른 자료에서는 삼불제석 제석신이 됐다고도 해. 사람들에게 생명과 복을 불어넣어 주는 큰 신이지.

퉁이 　당금애기랑 삼형제가 정말 큰 고난을 겪었잖아요? 고난의 끝이 신이라는 게 정말 멋져요.

이반 　당금애기가 말하자면 미혼모잖아요? 아기의 신인 삼신할머니가 미혼모였다는 건 생각도 못 했어요.

뭉이쌤 　버림받고 소외되어 고통을 받는 곳에서 신성이 피어난다는 게 우리 신화의 세계관이지.

연이 　아, 바리데기도 그랬어요! 딸이라고 버려졌는데 영혼을 인도하는 신이 돼요.

노고할망 　바리데기 님을 기억해 주니 고맙구나. 대단한 신이시지.

퉁이 　이 이야기에서 오빠들이 동생을 죽이려고 하잖아요? 정말 화가 났어요. 가문의 명예라는 게 대체 뭐라고!

연이 　맞아! 분명히 뒤에 벌을 받았을 거야.

로테 이모 　그래도 엄마가 당금애기 편을 들어줘서 다행이었어. 만약 엄마까지 딸을 외면했다면…… 생각하기도 싫다.

뭉이쌤 　자기 뜻에 안 맞는다고 자식을 외면하는 엄마도 있는 게 실제 현실이지요.

이반 　맞아요. 그런 아빠도 많고요. 이제 제가 이야기를 하나 해 보겠습니다.

《그림 형제 민담집》에서 본 이야기를 해 볼게요. 저에게 깊은 감명을 준 이야기예요. 보고 나서 금방 잊어버리는 이야기도 많은데, 이 이야기는 생생하게 기억에 남아서 잊히지 않았습니다. 주인공의 이미지가 워낙 강렬해요. 고슴도치 아이거든요. 한국어 번역본의 이야기 제목이 '고슴도치 한스'인데, 원전 그대로 옮기면 '한스, 나의 고슴도치'라고 해요. 저는 이 제목이 더 마음에 듭니다.

한스, 나의 고슴도치

*

독일 민담

옛날에 부자로 잘사는 농부가 있었습니다. 농부는 많은 재산을 가졌지만 그리 행복하지 않았어요. 자식이 한 명도 없었거든요. 다른 농부들은 그에게, 재산이 많아 봤자 자식이 없으면 무슨 소용이냐며 놀렸습니다. 그럴 때마다 그는 화가 많이 났어요. 맞는 말이라서요. 어느 날 부자 농부는 친구들과 헤어지고 집에 돌아온 뒤 크게 소리쳤습니다.

"나도 아이를 갖고 싶어. 고슴도치라도 좋아!"

그러고 나서 얼마 뒤, 바라는 일이 이루어졌어요. 아내가 임신한 거예요. 농부는 세상을 다 가진 것처럼 좋아했습니다. 하지만 열 달 뒤 아내가 낳은 건 고슴도치 아이였어요. 몸 아래쪽은 사내아이인데 위쪽은 고슴도치였죠. 아내가 남편을 바라보면서,

"이게 다 당신이 소원을 잘못 빈 탓이에요."

남편은 머쓱해서 슬쩍 말을 돌렸어요.

"애가 세례를 받아야 할 텐데, 대부가 돼 줄 사람이 있으려나?"

“나도 몰라. 어쨌든 애 이름은 고슴도치 한스 말고는 없어요.”

그렇게 그 아이는 고슴도치 한스가 됐어요. 신부님이 한스에게 세례를 하면서 말했습니다.

“그거참! 이 아이는 가시 때문에 침대에 누울 수가 없겠어요.”

그 말대로였어요. 부부는 난로 뒤에 짚을 조금 깔고 그 위에 한스를 뉘었습니다. 한스는 가시 때문에 엄마 젖을 먹을 수도 없었죠. 한스는 그렇게 난로 뒤에서 8년 동안 누워 지냈습니다. 농부는 그 모습을 볼 때마다 짜증이 났어요. 차라리 죽어 버리면 좋겠다고 생각했죠. 하지만 한스는 죽지 않고 그대로 누워 있었습니다.

어느 날 농부는 도시로 장을 보러 나가면서 아내에게 무엇을 사 와야 하는지 물었어요. 아내는 살림에 필요한 물건들을 사 오라고 했죠. 하녀에게 필요한 게 있느냐니까 신발과 양말이래요. 그때 농부 눈에 한스가 들어왔어요. 농부는 지나가는 말처럼 물었어요.

“고슴도치 한스! 너도 원하는 거 있으면 말해.”

그러자 한스가 말했습니다.

“가죽으로 만든 피리를 하나 구해다 주세요.”

뜬금없이 피리라니 무슨 말인가 싶어요. 하지만 농부는 그 말대로 가죽 피리를 하나 구해서 난로 뒤로 가져다줬습니다. 한스는 가죽 피리를 이리저리 만져 보고 입으로 불어 보기도 했어요. 그러더니 이렇게 말했습니다.

“아버지, 대장간에 가서 제 수탉의 발바닥에 징을 박아 주세요. 그러면 닭을 타고 떠나서 다시는 돌아오지 않겠습니다.”

아버지는 그 말을 듣고 얼른 대장간으로 가서 수탉의 발에 징을 박아 한스에게 가져다줬어요. 한스가 떠나서 안 돌아온다는 말이 기뻤던 거예요.

고슴도치 한스는 수탉에 올라탄 뒤 돼지들과 나귀들을 이끌고 집을 떠났습니다. 한스가 향한 곳은 숲이었어요. 숲에서 동물들을 키우면서 살기로 했던 거예요. 한스는 수탉에 올라탄 채로 높은 나무에 올라가 앉았습니다. 거기서 가죽 피리를 불어서 돼지와 나귀를 통솔했죠. 동물들은 피리 소리를 잘 알아듣고 한스가 원하는 대로 움직였어요.

그렇게 몇 해가 지나자 나귀와 돼지는 아주 큰 무리를 이루게 됐습니다. 집에서 데려올 때보다 몇십 배는 될 정도로요. 한스의 부모는 이 일을 전혀 몰랐어요. 한스가 떠난 뒤 관심을 두지 않았거든요.

숲속의 한스는 나무 위에 올라앉아서 가죽 피리를 불곤 했어요. 한스의 연주는 아주 훌륭했습니다. 동물들은 물론 사람들 마음까지 움직일 정도였죠. 어느 날, 한 나라의 왕이 숲속에서 길을 잃고 헤매다가 한스의 피리 소리를 듣고서 시종들에게 말했습니다.

"가서 피리를 부는 사람을 찾아라."

시종들이 소리 나는 곳을 찾아가 보니까 사람은 없고 이상하게 생긴 짐승뿐이었어요. 아래쪽은 수탉이고 위쪽은 고슴도치인 짐승이 나무 위에서 피리를 연주하고 있었죠. 그 말을 전해 들은 왕은 다시 시종들에게 명령했습니다.

"그 짐승에게 왜 거기 있는지 물어보고, 우리 왕국으로 가는 길을 알려 줄 수 있는지 알아봐라."

시종이 왕의 말을 전하자 고슴도치 한스는 수탉을 탄 채로 나무에서 내려와 왕에게 다가왔어요.

"길을 잃으셨군요. 성으로 돌아갔을 때 제일 먼저 만나는 것을 저에게 주신다고 약속하면 길을 알려 드리죠. 글로 써 주시면요."

왕은 그 짐승이 글을 알 리가 없다고 생각하고 고개를 끄덕였어요. 그러고는 종이에 대충 아무렇게나 써서 한스에게 건네줬습니다. 한스는 그 종이를 잘 간직한 뒤 왕에게 숲을 벗어나서 왕국으로 가는 길을 친절하게 알려 줬습니다. 덕분에 왕은 숲을 나와서 길을 찾을 수 있었죠.

왕이 성에 도착했을 때 제일 먼저 만난 건 딸이었어요. 딸이 쪼르르 달려 나와서 아버지 목을 안고 입을 맞추었습니다. 왕은 한스와 약속한 일이 떠올라서 얼굴을 찌푸렸지만 상관없다고 생각했어요. 왕은 딸에게 그 이야기를 해 주고서 이렇게 덧붙였습니다.

"신경 안 써도 돼. 그 짐승이 글을 알 턱이 없거든. 내용도 엉터리로 썼단다."

"잘했어요, 아빠. 내가 고슴도치한테 갈 일은 절대로 없어요."

고슴도치 한스는 그런 줄도 모르고 즐겁게 지냈어요. 나무에 앉아서 가죽 피리를 부는 한스의 모습은 생기가 넘쳤죠. 나귀들과 돼지들은 피리 소리를 들으면서 한가롭게 풀을 뜯었습니다. 평화롭고 아름다운 풍경이었죠.

그때 또 다른 나라의 왕이 숲속에 들어왔다가 길을 잃었어요. 시종들과 함께 이리저리 숲속을 헤매던 왕은 아름다운 피리 소리를 듣고 한스가 있는 곳을 찾아왔어요. 보니까 사람은 없고 이상하게 생긴 짐승뿐이었죠.

"아름다운 음악을 연주하는 당신은 누구인가요? 나랑 얘기를 할 수 있나요?"

그러자 한스가 수탉을 탄 채로 나무에서 내려와서 말했습니다.

"이곳은 제 왕국이에요. 저는 나귀들과 돼지들의 주인이지요. 당신들이 원하는 건 무엇인가요?"

왕은 길을 잃어서 왕국으로 돌아가지 못하게 됐다면서 길을 알려 달라고 했어요. 한스는 왕에게 지난번과 똑같은 조건을 내걸었습니다. 왕은 알겠다면서 선뜻 글을 써 줬어요. 한스는 수탉을 타고 앞장서서 그들이 숲에서 나갈 수 있도록 안내해 줬지요. 덕분에 왕의 일행은 왕국으로 돌아갈 수 있었습니다.

왕이 성에 도착했을 때 제일 먼저 나와서 그를 맞이한 건 사랑하는 외동딸이었어요. 쪼르르 달려 나와서 아버지 목을 감싸 안더니,

"아빠, 왜 이렇게 늦으셨어요?"

그러자 왕은 숲속에서 있었던 일을 딸에게 이야기했어요. 한스와 약속한 일도요.

"그는 반은 사람이고 반은 고슴도치였어. 기사처럼 수탉을 타고서 아름다운 피리 연주로 동물들을 통솔하고 있었지. 그 덕분에 집에 돌아왔지만 너를 보내야 한다니 마음이 아프구나."

그러자 공주가 말했어요.

"아빠, 걱정하지 마세요. 문제없을 거예요."

왕은 마음이 조금 놓였지만 걱정은 여전히 사라지지 않았습니다.

고슴도치 한스는 한동안 숲에서 나오지 않고 계속 동물들을 돌봤어요. 시간이 지나자 돼지들의 숫자가 더 불어나서 숲을 꽉 채울 정도가 됐죠. 이제 나갈 때가 됐다고 생각한 한스는 집으로 소식을 보냈습니다. 돼지들을 데리고 들를 예정이니 마을에 있는 돼지우리를 다 치워 놓으라는 내용이었어요. 돼지들을 마음껏 잡아서 잔치를 벌여도 좋다는 말도 덧붙였습니다.

그 얘기를 전해 들은 아버지는 마음이 무거워졌어요. 한스가 이미 오래전에 죽어서 다시 볼 일이 없을 거라고 믿고 있었거든요. 사람들에게 한스의 말을 전하고 돼지우리를 치웠지만 건성이었죠.

얼마 뒤 한스가 동물들을 이끌고 마을로 들어왔을 때 사람들은 너나없이 깜짝 놀랐습니다. 그렇게 많은 돼지 떼는 본 적이 없었거든요. 돼지는 마을의 모든 우리를 가득 채우고도 남았습니다. 사람들은 남은 돼지를 잡아서 잔치를 열었어요. 마을이 생긴 이후로 가장 큰 잔치였죠. 사람들은 마음껏 먹고 마시며 즐겼습니다. 다른 마을까지 소문이 나서 사람들이 잔뜩 찾아올 정도였어요.

하지만 고슴도치 한스의 아버지는 마음이 편치 않았습니다. 다시 한스와 함께 사는 게 부담스러웠던 거예요. 그때 한스가 말했어요.

"아버지, 대장간에 가서 다시 제 수탉의 발에 징을 박아 주세요.

그러면 닭을 타고 떠나서 영원히 돌아오지 않겠습니다.”

아버지는 얼른 대장간에 가서 수탉에 징을 박은 뒤 한스에게 가져다줬어요. 한스는 수탉을 타고서 홀연히 집을 떠나갔습니다.

한스가 닭을 타고 향한 곳은 그가 첫 번째로 길을 찾아 준 왕이 다스리는 나라였어요. 하지만 한스는 성안으로 들어갈 수 없었습니다. 왕이 병사들에게 수탉을 타고 오는 자가 있으면 못 들어오게 하라고 명령을 내려 놓았던 거예요. 그냥 막는 데 그치지 않았습니다. 병사들은 총칼을 들고서 덤벼들었어요. 죽여도 좋다는 명령이 내려져 있었거든요.

한스는 수탉에 몸을 완전히 밀착시킨 뒤 공중으로 훌쩍 날아올랐습니다. 그는 그대로 성문을 넘어서 왕이 있는 곳으로 가서 소리쳤어요.

“약속대로 성에 돌아와 처음 만난 것을 주시오. 그렇지 않으면 다 죽여 버리겠소!”

공포에 휩싸인 왕은 우선 살고 봐야 한다면서 딸을 고슴도치 한스에게 가게 했어요. 왕은 딸에게 하얀 드레스를 입혀서 여섯 마리 말이 끄는 마차에 태운 뒤 시종들과 재물까지 딸려서 한스에게 보냈습니다.

한스는 수탉을 탄 채로 마차와 나란히 달려서 성 밖으로 나갔어요. 왕은 문제가 해결됐다고 생각했지만, 아니었습니다. 도시를 벗어났을 때 한스는 마차를 멈춰 세운 뒤 공주의 드레스를 벗기고 날카로운 가시로 몸을 찔렀답니다. 피가 흐를 때까지요.

"당신들이 한 일에 대한 대가요. 돌아가시오. 나는 당신이 필요 없소."

공주는 상처투성이가 된 채로 버려졌어요. 공주와 왕은 평생 욕된 삶을 살아야 했답니다.

고슴도치 한스는 두 번째 왕국으로 향했어요. 한스가 수탉을 탄 채로 가죽 피리를 불면서 성으로 다가가자 문이 활짝 열리면서 사람들이 그를 맞이했습니다. 병사들이 양쪽으로 서서 예를 갖춘 뒤 한스를 왕에게 안내했죠. 한스를 본 왕은 다가가서 손을 꽉 잡았습니다.

이제 고슴도치 한스와 공주가 만날 시간이에요. 공주는 한스의 괴상한 모습에 깜짝 놀랐지만 곧 온화한 표정으로 한스를 맞이했습니다. 공주는 이미 한스를 남편으로 맞이할 준비가 돼 있는 상태였어요. 그가 대단한 사람이라는 걸 알고 있었죠.

한스와 공주의 결혼식이 열리고 잔치가 베풀어졌습니다. 공주는 신랑 옆에 나란히 앉아서 함께 먹고 마셨어요. 한스의 부모님도 하지 않았던 일이었지요. 하지만 밤이 되자 공주는 무서운 마음이 생겨났어요. 가시로 가득한 몸을 안아야 하니까요. 그때 한스가 말했습니다.

"무서워하지 말아요. 아무 해도 끼치지 않을 겁니다."

한스는 네 명의 병사를 시켜서 침실 문밖에 불을 피워 놓고 대기하도록 했어요. 자기가 고슴도치 가죽을 벗고서 침대로 들어가면 재빨리 가죽을 가져다 불에 던진 뒤 다 탈 때까지 지켜보라고

했습니다.

때가 되자 한스는 공주와 함께 침실로 들어갔어요. 공주가 만져 보니까 가시는 그리 날카롭지 않았어요. 생각보다 보들보들했지요. 한스는 천천히 고슴도치 가죽을 벗은 뒤 침대 아래로 내려놨어요. 그러자 병사들이 달려와서 가죽을 불에 던졌습니다. 얼마 지나지 않아서 가죽은 깨끗이 불타 사라졌어요.

고슴도치 가죽을 벗은 한스의 피부는 불에 탄 것처럼 새까맸습니다. 왕은 의사를 불러서 좋은 연고와 향유를 사셔오게 했어요. 연고를 바르고 향유로 닦자 한스의 몸은 점점 하얗게 변했습니다. 공주가 직접 나서서 향유로 신랑의 몸 구석구석을 정성껏 닦아 줬지요. 시간이 지나자 한스는 잘생긴 청년이 됐습니다. 공주는 너무나 기뻐서 한스를 꼭 껴안았어요. 한스도 공주를 꼭 안았습니다.

행복한 첫날밤을 보낸 두 사람은 즐거운 아침 식사를 함께하면서 결혼을 자축했어요. 그 모습을 지켜보던 늙은 왕은 조용히 고개를 끄덕였습니다. 왕국을 물려줄 때가 됐음을 깨달은 거예요. 한스는 모든 사람이 축하하는 가운데 그 나라의 왕이 되었습니다.

몇 년이 지났을 때, 한스는 아내와 함께 고향 집을 찾아갔어요. 왕의 행차를 맞이한 농부는 깜짝 놀랐습니다. 왕이 마차에서 내려 다가오자 농부는 두려움에 몸을 떨면서 엎드렸어요.

"고개를 드세요. 전 당신의 아들입니다."

그러자 농부가 떨면서 말했어요.

"저에게는 아들이 없습니다. 가시 돋친 고슴도치 아이가 있었는데 영원히 떠나갔어요."

"아버지, 제가 그 고슴도치 한스입니다."

한스가 이렇게 말했지만 농부는 그게 자기 아들이라는 걸 한참 동안 믿지 못했어요. 한스가 모든 일을 말하자 그제야 아들이라는 사실을 받아들였죠. 늙은 아버지는 기뻐하면서 아들을 따라 그의 왕국으로 갔답니다.

그 뒤에 어찌 됐는지 궁금하면 그 나라의 성으로 가 보세요. 사람들이 친절하게 말해 줄 테니까요.

연이　　통이　　이반　　뀨 아재　　로테 이모　　뭉이쌤　　노고할망

연이　　이런 이야기가 있었구나. 신기하고 놀랍다. 마음이 좀 이상해졌어.

통이　　이야기가 가슴에 콱콱 와서 박히네. 처음에 이반 형이 했던 말 그대로야.

이반　　나만 그랬던 게 아니구나. 다시 생각해도 참 놀라운 이야기야. 한스도 한스지만 아버지와 왕들과 공주들 모습이 또렷하게 기억에 남더라고. 잠깐 등장한 어머니와 신부님도.

로테 이모　　한스의 엄마가 처음에만 나오고 뒤에는 따로 얘기가 없는 게 좀 이상했어. 죽거나 한 건 아닐 텐데……

뀨 아재　　존재감 제로.

이반　　한스 아버지가 아들이 없어지면 좋겠다고 생각하잖아요? 제 생각엔 엄마도 아들에게 관심을 안 준 거 같아요. 오해일까요?

뭉이쌤　　내 생각에도 이반 말이 맞는 것 같아. 아이를 낳았을 때 남편을 원망한 것도 그렇고, 아이를 고슴도치 한스라고 부른 것도 그렇고. 아버지는 가죽 피리를 구해다 주고 수탉에 징도 박아 주는데 엄마는 그런 말도 없잖아?

연이　　한스가 난로 뒤에 혼자 방치됐던 거네요. 너무 슬프다.

로테 이모　　하지만 한스가 죽지 않고 산 걸 보면 엄마가 하루 세 끼 음식을 갖다주거나 했을 거야. 난로 뒤도 나쁘게만 생각할 일은 아닌 것 같

아. 따뜻한 자리니까.

뀨 아재 짚을 깔아 준 것도 아이에게 어울리는 배려일 수 있어요.

퉁이 그런가요? 그렇게 생각하면 마음이 조금 나아지네요.

뭉이쌤 그래. 부모가 자식을 짐처럼 생각하며 없어지기를 바랐다지만 그걸 겉으로 드러낸 건 아니었지. 속으로 그런 생각을 하는 건 누구라도 그럴 수 있는 일이야.

연이 대단한 건 한스예요. 부모를 원망하지 않고 마지막까지 챙기는 게 놀라워요.

이반 어쩌면 그건 부모에게 인정받고 싶었던 행동일지도 몰라. 돼지들을 몰고 온 것도 그렇고, 왕이 돼서 찾아온 것도 그렇고.

퉁이 아아, 다시 슬퍼지려고 하네.

연이 근데 수탉을 타고 움직이는 거 재미있고 멋져요. 나무 위에 올라가서 피리를 불면서 동물들을 통솔하는 것도요.

이반 그렇지? 처음에는 수탉이 좀 초라하다고 생각했거든. 근데 고슴도치에게 딱 어울리는 탈것이더라고. 털이 수북해서 찔리지 않고, 여기저기 종종종 다닐 수 있고, 날아서 나무에도 올라갈 수 있고.

퉁이 그러네. 한스에게 최적화된 모빌리티 시스템이었구나.

뀨 아재 요즘으로 치면 최신형 전동 카.

연이 갑자기 스티븐 호킹 박사가 떠올랐어요!

이반 딱 어울린다.

뭉이쌤 한스가 수탉을 타고 숲으로 간 게 갑자기 벌어진 우연한 일이 아니라는 걸 주목할 만해. 난로 뒤에 누워 있으면서 마음속으로 오래 상상하고 계획한 일로 보는 게 옳아. 아주 구체적이고 치밀하잖아? 가죽 피리도 그렇고 수탉에 징을 박는 일도 그렇고. 동물들을 데려가는 것도 다 미리 계획했었을 거야. 어떻게 돌볼지도.

통이　와, 한스가 엄청난 능력자였군요. 천재 경영자요. 왕이 되는 게 우연이 아니었어요.

뀨 아재　상상력의 힘!

연이　근데 한 가지, 한스가 첫 번째 왕국의 공주를 피가 나도록 찌르는 대목에서 식겁했어요.

이반　처음에 나도 그랬어. 그런데 한스가 받았을 상처를 생각하니까 이해가 되더라고. 그 왕하고 공주는 보이지 않는 가시로 한스를 마구 찌른 셈이야. 그렇지 않아도 상처가 있는 사람을 향해서 말이지.

연이　그건 그래. 그래서 두 번째 공주가 정말 마음에 들어. 그냥 아버지가 하래서 할 수 없이 결혼한 건 아니었겠지?

이반　아버지에 대한 믿음도 있었겠지만, 한스가 범상치 않은 사람이라는 걸 알아차리지 않았을까?

연이　맞아. 분명히 그랬을 거야. 한스의 숲속 생활 스토리만 봐도 답이 나오지.

노고할망　어린 친구들이 참 이해심이 많구나. 앞날을 걱정하지 않아도 되겠어.

뭉이쌤　그러게요. 이제 신세대들이 새 왕국을 열어야지요. 차별을 넘어서고 고통과 상처를 씻는 세상으로요.

로테 이모 맞아요!

퉁이 감사합니다. 제 가슴이 웅장해졌어요.

로테 이모 그래도 구세대 이야기 한번 들어 봐. 내가 하나 해 볼 테니.

퉁이 넵! 당연하죠.

내가 튀르키예에서 생활할 때 들었던 민담이에요. 그때 내가 좀 고생을 많이 하고 있었거든요. 이 이야기가 위로가 됐어요. 제목이 '젊어 고생은 사서도 한 다'예요. 제목에 주제가 보이는 것 같아서 바꿔 볼까 했는데 더 나은 게 생각 나지 않았어요. 주제를 살짝 알고서 들어도 재미있을 거예요. 옛날이야기가 원래 그렇잖아요.

젊어 고생은 사서도 한다

튀르키예 민담

옛날 먼 옛날 한 마을에 류즈갸르올루라는 이름을 가진 사람이 살았어요. '바람의 아들'이라는 뜻이에요. 그는 결혼해서 누르유즈라는 아들과 귤유즈라는 딸을 두었답니다. 누르유즈는 '광채 나는 얼굴'이라는 뜻이고, 귤유즈는 '장밋빛 얼굴'이라는 뜻이에요. 이 가족은 남부럽지 않은 부자여서 아무런 걱정 없이 풍족하게 살았답니다.

누르유즈가 다섯 살, 귤유즈가 네 살 됐을 때였어요. 류즈갸르올루는 여느 날처럼 멋진 말을 타고 사냥을 나갔답니다. 쏜살같이 빠른 사냥개 두 마리가 뒤를 따랐어요. 그의 어깨에는 최신식 총이 반짝였고요. 그는 사냥 솜씨가 아주 뛰어났어요. 쐈다 하면 명중이에요. 그런데 그날은 이상하게도 사냥감이 눈에 띄지 않았어요. 하루 종일 헤맸지만 허탕이었답니다.

"오늘은 틀렸어. 살다 보니 이런 날도 있군."

바로 그때, 류즈갸르올루의 눈에 우아한 생명체가 쏙 들어왔어요. 그토록 멋지게 생긴 사슴은 처음이었지요. 놀라서 숨을 못 쉴 정도였답니다. 사슴은 그의 눈을 말끄러미 바라보다가 뒤돌아서 달리기 시작했어요. 정신을 차린 류즈갸르올루는 급히 말을 달려 사슴을 쫓아가면서 빵 빵 빵 총을 쏴 댔습니다. 하지만 총알은 계속 빗나갔어요. 그동안 없었던 일이었지요. 얼마 뒤 총알이 다 떨어지고 사슴도 사라졌어요. 그때 류즈갸르올루의 귀에 이상한 소리가 들려온 거예요.

"류즈갸르올루! 젊었을 때 편안히 살고 늙어서 고생하겠느냐, 아니면 젊어서 고생하고 늙어서 평안히 살겠느냐?"

류즈갸르올루는 질문에 답을 해야 할 것 같았지만 뭐라고 해야 할지 몰라서 입을 닫았어요. 집으로 돌아오는 동안에도 그 말이 계속 귓가에 맴돌았지요. 밤에도 계속 그 말이 생각나서 잠을 이루지 못했답니다.

다음 날 류즈갸르올루는 다시 사냥을 나갔다가 전날과 같은 일을 겪었어요. 사슴을 쫓다가 놓치고는 질문만 듣고 돌아온 거예요. 그는 그날 밤도 그 말을 생각하느라고 내내 잠을 설쳤답니다. 아내가 보니까 뭔가 이상하거든요. 무슨 일이냐고 물으니까 그는 숲속에서 있었던 일을 말해 줬어요.

"여보, 뭐라고 답을 해야 할까요?"

그러자 아내가 고민도 안 하고 바로 대답했어요.

"뭘 그런 걸 고민해요? 중요한 건 시작보다 끝이에요. 또 그 소리가 들리면 젊어서 고생하고 늙어서 평안한 쪽을 택한다고 대답

해요."

류즈갸르올루는 그 말이 맞다고 생각하고 고개를 끄덕였어요. 다음 날 사냥을 나갔다가 다시 사슴을 놓치고 앉아 있는데 같은 소리가 들려왔어요.

"류즈갸르올루! 젊었을 때 편안히 살고 늙어서 고생하겠느냐, 아니면 젊어서 고생하고 늙어서 평안히 살겠느냐?"

그는 힘차게 대답했어요.

"나는 젊어서 고생하고 늙어서 평안히 살겠소!"

그러자 아무 말도 들려오지 않았어요. 류즈갸르올루는 싱거운 일이라고 생각하고 발걸음을 돌렸지요. 그런데 집으로 가는 길에 사냥개 한 마리가 시냇물에 빠져서 떠내려간 거예요. 상상도 못 했던 일이었지요. 잠시 뒤에는 말이 갑자기 픽 쓰러지더니 그대로 죽어 버렸답니다. 독초를 잘못 먹은 거예요. 할 수 없이 터덜터덜 걸어서 집으로 오는데, 이웃집 기왓장이 뚝 떨어져서 남은 사냥개의 머리를 정통으로 맞췄어요. 사냥개는 깨갱 소리와 함께 쓰러져 죽었답니다.

하루 사이에 말과 개들을 잃은 류즈갸르올루는 아내와 함께 구슬프게 울었어요. 그때 마른하늘에서 갑자기 천둥과 번개가 쳤어요. 번쩍, 꽈과과광! 그러더니 집에 불이 붙어서 타오르기 시작했지요. 번개가 풀숲에 떨어져서 불길이 피어난 게 집으로 옮겨붙은 거예요. 불은 무섭게 타올랐습니다. 류즈갸르올루와 아내가 불타는 집에서 구해 낸 건 어린 자식들뿐이었답니다. 다른 재산은

하나도 건지지 못한 거예요. 두 아이는 그치지 않고 울어 댔어요. 아내의 눈에서도 줄줄 눈물이 흘렀습니다.

커다란 저택은 순식간에 잿더미로 변했어요. 류즈갸르올루 가족은 헐벗은 채로 길을 떠나서 산을 넘고 강을 건너 다른 마을로 옮겨 갔어요. 부부는 농장에서 일했지만 끼니도 제대로 때우기 어려웠답니다. 그나마 일거리가 떨어지자 가족은 다시 길을 떠나야 했어요.

길을 떠난 가족 앞에 강물이 나타났어요. 다리도 없고, 배도 안 보였습니다. 어른들은 물살을 헤치고 건너면 되는데 아이들이 문제였지요. 류즈갸르올루는 나무로 뗏목을 두 개 만들어서 누르유즈와 귤유즈를 각기 뗏목에 태웠습니다.

아빠는 아들이 탄 뗏목을 잡고 엄마는 딸이 탄 뗏목을 잡은 채로 냇물을 건너기 시작했어요. 그런데 강물 가운데에 이르렀을 때 갑자기 물살이 빨라지면서 뗏목이 부부의 손에서 떨어져 나갔답니다. 부부는 뗏목을 잡으려고 발버둥 쳤지만 소용없었어요. 뗏목은 빠른 속도로 떠내려갔습니다. 물을 건넌 부부가 강을 따라서 뛰어 내려갔지만 아이들을 찾을 수 없었지요.

갑자기 몰아닥친 불행은 감당하기 힘들 정도로 컸어요. 부부는 먹고살기 위해서 여기저기 떠돌면서 온갖 험한 일을 다 해야 했지요. 그렇게 많은 세월이 훌훌 지나갔습니다. 악몽 같은 날들이었죠. 온 가족이 행복하게 살던 일이 꿈처럼 아스라했어요. 하지만 류즈갸르올루는 언젠가 행복한 날이 올 거라는 믿음을 버리지 않았답니다. 젊어서 고생하면 늙어서 편안하게 된다는 말을 잊어버리지 않았지요.

그러던 어느 날 그는 아내하고도 헤어지게 됐어요. 왕의 시종이 왕궁에 일자리를 주겠다면서 아내를 데려간 거예요. 류즈갸르올루는 그게 아내에게 더 낫다고 생각해서 선뜻 보내 줬지요. 어떤 일이 벌어질지 까맣게 모르고요.

아내도 없이 홀로 지내는 날들은 더 외롭고 힘들었어요. 기운이 빠져서 자꾸 몸이 바닥으로 가라앉았지요. 어느 날 큰 도시로 간 류즈갸르올루는 너무나 배가 고파서 빵을 한 조각 얻어먹으려고 빵집을 찾기 시작했어요. 그런데 어디를 가도 사람이 한 명도 보이지 않았답니다. 마침내 빵집을 찾았는데 거기도 사람은 없었어요. 문이 열려 있고 빵이 진열돼 있는데 말이지요. 그는 너무나 배가 고팠지만 차마 빵을 집어 들 수가 없었습니다. 그러면 도둑이 되는 거니까요. 그는 문 앞에 앉아서 주인을 기다리다가 그대로 쓰러져 잠들었어요.

그날은 나라에서 새 왕을 뽑는 날이었어요. 도시 사람들은 다 거기에 가 있었지요. 그 나라는 행운의 새를 하늘에 날려서 새가 내려앉는 사람을 왕으로 뽑는 전통이 있었어요. 전통에 따라서 사람이 가득한 광장에서 새를 날렸습니다. 새는 광장을 그냥 지나치더니 골목으로 날아가서 빵집 문 앞에 누워 있는 류즈갸르올루의 머리 위에 올라앉았어요.

"왕이다. 새 왕이 나왔어!"

사람들이 외쳤지만 판관은 그 결과를 인정하지 않았어요. 이런 거지가 왕이 될 수는 없다면서 행운의 새를 낚아채 가지고 광장으로 온 뒤 다시 하늘로 날려 보냈답니다. 새는 하늘을 세 바퀴 돈 뒤 다시 류즈갸르올루의 머리에 올라앉았어요. 판관이 한 번 더 새를 낚아채서 날렸지만 결과는 똑같았지요.

"왕이다. 저분이 우리의 왕이야!"

판관은 더 이상 다른 말을 할 수가 없었어요. 거지로 떠돌던 류즈갸르올루는 하루아침에 나라의 왕이 되었답니다. 오랜만에 목욕을 한 뒤 예복을 입고 왕좌에 앉은 그는 헛웃음이 났어요. 지난 모든 일이 꿈만 같았지요. 하지만 행복하지 않았어요. 사랑하는 가족들이 없으니까요.

그때 예전부터 왕의 시종 노릇을 하던 사람이 젊은 병사 두 명을 구석진 방으로 데려가서 은밀한 명령을 내렸어요.

"너희 둘은 밤새 이 방을 잘 지키도록 해라. 아무도 들어오지 못하게 해."

그래서 둘은 그곳을 지키게 됐어요. 거기서 밤을 새우려니까 심심하잖아요? 둘은 이런저런 이야기를 나누기 시작했습니다. 그때 한 병사가 말했어요.

"내 사연 한번 들어 보겠어? 들으면 기가 막힐 거야. 내가 다섯 살 때 일인데 지금도 기억이 생생해. 우리 집이 원래 부자였거든. 그런데 어느 날 벼락이 떨어져서 집이 불타는 바람에 온 가족이 정처 없이 떠도는 신세가 됐지 뭔가. 아, 그 강물! 우리 아버지 어머니가 나하고 동생이 탄 뗏목을 끌고 강물을 건너다 거센 물살에 뗏목을 놓쳐 버린 거야. 그때 부모님이 울부짖던 모습이 지금도 생생해. 지금은 어디서 무얼 하시는지……. 우리가 죽었다고 생각하실 거야."

그때 방 안에 있던 커다란 궤짝에서 무슨 소리가 들리는 것 같았어요. 두 사람이 가서 살펴보니까 밀봉된 궤짝에서 신음처럼 사람 소리가 나고 있었답니다. 궤짝에 귀를 갖다 댄 병사는 깜짝 놀랐어요.

"누, 르, 유, 즈…… 누 르 유 즈……."

분명히 자기 이름을 부르는 소리였어요. 그는 가만히 있을 수 없었지요. 망치로 자물쇠를 깨뜨리고서 꽁꽁 잠긴 뚜껑을 열었습니다. 궤짝 안에는 한 여자가 밧줄로 온몸이 묶이고 입이 틀어막힌 채로 신음하고 있었지요. 그 상태로 온 힘을 다해서 이름을 부른 거예요. 병사는 얼른 밧줄을 풀었어요.

"누르유즈! 내 아들!"

세상에나! 꿈에도 그리던 어머니가 거기 있을 줄이야. 병사 누르유즈는 어머니를 꼭 껴안았어요. 한참을 울기만 하던 어머니는 아들에게 궤짝에 갇힌 사연을 말해 줬어요. 시종이 첩이 되라고 강요하는 걸 거부하다가 거기 갇혔다는 거예요. 날이 밝으면 물에 던져질 판인데 뜻밖에도 아들의 이야기를 들었던 거였지요.

누르유즈와 동료가 시종의 명령을 어긴 거잖아요? 둘은 모든 사실을 왕에게 말하기로 했어요. 누르유즈는 어머니를 부축해서 왕이 있는 곳으로 갔습니다. 다음 순간, 누르유즈는 눈을 의심했어요. 왕이 갑자기 다가와서 어머니를 꼭 껴안은 거예요. 어머니도 왕을 껴안고서 한참을 울더니,

"누르유즈, 인사드려라. 너의 아버지시다."

누르유즈도 놀라고 병사도 놀랐지만 더 놀란 건 왕이었어요. 두 손으로 누르유즈의 어깨를 잡더니,

"누르유즈? 내 아들 누르유즈? 어디 보자. 그래. 맞구나, 맞아. 내 아들!"

다들 이게 무슨 일인가 하지요. 손뼉 치고 난리도 아니에요. 그때 딱 한 사람은 얼굴이 하얗게 질려서 뒤로 내뺐답니다. 류즈갸르올루의 아내를 묶어서 궤짝에 가둔 시종이었지요.

"누르유즈, 이렇게 만나다니. 그런데 귤유즈는…… 내 불쌍한 딸 귤유즈는……."

그러자 누르유즈가 말했어요.

"아버지, 귤유즈 무사히 살아 있어요! 지금 방앗간에서 일을 하고 있답니다. 방앗간 주인께서 우리 둘을 물에서 건져서 키워 주셨어요."

그 말에 류즈갸르올루와 아내는 동시에 바닥에 무릎을 꿇었답니다. 신을 향해 감사 기도를 드려야 하니까요.

고생 끝에 다시 만난 가족은 더없이 행복했어요. 옛날에 누렸던 행복은 비할 바가 아니었지요. 류즈갸르올루는 늙어서 누리는 행복이 젊었을 때의 행복보다 백배 천배 소중하다는 걸 실감했답니

다. 그는 하늘을 바라보면서 조용히 말했어요.

"젊어 고생은 사서도 한다고 했지. 그 고생이 없었으면 지금 이 행복도 없었을 거야."

연이　이모님, 감동이에요!

뀨 아재　끝이 좋으면 다 좋은 법.

로테 이모　맞아요. 튀르키예에서 고생하던 날들이 없었으면 지금의 행복한 시간도 없었을 거예요.

통이　우리에게 이런 행복감을 전해 주지도 못하셨겠죠.

로테 이모　그 말이 맞네. 이 이야기를 기억하지도 못했을 거야.

연이　가족이 그렇게 고생하면서도 도리를 지키는 게 참 좋았어요. 저는 류즈갸르올루가 빵을 집어 먹을 줄 알았거든요. 장발장처럼요.

로테 이모　끝까지 사람됨을 지키는 건 아주 중요한 일이지. 그 아내가 죽음을 무릅쓰고 지조를 지킨 것도 기억해 줘.

노고할망　남매를 물에서 건져서 키워 준 사람도 잊지 말아야 해요.

로테 이모　맞다. 왕이 귤유즈를 데려온 뒤 방앗간 주인에게 큰 상을 줬다고 해요. 당연한 일이겠지요?

뀨 아재　두말하면 잔소리죠.

이반　그런데 하루아침에 집이 쫄딱 망했다가 갑자기 행운의 새 덕분에 왕이 되고 온 가족이 한꺼번에 만나는 게 조금 억지스럽게 느껴지기는 했어요.

달이　새의 예지력을 무시하지 마셈.

뭉이쌤 하하. 실화가 아니고 설화니까 이야기적인 과장은 있겠지. 중요한 건 그 속에 담겨 있는 이치야. 이야기에 나온 대로는 아니더라도 인생에서 불시에 큰 고난이 찾아오는 건 실제로도 많이 있는 일이지. 어려운 일이 거짓말처럼 풀리는 것도 그렇고.

노고할망 맞아요. 인생사 새옹지마라잖아? 오래 살면서 그런 일을 참 많이 봤다우.

연이 TV 다큐멘터리에서도 비슷한 일들을 본 적이 있어요. 믿어지지 않는데 실화라고 하더라고요.

퉁이 근데 앞으로 행복해지려면 꼭 지금 고생을 해야 하나요? 지금 좋은데 어떡하지?

뭉이쌤 하하. 일부러 고생을 찾을 것까지야 없겠지. 다만 어떤 힘든 일이 닥쳐오더라도 잘 이겨 낼 준비를 하면 돼.

퉁이 넵. 어려운 일을 겪을 때 이 이야기가 큰 힘이 될 것 같아요. 류즈갸르올루가 희망을 잃지 않고 끝까지 사람다움을 지킨 걸 기억하겠습니다.

연이 퉁이 오빠, 이야기의 축복 제대로 받았네.

퉁이 오랜만에 함께 외쳐 볼까요? 옛이야기, 만세!

일동 만세!

나도 이야기꾼

기본 스토리텔링

이번 스테이지에서 만난 이야기 중 가장 마음에 드는 것을 골라서 다음과 같은 단계로 스토리텔링 활동을 해 보자.

step 1: 책에 쓰인 그대로 이야기를 소리 내어 읽는다.

step 2: 책에 쓰인 그대로 이야기를 소리 내어 읽되, 가상의 청자에게 말해 주듯이 읽는다.

step 3: 청자에게 이야기를 전달하되, 틈틈이 책을 참고한다.

step 4: 청자에게 이야기를 전달하되, 책을 참고하지 않는다.

step 5: 청자에게 이야기를 전달하되, 표현과 내용을 조금씩 자신의 방식대로 바꿔 본다.

step 6: 완전히 내 것이 된 이야기를 구연 환경과 청자의 성향에 맞춰 내용과 표현을 자유자재로 조절하며 전달한다.

이야기별 재창작 스토리텔링

다음은 이번 스테이지에서 만난 이야기들에 대한 활동거리이다. 이 중 하나 이상을 골라 스토리텔링 활동을 해 보자.

<가난한 아이의 맷돌>

① **인물 되어 말 걸기:** 이야기 속의 여자아이가 되어 맷돌에게 하고 싶었을 말을 해 보자. 마법의 맷돌을 얻기 전과 후로 나누어서 말해 본다.

<마법의 오렌지 나무>

② **노랫말에 곡 붙이기:** 이야기 속에 나오는 노랫말에 어울리는 곡을 붙여서 노래로 불러 보자. AI 프로그램을 이용해도 좋다.

③ **이야기 내용 바꾸기:** 소녀가 계모의 나쁜 마음을 변화시켜서 함께 잘 사는 내용으로 이야기를 바꾸어 보자.

<금소라 아이 쌍텅>

④ **이야기 내용 추가하기:** 쌍텅이 거인들과 생활할 때 벌어졌을 만한 사건을 이야기에 추가해 보자. 단, 시련을 겪는 내용으로 한다.

<불행한 공주>

⑤ **숨은 이야기 상상하기:** 공주의 모이라가 왜 화가 나서 공주를 괴롭히게 된 것일지 숨은 사연을 상상해서 이야기해 보자.

⑥ **인물 되어 말하기:** 거듭되는 불행에 시달릴 때의 공주가 되어서 운명을 원망하는 말이나 신에게 기도하는 말, 자기를 위로하는 말 등을 해 보자.

<당금애기의 세 아들>

⑦ **랩 가사 써서 노래하기:** 당금애기의 아들들이 되어 삶의 고통과 슬픔, 희망과 의지 등을 담은 랩 가사를 써서 노래해 보자. 신(神)을 가상의 청자로 삼는 것도 좋겠다.

<한스, 나의 고슴도치>

⑧ **마음에 안 드는 내용 바꾸기:** 이야기의 여러 내용 가운데 마음에 안 드는 부분을 골라서 마음에 들게 바꾸어 보자.

⑨ **인물 간 대화 재현하기:** 고슴도치 한스와 공주가 첫날밤을 보낸 뒤 나눴을 만한 대화를 구성해 보자. 두 명이 배역을 나누어서 재현해도 좋겠다.

<젊어 고생은 사서도 한다>

⑩ **인물의 정체 상상하기:** 류즈갸르올루가 사냥터에서 만난 사슴의 정체는 무엇이었을지 상상해서 이야기해 보자.

⑪ **주제와 관련되는 경험담 말하기:** 당시에는 매우 힘들었지만 지나고 보니 뜻깊었다고 생각되는 일을 한 가지 떠올려서 이야기해 보자.

이야기 연계 스토리텔링

1. 이 스테이지에 있는 일곱 편의 이야기에는 인물들이 힘든 고난의 시간을 겪으면서 그것을 헤쳐 나가는 내용이 담겨 있다. 이 내용을 바탕으로 하여 '고난을 이겨 내기 위한 행동 수칙'을 만들어 보자. '누구누구처럼 이러이러하게 한다.'라는 형식으로 세 가지 이상 만들도록 한다.

2. 다음 인물들이 가장 힘들었을 때 자기 모이라(운명의 여신)를 만났다고 가정하고, 모이라와 주고받는 말을 대사로 구성해 보자.

   (1) 〈마법의 오렌지 나무〉의 소녀
   (2) 〈당금애기의 세 아들〉의 삼형제
   (3) 〈한스, 나의 고슴도치〉의 한스

3. 이 외에 이야기들을 흥미롭게 연계할 수 있는 여러 가지 방법을 찾아보고 이를 토대로 다양한 스토리텔링 활동을 해 보자.

이야기로 펼쳐 가는
아름다운 삶

어느덧 마지막 이야기판이 됐네요. 이번 이야기판의 주제는 '이야기에 대한

이야기'입니다. 제가 먼저 해 볼게요. 몽골에서 전해 온 이야기입니다. 동화책

으로도 만들어져서 읽히는 이야기라고 해요. 이게 왜 '이야기에 대한 이야기'

인지 잘 생각하면서 들어 주세요.

엄마 없는 아기 낙타

*

몽골 민담

옛날에 어떤 부자가 3년마다 하늘나라 임금님께 흰 낙타 백 마리씩을 선물로 바쳤어요. 어느 날 다시 3년이 돼서 낙타를 바치려고 숫자를 세어 보니 낙타가 아흔아홉 마리뿐이었어요. 부자는 자기 집에서 더부살이하는 처녀가 기르는 수다스러운 흰 엄마 낙타를 참을성 없는 흰 아기 낙타에게서 떼어 내서 백 마리를 채웠어요.

수다스러운 흰 엄마 낙타가 참을성 없는 흰 아기 낙타와 이별하고 아흔아홉 마리 낙타들의 꽁무니를 따라서 하늘나라로 길을 가요.

오르막길을 갈 때도 성큼성큼

내리막길을 갈 때도 성큼성큼

참을성 없는 흰 아기 낙타가 그리워서

큼직한 눈물방울을 뚝뚝 떨어뜨리며

울며불며 성큼성큼 못 돌아올 길을 가요

하지만 누구도 가엾은 엄마 낙타에게 관심이 없었어요. 엄마를 찾는 건 참을성 없는 아기 낙타뿐이었답니다. 아기 낙타는 아무것도 안 먹고 울면서 말뚝 둘레를 뱅글뱅글 돌았어요. 그런데 엄마를 떼어 놓은 부자는 오히려 아기 낙타를 나무랐어요.

이 못난 새끼 낙타를 풀어 주지 마라

이놈을 풀어 주면 이리저리 날뛰다가

들개 밥이 되어서 개울물을 더럽힐 거다

재수 없는 못난 짐승, 조용히 해라

엄마 잃은 아기 낙타는 더 서글픈 신세가 됐어요. 부자가 낙타 치기 노인을 시켜서 아기 낙타를 쇠사슬로 묶고 다리에 족쇄를 채웠거든요. 아기 낙타는 서러워서 밤이고 낮이고 엉엉 울었답니다. 부자가 짜증을 내면서 더부살이 처녀에게 소리쳤어요.

"저 못난 새끼 낙타 때문에 살 수가 없구나. 멀리멀리 끌고 가서 치워 버려라. 들개 밥이 되든 늑대 밥이 되든 상관하지 마."

더부살이 처녀는 아기 낙타를 끌고 초원으로 나가서 풀이나 먹으라며 풀어 줬어요. 아기 낙타는 그대로 달리기 시작했어요.

참을성 없는 흰 낙타가 수다스러운 흰 낙타가 간 곳으로

엄마를 찾아서 먼 길을 향해서 성큼성큼

큼직한 눈물 뚝뚝 떨어뜨리면서 성큼성큼

울며불며 쉬지 않고 성큼성큼 달려갔어요

성큼성큼 길을 가던 아기 낙타는 무서운 낙타치기 노인과 마주쳤어요. 노인은 더부살이 처녀에게 호통을 친 뒤 아기 낙타를 쫓아가서 채찍으로 몸을 마구 후려쳤어요. 노인은 아기 낙타를 집으로 끌고 와서 쇠사슬로 묶고 족쇄를 채웠답니다.

불쌍한 흰 아기 낙타가 말뚝 둘레를 뱅뱅뱅
눈에는 큼직한 눈물이 뚝뚝뚝
종아리는 족쇄에 쏠려서 퉁퉁 부어오르고
채찍 맞은 몸뚱이는 사정없이 욱신욱신

더부살이 처녀는 아침 일찍 일어나서 참을성 없는 흰 아기 낙타에게 우유를 한 국자씩 줬어요. 아기 낙타는 처녀를 볼 때마다 엄마 생각이 났답니다. 어느 날 낙타치기 노인이 집을 비우자 처녀는 불쌍한 아기 낙타를 풀어 줬어요. 참을성 없는 아기 낙타가 처녀에게 꾸벅 절을 하더니,

수다스러운 흰 엄마 낙타가 떠나간 곳으로
오르막길을 갈 때도 성큼성큼
내리막길을 갈 때도 성큼성큼
큼직한 눈물방울을 뚝뚝 떨어뜨리며

참을성 없는 흰 아기 낙타가 울며불며 길을 가요

불쌍한 아기 낙타를 풀어 준 더부살이 처녀를

무서운 노인과 부자가 매정하게 쫓아내요

참을성 없는 흰 아기 낙타는 열심히 길을 가고 또 갔지만 엄마가 간 곳은 너무 멀었어요. 아기 낙타는 몸이 아프고 피곤해서 덤불에 누웠답니다. 그때 굶주린 늑대 부부가 나타나서 아기 낙타를 잡아먹으려고 했어요. 참을성 없는 흰 아기 낙타는 눈물을 뚝뚝 흘리면서 먹다 만 젖을 먹으러 엄마 낙타를 찾아가는 사연을 이야기했죠. 암컷 늑대는 불쌍한 아기 낙타를 잡아먹을 수 없었어요.

자라만 한 아기 낙타를 잡아먹는다고 배가 부르리

우리 불쌍한 아이들은 어디서 무얼 하고 다니나

힘을 내서 성큼성큼 엄마한테로 가려무나

참을성 없는 흰 아기 낙타는 다시 엄마를 찾아서 성큼성큼 걸어 갔어요. 눈물을 뚝뚝 떨어뜨리며 한참을 가니까 용솟음치는 빨간 바다가 앞을 가로막았답니다.

위로 사흘 밤 사흘 낮을 올라가도 소용없고

아래로 사흘 밤 사흘 낮을 내려가도 소용없는데

거북이가 바닷물을 갈라서 길을 내주었어요

참을성 없는 흰 아기 낙타가 빨간 바다를 건너서 길을 가는데 어마어마하게 큰 시뻘건 바위산이 앞을 가로막았어요.

시뻘건 바위를 넘어간 아기 낙타는 성큼성큼 가고 또 가다가 네 발굽이 다 닳았어요. 아파서 걸을 수 없게 된 참을성 없는 흰 아기 낙타는 우묵한 곳에 엎드려서 수다스러운 흰 엄마 낙타를 부르면서 구슬프게 울었답니다.

하늘나라로 끌려간 엄마 낙타는 틈만 나면 달아나서 아기 낙타에게 가려고 했어요. 하늘나라 낙타치기 노인은 엄마 낙타의 발에 쇠족쇄를 채웠어요. 수다스러운 엄마 낙타는 쇠족쇄를 차고서도 달아났죠. 낙타치기 노인은 쇠사슬로 엄마 낙타를 묶었답니다. 엄마 낙타는 쇠사슬에 묶인 채로 말뚝 주변을 뱅뱅뱅 돌았어요. 그러던 어느 날, 엄마 낙타는 아기 낙타가 자기를 부르는 소리를 들었답니다.

하늘나라의 더부살이 할머니가 그 모습이 불쌍해서 엄마 낙타를 풀어 줬어요. 수다스러운 엄마 낙타는 이틀을 걷고 사흘을 걸어서 참을성 없는 아기 낙타가 있는 데로 왔어요. 아기 낙타는 엄마 젖을 빨고 빨고 또 빨았답니다. 하늘나라 낙타치기 노인이 달려와서 채찍으로 엄마 낙타를 때렸지만 수다스러운 흰 엄마 낙타는 일어나지 않았어요. 낙타치기 노인은 엄마 낙타를 죽인 뒤 머리랑 젖가슴만 남겨 놓고서 다 가져가 버렸답니다.

참을성 없는 아기 낙타는 젖을 빨고 또 빨았어요
머리만 남은 엄마 낙타 눈을 보면서 젖을 빨았어요

그때 커다란 대머리독수리 두 마리가 날아와서 그 모양을 봤어요. 수놈 독수리는 아기 낙타를 잡아먹으려고 했지요. 참을성 없는 흰 아기 낙타는 눈물을 뚝뚝 흘리면서 엄마가 자기에게 젖을 먹이러 왔다가 죽은 사연을 이야기했답니다. 암놈 독수리는 불쌍한 아기 낙타를 잡아먹을 수 없었어요.

모자만 한 아기 낙타를 잡아먹는다고 배가 부르리
우리 불쌍한 아이들은 어디서 무얼 하고 다니나
우리 둘이서 아기 낙타를 제 고향에 데려다주세

독수리 한 마리는 아기 낙타를 들고 또 한 마리는 엄마 낙타의 머리와 젖가슴을 들었어요. 두 마리 독수리는 하늘 높이 날아올라서 참을성 없는 흰 아기 낙타를 고향 땅에 데려다주었습니다. 부자에게 쫓겨나서 다람쥐를 잡아먹으며 사는 더부살이 처녀가 있는 곳으로요. 더부살이 처녀는 아기 낙타를 오두막으로 데려가서 좋은 풀을 뜯어다가 검은 차에 말아서 먹였답니다. 아기 낙타는 쑥쑥 자라서 크고 힘센 씨낙타가 됐어요.

어느 날 부자가 하인을 시켜서 씨낙타를 잡아 오게 했어요. 씨낙타는 사납게 덤벼들어 하인을 쫓아냈어요. 부자는 다시 큰 낙타를 몰고 가서 씨낙타를 잡아 오게 했지만 힘센 씨낙타가 큰 낙타를 빼앗아 버렸답니다. 부자는 화가 나서 처녀를 찾아와 낙타를 내놓으라고 소리쳤어요. 그러자 처녀가 더 크게 소리쳤어요.

더부살이하면서 일한 삯을 왜 떼먹었나요?
내가 키우던 수다스러운 흰 엄마 낙타를 왜
불쌍한 아기 낙타에게서 떼어 내 하늘로 보냈나요?
낙타는 줄 수 없어요. 원하면 알아서 가져가세요

그때 씨낙타가 씩씩대면서 부자에게 덤벼들었어요. 그보다 힘세고 무서운 낙타는 세상에 없었지요. 부자는 깜짝 놀라서 꽁무니를 뺐답니다. 씨낙타가 무서워서 다시는 그곳에 얼씬하지 못했대요.

그 후 더부살이 처녀와 엄마 잃은 흰 아기 낙타는 작은 옛날이야기가 되었답니다.

퉁이　엄지야, 뭐야? 깜짝 놀랐어. 슬프다.

엄지　슬프면서도 아름답지 않아? 씩씩한 느낌도 있고.

세라　그래. 유목민들의 서글프면서도 강인한 삶이 느껴지는 것 같아.

연이　근데 맨 마지막에 더부살이 처녀랑 아기 낙타가 옛날이야기가 됐다는 게 좀 갑작스러웠어.

세라　이야기가 될 만한 사연 아니니? 작은 이야기.

이반　뭔가 한 편의 이야기가 생겨나는 과정을 본 것 같아요.

엄지　나도 그렇게 느꼈어. 그렇죠, 쌤?

뭉이쌤　그래. 우리 주변에 있는 가깝고도 특별한 일이 한 편의 이야기가 되는 과정으로 볼 만해. 어미 낙타가 새끼 낙타하고 헤어지는 건 흔히 있는 일이잖아? 거기 서려 있는 애환을 생생하게 표현해 내니까 가슴을 움직이는 특별한 이야기가 된 거지.

세라　'수다스러운 흰 엄마 낙타'와 '참을성 없는 흰 아기 낙타'라고 부르는 게 인상적이었어요. 느낌이 딱 살아난달까요?

뭉이쌤　낙타가 그렇게 해서 특별한 화소로 탈바꿈한 거지요. 단순히 낙타 이야기를 넘어서 사람살이에 대한 이야기로 살아나는 효과도 생겨났고요.

이반　이야기를 들으면서 많은 생각이 들었어요. 스스로 반성하게 되더라고요. 누군가에게 무심하거나 냉정했던 거 아닌가 하고요.

약손할배 나도 그랬단다. 이야기 속 노인들이 너무 모질어서 마음이 아팠
어. 나이가 들면 너그러워져야 하는데…….

연이 아기 낙타랑 더부살이 처녀가 행복하게 잘 살았으면 좋겠어요.

엄지 그 말을 넣고 싶었는데 참았어. 뭔가 이 이야기는 열린 결말로 둬
야 할 것 같아서.

세라 그래, 잘했어. 이야기에 대한 이야기가 이어져야 제대로 마무리
되는 이야기라고 할 만해.

뭉이쌤 내가 한 가지는 확실히 얘기할 수 있어요. 아기 낙타와 더부살이
처녀가 아주아주 오래 살았다는 거.

퉁이 오, 정말인가요?

뭉이쌤 그럼! 지금까지 이야기 속에 생생하게 살아 있잖니?

세라 맞아요. 뭐든지 한 편의 이야기가 되면 오래오래 이어질 수 있어
요. 재미도 주고 감동도 주면서요.

연이 이제 알겠어요. 그래서 옛날이야기가 되었다고 한 거구나.

약손할배 그래. 몸이 갈라져 죽으면서도 젖을 줬던 수다스러운 흰 엄마 낙
타도. 그리고 아기 낙타를 살려 준 늑대와 독수리들도.

이반 부자나 낙타치기 노인도요. 오래오래 악명을 남기게 된 셈이에요.

연이 내 말이. 그래서 착하고 바르게 살아야 하는 거랍니다.

세라 이제 내가 이야기 하나 해 볼게. 수다스러운 새 이야기로.

퉁이 오, 재미있겠다!

내가 들려줄 이야기는 이탈리아 민담이야. 이탈로 칼비노가 엮은 민담집에 200편의 이야기가 있거든. 그중 열다섯 번째 이야기야. 내가 이탈리아어는 잘 몰라서 영어로 된 설화집을 찾아서 읽었어. 수다스러운 앵무새가 나오는데, 얘가 <아라비안나이트>의 셰에라자드랑 비슷하다는 느낌이 들더라고. 한번 잘 들어 봐.

이야기하는 앵무새

이탈리아 민담

옛날 옛적에 이탈리아의 수도에 부유한 상인이 살았어. 상인은 장사를 하느라 이곳저곳으로 멀리 여행을 떠나야 했지. 그에게는 아주 아름다운 딸이 있었어. 엄마가 어릴 때 세상을 떠났는데도 예쁜 처녀로 잘 자란 아이야. 상인에게는 그 딸이 가장 큰 보물이었어. 금이야 옥이야 귀하게 키웠지. 손에 물 하나도 안 묻히게 했대. 딸이 집 밖으로 나가는 건 상상도 못 해. 하녀 말고 바깥사람을 만나는 건 절대 금지야. 남자는 두말할 것도 없지 뭐.

어느 날 상인은 먼 곳으로 여행을 떠나게 됐어. 그는 딸에게 작별 인사를 하면서 신신당부했어.

"대문을 단단히 걸어 잠그고 있어야 한다. 아무에게도 문을 열어 주면 안 돼. 방물장수 할머니도 금지. 굴뚝 청소부도 당연히 금지. 다 금지! 맞다. 창문을 열고 머리를 내미는 것도 금지. 세상은 네 생각보다 훨씬 무섭단다. 누가 어떻게 너를 해칠지 하늘도 몰라."

이 정도면 걱정이 지나친 거잖아? 그런데 그럴 만한 사정이 있기는 했어. 왕하고 귀족들이 권력을 믿고서 제멋대로 사람들을 농락했거든. 상인은 왕족과 귀족을 아주 싫어했대.

상인의 딸은 아버지가 떠난 뒤 하녀와 함께 집에 틀어박혀 지냈어. 아버지의 이번 여행은 꽤 길었지. 어렸을 때는 그러려니 했는데 이제는 다 큰 아가씨거든. 이것저것 해 보고 싶은 일이 얼마나 많겠니? 온종일 집 안에만 있으려니까 좀이 쑤시는 거야. 어느 날 아가씨는 참지 못하고 하녀에게 말했어.

"창문 밖을 딱 한 번만 내다볼래요. 지금은 사람이 인 지나가는 시간이잖아."

"안 돼요, 아가씨! 주인어른께서 절대 안 된다고 하셨잖아요."

"딱 한 번만! 응? 제발!"

아가씨가 너무나 간절하게 말하니까 하녀가 고민이야. 자기도 답답한데 젊은 아가씨가 오죽할까 싶거든. 하녀는 모른 척 자리를 비켜 줬어. 아가씨는 살짝 창문을 열고서 얼굴을 쏙 내밀었지.

그때 일이 딱 벌어졌지 뭐니. 왕이 사냥을 마치고 지나가다가 상인의 딸하고 눈이 마주친 거야. 이럴 수가! 그야말로 티끌 하나 없는 미녀지 뭐니. 아가씨가 얼른 창문을 닫고 사라졌지만, 왕의 머리에서는 그 모습이 사라지지 않았어. 왕은 그대로 멈춰 서서 넋이 나간 표정으로 한참 동안 창문을 바라봐야 했지. 이런 적은 처음이야.

그날 오후에 누군가가 그 집을 찾아와서 문을 두드렸어. 하녀가 나가서 누구냐고 하니까,

“대왕께서 보낸 사절입니다. 이 댁 아가씨에게 전할 말이 있소.”

“임금님이 무슨 일로요? 저에게 얘기하면 전하겠어요.”

“대왕께서 아가씨를 만나 보고 싶어 하십니다. 한 시간 뒤에 방문하실 테니 준비시켜요.”

이게 무슨 말이니! 창문으로 얼굴을 내미는 것도 금지인데 남자를 집에 들여서 만난다는 건 상상할 수도 없는 일이거든. 상인이 왕을 안 좋아한댔잖아? 아버지가 알면 큰일도 그런 큰일이 없어. 그냥 죽음이라고 보면 돼.

상인의 딸은 크나큰 공포에 휩싸였어. 왕이 오면 문을 안 열어 줄 수가 없거든. 근데 그다음에는 어떻게 하냔 말야. 아버지 말고는 다른 남자하고 한 번도 말을 나눠 본 적이 없는데 말이지.

그때 아가씨 귀에 이상한 소리가 들려왔어. 창밖에서 상인이 내는 소리였지.

나의 예쁜 앵무새, 어느 분이 사려나?

말도 잘하고 이야기도 잘하는 앵무새

앵무새가 조곤조곤 들려주는 특별한 이야기

“그래. 뭐든 해 보는 거야! 밑져 봤자 본전이잖아?”

아가씨는 자리에서 일어나 창문을 열고 상인을 불러 자기에게 앵무새를 팔라고 했어. 앵무새는 아주 비쌌지만 아가씨는 가진 돈을 톡톡 털어서 값을 지불했단다.

앵무새는 아주아주 예뻤어. 그런데 막상 앵무새를 눈앞에 두니까 아무 생각도 안 나지 뭐니. 하지만 문제는 없었어. 앵무새가 알아서 이야기를 시작한 거야.

"아가씨, 혼자서 많이 울었군요. 무슨 걱정이 있나요?"

"응. 조금 있다가 왕이 나를 보러 올 거거든. 그런데 그건 아버지가 절대 금지한 일이야. 왕을 거절해도 죽음이고 문을 열어 줘도 죽음인데 어떻게 하면 좋으니?"

그러자 앵무새가 양 날개를 으쓱하면서 말했어.

"걱정 말고 나를 믿으세요. 문을 열고 왕을 맞이하면 알아서 요리할게요."

얘가 아주 자신만만한 거야. 아가씨는 반신반의하면서도 찾아온 왕에게 문을 열어 줬어. 이 왕이 아가씨에게 완전히 반한 상태거든. 다짜고짜 다가와서 손을 잡으려 하지 뭐니. 그때 앵무새가 쏙 끼어들었어.

"임금님, 워워! 너무 급해요. 그러지 말고 자리에 앉으세요. 제 이야기를 한번 들어 보세요."

앵무새 말소리가 얼마나 야무진지 몰라. 덕분에 왕이 정신을 차렸지 뭐. 앵무새가 예쁘기는 또 얼마나 예쁜지, 저절로 눈길을 잡아당겨.

"제 이야기 들어 주실 거죠?"

"그래. 한번 해 보거라."

그러자 앵무새가 귀여운 부리를 열고 목을 한 번 가다듬더니 조곤조곤 이야기를 시작했어.

"옛날에 세 명의 젊은이가 여행을 떠났답니다. 한 명은 조각가였고, 또 한 명은 재단사, 또 한 명은 학자였죠. 그들은 숲속에서 밤을 보내게 됐는데 맹수들을 피하기 위해 불을 피워 놓고 한 사람씩 돌아가면서 불침번을 섰어요. 그때 그 일이 일어난 거예요."

"어떤 일?"

"첫 번째로 불침번을 선 건 조각가였어요. 그는 심심함을 달래려고 커다란 나무토막을 하나 깎기 시작했답니다. 솜씨가 어찌나 좋은지, 나무토막은 금세 아름다운 여인 모양이 됐어요. 어느덧 불침번 교대 시간이 되자 그는 조각상을 내려놓고 재단사를 깨웠답니다. 재단사는 조각상을 보더니 춥겠다면서 옷을 만들기 시작했어요. 재단사는 금세 멋진 옷을 완성해서 조각상에게 입혀 줬죠. 그러자 조각상의 몸에 온기가 돌기 시작했어요."

"오오, 그래서?"

"재단사는 불침번을 마치고 학자를 깨웠어요. 아름다운 조각상 여인을 발견한 학자는 말을 걸었죠. 하지만 여인은 말을 할 줄 몰랐답니다. 학자는 여인에게 말을 가르쳐 줬어요. 두 사람은 날이 밝을 때까지 재잘재잘 이야기를 나눴답니다. 그때 조각가와 재단사가 일어났어요."

"그래서? 세 명이 여인을 두고 싸우는 거니?"

"오, 똑똑하셔라. 이야기를 좀 아시는군요. 맞아요. 세 사람은 여인이 자기 것이라고 주장하면서 싸우기 시작했답니다. 조각가는 자기가 만든 거라고 했고, 재단사는 자기가 옷을 입혀서 온기를 넣어 줬다고 했죠. 학자는 자기가 말을 안 가르쳤으면 나무토막에 불과할 거라고 했어요."

"오오! 그래서 여인은 누가 차지했느냐?"

"그걸 알아맞히는 건 임금님 몫이에요. 세 사람 중 누구에게 권리가 있는 걸까요?"

"흐음, 처음 여인을 만든 조각가 아니겠니?"

"하지만 온기가 없고 말을 못 하면 나무토막일 뿐이잖아요?"

"그래그래. 재단사! 아니아니, 학자!"

"두 사람을 다 선택하는 건 반칙이에요. 그나저나 조각상이 없었으면 옷도 못 입히고 말도 못 가르쳤을 텐데요."

"그럼 조각가? 아, 뭐야!"

왕이 어떤 대답을 해도 앵무새는 정답을 인정하지 않았어. 둘의 대화는 끝없이 이어졌지. 그러다 보니 시간이 술술 흘러가. 왕은 이야기에 푹 빠져서 옆에 아름다운 아가씨가 앉아 있는 걸 잊어버릴 정도였대. 그러는 사이에 밤이 지나고 날이 밝았지 뭐니. 왕이 활짝 웃으면서,

"아가씨, 이렇게 즐겁게 밤을 새운 건 처음이에요. 시간 가는 줄 몰랐네요. 오늘 저녁에 또 와도 될까요?"

그때 앵무새가 쏙 나서서,

"당연하죠. 또 와서 이야기 시합 제대로 해요!"

왕은 활짝 웃으면서 고개를 끄덕였어. 더없이 만족해서 상인의

집을 떠났지.

그때부터 왕은 저녁마다 상인의 집을 찾아오는 게 일상이 됐어. 밤새 아가씨의 앵무새하고 얘기를 나누는 거지. 앵무새가 풀어내는 신기하고 재미있는 이야기는 꼬리에 꼬리를 물고 끝없이 이어졌단다. 꼬박 밤을 새워도 피곤함은 조금도 없었지. 오히려 마음이 상쾌해지고 충만해지는 거야. 잡념이 싹 사라지고 말이지. 다들 왕이 다른 사람이 됐다면서 놀랄 정도였대.

그러던 어느 날, 아버지가 여행을 마치고 집에 돌아왔지 뭐니. 왕이 와 있는 밤 시간에 말이지. 상인은 집 앞에 왕의 마차가 서 있는 걸 보고 기겁했어. 왕이 안에 들어가 있다면 이미 볼 장 다 본 거라고 생각한 거야. 상인은 자리에 털썩 주저앉았단다.

"아이고, 망했구나! 그렇게나 주의를 줬는데 애가 결국 일을 저질렀어."

상인은 칼을 뽑아 들고서 방문을 벌컥 열었어. 나쁜 짓을 하고 있으면 왕이든 딸이든 죽여 버릴 생각이었지. 그런데 이게 웬일이니. 왕이 경건한 자세로 앉아서 앵무새가 들려주는 이야기를 듣고 있는 거야. 자기 딸은 다른 쪽에 단정하게 앉아 있고 말이지.

상인이 얼떨떨해서,

"이게 무슨 일? 지금 뭐 하고 계신 건가요?"

그러자 왕이 활짝 웃으면서,

"뭐긴 뭐겠습니까? 이야기를 듣고 있지요. 마침 한창 재미있는 대목이니 함께 들으세요. 앵무새야, 그래서 어떻게 됐다고?"

　그러자 앵무새가 이야기를 재잘재잘 조곤조곤. 아버지를 바라보는 딸의 얼굴에 밝은 미소가 활짝. 상인이 보니까 그런 평화로운 광경은 처음이야. 한밤중 방 안에 남자와 여자 둘이 앉아 있는데 이렇게 평안하고 따사로울 수가. 다 앵무새 덕이지 뭐!

　"상인 양반! 부탁이 있어요. 나의 장인이 돼 주세요. 따님과 함께, 앵무새와 함께 오래오래 살게 해 주세요. 지금처럼 이렇게 이야기를 나누면서요."

　그때 상인이 뭐라고 대답했을까? 그 뒤로 그들은 어떻게 살게 됐을까? 그거는 듣는 사람의 몫. 알아서 답을 찾아 주세요.

 연이  퉁이  엄지  이반  세라  뭉이쌤  약손할배

퉁이　앗! 누나가 앵무새? 나는 둘이 결혼했다는 데 한 표.

연이　나는 왕 말고 왕자. 왕은 왠지 나이가 들었을 것 같아서.

이반　그 상인이라면 데릴사위로 들어올 사람을 선택했을지도 몰라.

세라　오호, 그건 이 앵무새도 미처 생각하지 못했네.

이반　옛날이야기를 말하고 듣다 보면 마음이 평화로워지잖아요? 왕도 마음의 평화를 찾았을 것 같아요.

세라　사람들이 다들 왕이 다른 사람이 됐다고 말했다잖아. 이야기의 힘이지.

퉁이　곤란한 상황을 앵무새가 해결하잖아요? 정체가 궁금해요.

이반　흠, 상인의 딸이 이야기꾼을 고용한 거 아닐까? 여성 이야기꾼.

연이　앵무새가 귀엽고 예쁜 걸 보면 소녀 이야기꾼 같아요.

엄지　소년도 귀엽고 예쁠 수 있음.

연이　그러네. 어쨌든 어린 이야기꾼. 엄지 같은?

엄지　앵무새니까 달이 같은 이야기꾼.

뭉이쌤　그 앵무새가 여러 날 밤 동안 계속 이야기를 하잖아? 왕하고 대화도 나누면서 말이지. 그동안 상인의 딸은 뭘 하고 있었던 걸까? 아무 말 없이 조용히 이야기만 듣고 있었을까? 그건 조금 싱겁지 않니?

세라	드디어 쌤께서 칼을 뽑으시는군요. 앵무새의 정체에 대해서.
퉁이	엥, 그게 무슨 말이에요? 앵무새하고 아가씨가 무슨 관계? 앗! 그 앵무새가…….
뭉이쌤	그래. 그 앵무새는 아가씨 안에 있었던 또 다른 나라고 생각해 볼 만해. 아가씨가 곤란한 상황에서 자기 안에 있던 이야기꾼을 찾아내서 활약하게 만들었다는 거지.
연이	와, 그런 생각은 못 했어요.
세라	상인의 딸이 집 안에서만 생활했잖아? 얼마나 심심했겠니? 아마도 이런저런 상상 놀이를 많이 했을 거야.
약손할배	내 생각에는 그 아가씨가 하녀들한테 이야기를 청해서 많이 들었을 것 같아요. 그걸 되씹으면서 자기만의 이야기로 만든 거지.
이반	원래 앵무새는 학습된 말만 하거든요. 앵무새가 이야기를 만들어 내는 건 좀 안 어울린다고 생각했어요. 그런데 지금 보니까 그게 아니었네요. 깜짝 놀랐어요.
뭉이쌤	앵무새가 아가씨의 분신이라는 건 하나의 해석일 뿐이야. 그렇게 단정하는 건 금지. 옛이야기의 세계관에서는 이야기꾼 앵무새가 얼마든지 가능하거든. 독수리나 공룡보다 힘이 센 앵무새도!
세라	이야기를 논리의 틀에 가두지 말라는 말씀이시죠? 이 앵무새, 전적으로 동의합니다.
약손할배	하하. 이제 내가 앵무새가 돼 볼게요.

이 할배가 들려주려는 이야기는 동아프리카 지역 스와할리족 사이에서 전해 온 민담이에요. 사람에게 진정한 행복을 가져다주는 게 무엇인지를 생각하게 하는 이야기랍니다. 바로 시작할게요.

마법의 혀 고기

동아프리카 민담

옛날에 어떤 왕과 왕비가 함께 궁궐에서 살았어요. 아주 호화롭고 커다란 궁궐이었지. 그런데 왕비는 행복하지 않았답니다. 모든 일에 의욕을 잃고 심드렁했지요. 예사 사람은 구경도 못 할 맛난 음식도 질려서 손을 대지 않았어요. 그러다 보니 자꾸 몸이 빼빼 말라 갔답니다. 딱 봐도 아픈 사람 같았어요. 그 모습을 보면서 왕은 걱정이 많았지. 도대체 뭐가 문제인지 알 수 없는 거예요.

그러던 어느 날, 왕은 궁궐 밖으로 나갔다가 어떤 상인 부부를 만났어요. 부부는 다 떨어진 허름한 옷을 입고 있었지. 딱 봐도 가난뱅이가 분명했어요. 그런데 여자의 얼굴에 뽀얗게 살이 오르고 생기가 넘쳐나는 거예요. 저절로 웃음이 배어나고 말이지. 딱 봐도 더없이 행복한 모습이었답니다. 이상하게 생각한 왕은 상인 남자를 불러서 물어봤어요.

"여보게, 아내가 뽀얗게 살이 오르고 행복한 이유가 뭔가? 비결 좀 알려 주게나."

그러자 남자가 웃으면서,

"간단합니다. 제가 늘 아내에게 혀 고기를 먹이거든요."

그 말을 들은 왕은 도시에 있는 고깃간 주인들을 죄다 불러 모은 뒤 모든 동물들의 혀를 자기에게만 납품하라고 명령했어요. 그게 지엄한 왕의 명령이잖아? 명은 곧 이행됐어요. 다양한 종류의 혀가 궁궐에 식재료로 들어왔지. 왕은 궁중 요리사들을 불러서 말했어요.

"그 혀들로 제일 맛있고 특별한 요리를 만들어 올려라."

곧 최고급 혀 요리가 만들어졌어요. 그 요리는 왕비에게 바쳐졌지요. 왕비는 삼시 세끼로 다양한 혀 고기를 먹어야 했답니다. 하지만 왕이 기대한 효과는 없었어요. 왕비는 오히려 이전보다 더 마르고 기력이 떨어졌지요. 얼굴의 그늘도 더 짙어지고요.

왕은 화가 났어요. 상인이 자기를 속였다고 생각한 거지. 왕은 상인을 불러들여서 이상한 명령을 내렸어요.

"뭐가 문제인지 직접 확인해 봐야겠다. 왕비를 너희 집으로 데려가고 네 아내를 나에게 보내라."

짝을 바꿔서 살자는 거예요. 그게 왕의 명령이니까 어쩔 수가 없잖아? 상인의 아내는 하루아침에 호화로운 궁궐로 들어와서 왕과 함께 살게 됐답니다. 왕은 그녀에게 궁중 요리사가 공들여 만든 혀 고기 요리를 마음껏 먹게 했어요. 다른 좋은 음식들도요.

그런데 참 이상한 일이지? 그 좋은 진수성찬을 먹는데도 상인의 아내는 점점 몸이 야위기 시작했어요. 밝은 기운이 넘치던 얼굴에는 어두운 그늘이 내리기 시작했지. 왕은 뭐가 잘못돼도 크게 잘못됐다는 걸 깨달았답니다.

왕은 왕비가 어떻게 지내는지 보려고 밤에 슬그머니 궁궐을 빠져나와서 상인의 집을 찾아갔어요. 창문으로 방 안을 엿본 왕은 깜짝 놀랐답니다. 상인과 함께 있는 아내가 살이 뽀얗게 올라 있었던 거예요. 왕비의 얼굴에서는 행복한 기운이 퍼져 나오고 있었어요.

'뭐지? 이게 어떻게 된 일이람? 저 친구가 혀 고기를 못 구했을 텐데.'

왕은 조금 더 지켜보기로 했어요. 그리고 얼마 뒤 왕은 비로소 혀 고기의 정체를 알 수 있었답니다. 말 그대로 혀 고기였지요. 마법의 혀 고기.

상인은 왕비를 옆에 앉혀 놓고서 즐거운 표정으로 이야기를 해 주고 있었어요. 어떤 이야기? 재미있고 뜻이 깊은 옛날이야기! 이야기가 절정으로 가면서 상인도 점점 흥이 나고 왕비도 신이 나서 활짝 웃음을 지었답니다. 상인은 중간에 노래도 넣고 성대모사도 하면서 자유자재로 혀를 놀리고 있었지요. 왕비는 그 혀 고기를 맛있게 먹고 말이지.

궁궐로 돌아온 왕은 상인의 아내를 돌려보내고 왕비를 데려오게 했어요. 그런데 사람들이 빈손으로 돌아왔지 뭐야. 왕비가 돌아가지 않겠다고 한 거예요. 왕은 아내를 데리러 직접 궁궐 밖으로 나가야 했답니다. 좋은 혀 고기를 하나 준비해서요.

왕이 왕비에게 재미있는 이야기를 들려주니까 왕비는 이게 웬일인가 싶지. 들어 보니까 꽤 괜찮은 혀 고기예요. 왕이 미소를 지으면서,

"가요. 내가 맛있는 혀 고기 많이 요리해 주리다. 마법의 혀 고기로."

그러자 왕비가 비로소 왕을 따라나서더라는 거예요. 그 뒤로 그들은 오래오래 행복하게 잘 살았다고 해요.

연이　　약손 앵무새님, 맛있는 혀 고기였어요.

약손할배　　괜찮았다면 다행이구나.

엄지　　주고받는 이야기 속에 진정한 행복이 있다는 거잖아요? 최고예요.

세라　　그래. 여기 있는 우리들이 산 증인!

퉁이　　우리가 왕이에요. 행복을 마음껏 누리는 진정한 왕.

뭉이쌤　　그래. 어찌 행복이 권력이나 돈에 있는 거겠니. 그건 무상한 거거든.

약손할배　　그렇지요. 몸에 밴 이야기의 힘은 사라지지 않아요.

세라　　세상에서 제일가는 고기는?

연이·퉁이　　혀 고기!

이반　　평소에 혀 운동 많이 해 둬야겠어요. 좋은 남친이 되려면요.

퉁이　　오오. 이반 형 여친, 왕비님 되겠네.

이반　　퉁이도 혀 운동 열심히 해 둬.

퉁이　　넵. 바로 실행 들어가겠습니다. 이야기 시작할게요.

동남아시아의 나라 캄보디아 옛이야기를 하나 요리해 볼게요. 캄보디아에서

한국으로 시집와서 살고 계신 썸마카라라는 분이 해 주신 이야기예요. 재미있

지만 조금 슬픈 느낌도 있었던 이야기입니다.

음식 냄새 맡은 값

캄보디아 민담

예전 어느 시골에 가난한 부부가 살았어요. 얼마나 가난한지 끼니를 제대로 때우지 못했습니다. 하루에 딱 한 끼만 먹어요. 아침밥은 겨우 먹었지만 점심하고 저녁에는 먹을 게 없었습니다.

부부는 점심때와 저녁때 자기들 방식으로 식사를 했어요. 음식이 하나도 없는데 말이죠. 어떻게 식사를 하냐면 음식 냄새를 맡으면서 상상으로 밥을 먹는 거예요. 이웃의 백만장자 부잣집에서 나는 음식 냄새로요.

날마다 바람이 부는 방향이 다르잖아요? 부부는 점심과 저녁 식사를 하기 위해 이리로 저리로 옮겨 다녀야 했어요. 냄새가 새어 나오는 방향으로 가서 식사를 하는 거예요. 남자가 먼저 기다리다가 냄새가 나면 아내를 불렀습니다.

그날도 남편은 부잣집 담장 바깥에서 식사를 기다렸어요. 바람이 불어오는 방향에 맞춰 냄새가 나기를 기다리는데, 그날따라 아무런 냄새도 나지 않았습니다. 남편이 말이 없자 아내가 소리쳤어요.

"여보! 식사는 아직이에요?"

"그러게. 오늘은 식사 준비가 늦네요."

"알겠어요. 기다려야죠, 뭐."

바로 그때, 식사가 나왔어요. 음식 냄새가 풍겨 오기 시작한 거죠. 그날의 냄새는 다른 날보다 더 다양하고 풍부했습니다. 남편은 얼른 아내를 소리쳐 불렀어요.

"여보, 어서 와요. 식사 나왔어. 오늘은 진수성찬이에요."

그러자 아내가 달려와서 남편과 함께 식사를 시작하는 거예요. 돗자리를 펴 놓고 앉아서요. 부부는 세상 누구보다도 맛있게 식사를 했답니다. 진수성찬 최고급 음식을 마음껏 먹는 거예요. 상상으로요.

"여보, 이것 봐. 생선구이야. 제대로 구워졌어."

"이 쇠고기 무침은 어떻고요. 정말 맛있어요."

"자, 여기 닭다리. 체하지 않게 잘 먹어요."

그렇게 함께 식사를 하는데, 멀리서 보면 진짜로 음식을 먹는 것처럼 보여요. 세상에서 제일 맛있게 말이죠. 두 사람은 식사를 마친 뒤 꺼억 트림까지 하면서 배를 두드렸어요. 신기하게도 그렇게 식사를 하고 나면 배가 든든하게 불러 왔습니다.

"우와, 오늘은 진짜로 잘 먹었네!"

"그러게 말야. 완전 잔칫날이었어요."

그런데 그걸 부잣집 하인이 본 거예요. 참 우습잖아요? 하인은 주인에게 그 얘기를 했어요. 별 이상한 사람들도 다 있다면서요.

그때 부자가 화를 벌컥 내더니,

"그게 엄연히 우리 음식 냄새인데 그걸 매일 공짜로 먹는다고? 내 이놈들을 그냥!"

부자는 곧바로 가난한 부부한테로 달려가서 소리쳤어요.

"이것 봐. 당신들 왜 내 음식을 몰래 훔쳐 먹은 거야? 응?"

부부가 당황하면서,

"그게 무슨 말씀이에요? 그냥 냄새를 맡은 것뿐인데……."

"그 냄새가 누구 건데? 당장 음식 먹은 값 내놔!"

억지도 이런 억지가 없어요. 부부가 집에 돈이 하나도 없다고 하니까 부자는 두 사람을 끌고 왕 앞으로 갔습니다. 두 사람이 자기 음식 냄새를 훔쳐 먹고서 돈을 안 낸다고 고발한 거예요. 왕이 그 얘기를 다 듣더니,

"그래서 돈을 얼마를 받아야 한다고?"

"최소 일 년치로 동전 삼백 닢은 받아야 합니다."

그러자 왕이 고개를 끄덕이고서 부부에게 말했어요.

"얘기를 들어 보니 이 사람 말이 맞아. 동전 삼백 닢을 지불해야 겠다."

부부는 울면서 자기들에게는 동전이 한 닢도 없다고 하소연했어요. 왕이 시종을 시켜서 동전 삼백 닢이 든 주머니를 가져오게 하더니 부부에게 주면서,

"내가 이걸 빌려줄 테니 음식값을 치르도록 해."

그러자 부부가 울어야 할지 웃어야 할지 모르겠는 거예요. 갑자

기 왕에게 빚을 지게 되는 거니까요. 하지만 왕이 하는 일인데 거부할 수 없잖아요? 가난한 남자는 돈주머니를 받아서 부자에게 다가갔어요. 부자는 씨익 웃으면서 주머니를 낚아채려고 했지요. 그때 왕이 말했어요.

"잠깐! 둘 다 동작 그만! 여봐라, 그 주머니를 흔들어서 돈 소리를 내도록 해."

그러자 남자는 주머니를 흔들기 시작했어요. 동전 소리가 짤랑짤랑 짤랑짤랑, 짤랑짤랑 짤랑짤랑. 그때 왕이 동작을 멈추게 하더니,

"자, 그만하면 됐다. 여보게, 부자 양반. 돈 소리 충분히 들었지? 이제 계산 끝!"

음식 냄새를 맡은 값이니까 돈 소리로 갚으면 된다는 거예요. 모여 있던 사람들이 다들 감탄하면서 손뼉을 짝짝짝짝! 부자는 혼자서 붉으락푸르락. 그때 왕이 부부에게 말했어요.

"두 분 덕분에 즐거웠어요. 안 먹고도 맛있게 배를 채우는 법을 배웠으니 더할 나위 없습니다. 그 주머니를 가지고 가세요. 귀한 가르침을 전해 준 대가입니다."

그러자 사람들이 더 크게 환호하면서 손뼉을 짝짝짝짝짝! 부부는 너무나 행복해서 서로 꼭 껴안았습니다. 정말로 배가 부른 하루였어요.

연이 오빠, 이 이야기 정말 좋다. 그리고 슬퍼.

엄지 맞아. 냄새를 맡으면서 상상으로 식사하는 거 불쌍해.

약손할배 너무 슬프게 생각할 일은 아니야. 최고의 식사였잖니? 진짜로 맛있었을 거야.

퉁이 저 종종 인터넷 먹방 보거든요. 다른 사람이 맛있게 먹는 걸 보면 제가 먹는 것처럼 기분이 좋더라고요. 배도 부른 것 같고요.

세라 인간은 상상의 존재. 상상의 힘은 생각보다 아주 크지.

뭉이쌤 맞아요. 지금 이 이야기도 하나의 상상일 뿐인데 우리를 행복하게 하고 슬프게도 하잖아요? 범위를 조금 넓히면 소설이나 만화, 영화와 드라마 다 마찬가지예요. 그 힘의 바탕에는 상상력이 있지요.

이반 상상력의 가치는 정말 큰 것 같아요. 이야기에서 상상으로 식사를 한 값이 동전 삼백 닢이라고 했는데 실제로는 더 크다고 생각돼요. 헤아릴 수 없을 정도로요.

약손할배 맞아요. 돈으로 바꿀 수 없는 가치지.

엄지 하지만 살아가려면 돈도 필요해요. 상상으로 먹는 것만으로는 살 수가 없잖아요?

퉁이 오, 엄지 날카로웠음.

뭉이쌤 그래, 엄지 말이 맞아. 중요한 건 조화와 균형이 아닐까 해. 너무 현실에만 갇혀 있어도 문제고, 상상 세계 속에서만 살 수도 없는 법이지.

연이 왕이 부부에게 돈주머니를 준 거 아주 좋았어요. 그 왕 진짜 마음에 들어요.

세라 맞아. 그 돈을 그냥 불쌍하다고 주는 게 아니라 가르침 받은 값이라고 했잖아? 그래서 더 멋졌어. 박수받을 만함.

이반 이런 배려와 여유가 흘러넘치는 세상이 되면 좋겠어요.

퉁이 그러려면 이야기가 살아나야 해. 이런 좋은 이야기는 온 세상에 퍼져야 한다고!

연이 네네. 나도 이 이야기 잘 기억해 뒀다가 친구들에게 해 줄 거야. 가족에게도.

뭉이쌤 그래, 좋지! 이제 내가 이야기 하나 해 보도록 하마.

내 생각에는 한국 사람들이 예전부터 이야기를 참 좋아했던 것 같아. 이야기

에 대한 이야기도 꽤 많단다. 아마도 제일 유명한 건 <이야기 주머니>일 거야.

이야기를 주머니에 꽁꽁 가둬 놨더니 귀신이 돼서 주인을 해치려고 했다는 이

야기, 알지? 이야기는 가두지 말고 풀어 놔야 해. 그러면 복이 생겨나게 되지.

이제 이야기를 아주 좋아했던 노부부 이야기를 하도록 하마. 얼마나 좋아했

냐면 돈을 주고 사 올 정도였지. 재미있는 이야기니까 잘 들어 봐.

이야기 사 온 부부

*

한국 민담

옛날 옛날 어느 시골 마을에 할멈과 영감이 살고 있었어. 시골은 밤이 길거든. 긴 밤에 잠이 안 오니까 얼마나 심심하겠어? 할멈이 영감의 옆구리를 쿡 찌르면서,

"영감, 가만있지 말고 이야기 하나 해 줘!"

"에궁, 무슨 이야기를 하나? 내 이야기보따리 다 떨어졌는데!"

"그러지 말고 하나만!"

아무리 그래도 영감님이 도통 이야기가 생각나질 않지 뭐냐. 식은땀만 뻘뻘. 할멈은 시큰둥.

다음 날 아침, 할멈은 아침 일찍 일어나서 따끈따끈 맛난 떡을 쪄 가지고 한 그릇 가득 챙겨 주면서 영감한테 말했어.

"영감, 이 떡 가지고 나가서 이야기 좀 사 오슈!"

"이야기를? 으흠, 어딜 가서 이야기를 사 온담?"

그러면서도 영감님은 쭐레쭐레 길을 나섰어. 여기저기 다니면서 이야기를 사려고 하는데, 이야기를 해 줄 사람이 나서지 않으

니 큰일이지. 그때 들에서 일을 하다가 정자나무 아래에서 쉬고 있던 농부 하나가 이야기를 팔겠다고 나섰어. 배고픈 참에 떡이 탐나서 무작정 지르고 본 거야. 그래서 그 사람이 떡을 맛있게 다 먹었는데, 막상 할 이야기가 없거든. 낭패지. 그때 들녘을 바라보니까 웬 황새 하나가 논에서 먹이를 찾아서 엉금엉금 기어 오거든. 농부가 자기 무릎을 한 번 탁 치더니 손을 척 들어 올리면서,

"자, 이야기 시작이오. 엉금엉금 기어 온다!"

"옳거니! 엉금엉금 기어 온다!"

농부가 또 보니까 황새가 우렁이를 찾아서 둘레둘레 주변을 살피거든.

"둘레둘레 살펴본다!"

"둘레둘레 살펴본다!"

그때 황새가 우렁이를 발견해서 딱지를 똑 떼는 거야.

"딱지를 똑 떼는구나!"

"딱지를 똑 떼는구나!"

황새가 씰룩하면서 우렁이 속살을 삼키니까,

"저놈이 씰룩하는구나!"

"저놈이 씰룩하는구나!"

황새가 논에서 나가는 걸 보고,

"저놈이 이제 나가는구나!"

"저놈이 이제 나가는구나!"

농부가 시치미를 뚝 떼면서,

"자, 이야기 다 됐소. 나갔으니 끝!"

그게 돈을 주고 산 이야기잖아? 잊어버리면 큰일이지. 영감님은 농부에게 들은 이야기를 혼자 계속 되뇌면서 집으로 왔어. 할멈이 쪼르르 뛰어나오더니,

"영감, 이야기 사 왔소?"

"아무렴, 사 왔지!"

"그럼 들려주오."

"아, 이야기는 밤중에 해야 맛이라구."

그 말이 맞잖아? 할멈과 영감은 저녁밥을 오순도순 맛있게 다 먹고서 이부자리 속에 나란히 누웠어.

"자, 이야기 시작해 보오."

"그럼 시작이요."

영감이 호기롭게 목소리를 높여 이야기를 시작했어.

"엉금엉금 기어 온다!"

그러자 할멈이 받아서,

"엉금엉금 기어 온다!"

그런데 마침 그때 그 집에 도둑이 들었지 뭐냐. 집으로 엉금엉금 기어들다가 그 소리를 듣고선,

"어이쿠, 이거 뭐지?"

그러면서 둘레둘레 주변을 살피는데 이번에는 둘이서 뭐라고 하는고 하니,

"둘레둘레 살펴본다!"

"둘레둘레 살펴본다!"

도둑이 깜짝 놀랐지만 설마 하면서 솥뚜껑을 여는데,

"딱지를 똑 떼는구나!"

"딱지를 똑 떼는구나!"

도둑이 깜짝 놀라 씰룩하니까,

"저놈이 씰룩하는구나!"

"저놈이 씰룩하는구나!"

도둑은 화들짝 놀라서 도둑질이고 뭐고 다 팽개치고 문밖으로 향했어.

"저놈이 이제 나가는구나!"

"저놈이 이제 나가는구나!"

도둑이 생각하니까 그 집에 대단한 이인이 사는 거지 뭐야. 이인이 뭔지 아니? 안 보고도 다 아는 사람을 이인이라고 해. 도둑은 그대로 멀찌감치 줄행랑을 쳤지 뭐. 그걸 아는지 모르는지 할멈과 영감님은 오랜만에 이부자리 속에서 아주 즐거운 시간을 보냈단다.

밤이 지나고 날이 밝았어. 전날 도망쳤던 도둑이 있잖아? 그 도둑이 아무리 생각해도 뭔가가 수상해. 시골 노인네들이 이인이라는 게 영 미심쩍거든. 도둑은 기미를 엿보려고 과일 장수로 꾸미고서 그 집을 찾아왔어. 그런데 이 사람이 원래 상인이 아니잖아? 과일이라고 가져온 게 영 신통치가 않아. 보니까 자그마한 배 두 개가 서로 딱 붙은 게 있거든. 할멈이 그걸 보더니,

"여보, 영감! 빨리 이리 좀 와 보소. 이놈이 꼭 어제 그놈 같소!"

도둑이 정말로 놀라서 등골에 식은땀이 주르르르.

'아이쿠야, 알아도 정말 무섭게 아는구나. 여기 있다간 뼈도 못 추리겠다!'

가지고 온 과일을 다 내버리고서 뒤도 안 돌아보고 줄행랑을 쳤다는 거야.

할멈과 영감은 무슨 영문인지 모르지. 왜 갑자기 과일을 놔 두고 도망치느냔 말야. 그 사람이 영영 안 오니까 그냥 잘 먹었지 뭐.

할머니가 이놈이 그놈 같다고 한 건 뭐냐고? 배 두 개가 딱 붙은 게 지난밤 영감의 불알 모양 같다고 한 거야. 도둑이 제 발이 저려서 내뺀 거지 뭐.

이렇게 이야기 하나 완성. 즐겁게 이야기를 나누다 보면 도둑이 저절로 도망가는 법이랍니다.

퉁이　　　쌤, 완전 신나셨어요!

뭉이쌤　　좀 티가 났니?

연이　　　완전요. 물 만난 고기 같으셨어요.

세라　　　쌤 전공이 이야기시잖아. 이야기에 대한 이야기니까 제대로 물 만나신 거지 뭐.

엄지　　　사실 농부가 해 준 게 엉터리 이야기였잖아요? 그게 재미있는 이야기가 되는 게 신기했어요.

뭉이쌤　　이야기는 말하는 사람과 '듣는 사람이 함께 만드는 거거든. 재미있다고 생각하면서 들으니까 진짜로 재미있는 이야기가 된 거야.

이반　　　오, 이거야말로 이야기에 대한 이야기네요.

약손할배　아무리 좋은 이야기도 마음을 꽉 닫고서 흠을 찾으려고 들면 제대로 살아날 수 없지요.

세라　　　맞아요. 제 생각에는 눈에 보이지 않는 공기가 이야기를 살리기도 하고 죽이기도 해요.

퉁이　　　오늘 공기, 아주 맑음.

연이　　　이럴 때 이야기를 해야 하는 거 맞지? 내가 멋지게 마침표를 찍어 보겠음.

제가 이야기판의 마지막을 장식하게 됐네요. 뭔가 아쉬워요. 하지만 끝이 아니고 시작이라는 걸 알아요. 제가 이 자리에 어울릴 만한 이야기를 공들여서 골랐답니다. 일부러 끝까지 기다렸죠. 제가 들려 드릴 이야기의 제목은 '황금 열쇠'예요. 《그림 형제 민담집》에 실린 200편의 이야기 가운데 200번째 자리에 실려 있는 이야기랍니다. 아주 짧은 이야기예요. 하지만 이야기판의 마지막을 장식하기에 가장 어울리는 이야기라고 생각해요.

황금 열쇠

✳

독일 민담

옛날 옛날, 어느 추운 겨울날이었어요. 세상에는 하얀 눈이 쌓여 있고, 찬 바람이 횡횡 몰아치고 있었답니다. 가족과 함께 난로 옆에 옹기종기 앉아서 밤이나 감자를 구워 먹으면 딱 좋은 날이었죠. 하지만 가난한 소년은 이 추운 날에도 쉴 수가 없었어요. 찬 바람 부는 들판으로 나가서 썰매에 땔감을 싣고 와야 했답니다.

소년은 차가운 눈을 털어 내면서 땔감을 부지런히 썰매에 실었어요. 그렇게 겨우 땔감을 다 실었는데, 너무 추워서 온몸이 꽁꽁 얼어붙어 오는 거예요. 그 상태로는 도저히 썰매를 끌고 갈 수가 없었어요.

소년은 땔감 더미에서 물기가 없는 마른 가지를 가려 내기 시작했어요. 불을 피워서 몸을 녹이려고 한 거죠. 마른 가지를 골라 낸 소년은 불을 피우기 위해 적당한 곳을 찾아 눈을 치운 뒤 땅바닥을 정리하기 시작했지요. 그때 소년의 눈에 생각지도 않았던 물건이 들어왔어요. 작은 열쇠였답니다. 열쇠를 들어서 살펴보니까 순금이었어요. 황금 열쇠를 발견한 거예요.

'열쇠가 있다는 건 자물쇠가 채워진 상자도 있다는 뜻이야.'

이렇게 생각한 소년은 바닥에 쌓인 눈을 이리저리 치우고서 땅을 파기 시작했어요. 그렇게 파다 보니까 진짜로 한곳에서 쩔그렁 소리가 나면서 상자가 나왔답니다. 쇠로 된 작은 상자였어요. 상자는 자물쇠로 굳게 잠겨 있었죠.

"열쇠가 맞으면 좋을 텐데……."

소년은 열쇠를 자물쇠로 가져가면서 마음속으로 생각했어요.

'상자 안에 분명히 값진 것들이 있을 거야.'

하지만 자물쇠에는 열쇠 구멍이 보이지 않았답니다. 소년은 실망하지 않고 이쪽저쪽 찬찬히 살폈어요. 그러자 작은 구멍 하나가 눈에 들어왔죠. 구멍은 열쇠가 들어가기에는 너무 작았어요.

'그래도 혹시 몰라. 한번 맞춰 보자.'

소년은 자물쇠의 작은 구멍에 이리저리 열쇠를 맞춰 보기 시작했어요. 열쇠는 잘 맞지 않았습니다. 하지만 어느 순간 열쇠가 구멍 속으로 쏙 들어갔어요. 소년은 기뻐하면서 열쇠를 살짝 돌렸답니다. 딸깍, 하면서 열쇠가 돌아갔어요.

그 상자 안에는 어떤 물건이 들어 있을까요? 그걸 알려면 열쇠를 다 돌려서 자물쇠를 연 뒤 상자의 뚜껑이 열릴 때까지 기다려야 해요. 그러고 나면 그 안에 얼마나 멋진 것들이 있는지 알게 되죠.

어때요, 한번 열쇠를 돌려서 상자를 열어 보지 않으시겠어요? 마법의 보물 상자를요.

퉁이 열린 결말이구나. 상자를 여는 건 우리 몫이라는 뜻 맞지? 멋진 마무리다.

연이 그래. 그 상자의 이름은 무엇?

엄지·퉁이 옛날이야기!

세라 다들 이야기 전문가가 됐어. 내가 다 뿌듯해지네.

약손할배 할배 가슴이 웅장해졌어요.

이반 옛이야기라는 보물 상자와 함께한 시간, 정말 행복했어요.

퉁이 형! 왜 마지막인 것처럼 그래? 이제 시작이거든.

뭉이쌤 그래. 상자는 아직 열리지 않았어. 열쇠를 돌려서 상자를 열 시간이야.

퉁이 쌤, 그거 아세요? 저에게 열쇠가 백 개도 넘거든요. 은 열쇠도 있고 청동 열쇠도 있어요. 다이아몬드가 박힌 열쇠도요.

연이 열심히 땅을 파야겠네. 상자들 다 찾으려면.

퉁이 기꺼이!

이반 보물찾기만큼 재미있는 것도 없지.

뭉이쌤 옛이야기라는 보물이 여러 가지로 변신하면서 말을 걸어 오는 거 다 알지?

퉁이 넵. 마법이 걸려 있으니까요.

연이 마법을 살리려면 열심히 이야기를 하고 들어야 해요.

엄지 쌤, 지금 우시는 거 아니죠?

세라 그거 아니? 나 지금 살짝 눈물 날 뻔했어.

약손할배 우리 다 함께 옛이야기 만세 삼창 외쳐 보기로 해요. 자, 시작!

일동 옛이야기 만세! 만세! 만세!

나도 이야기꾼

기본 스토리텔링

이번 스테이지에서 만난 이야기 중 가장 마음에 드는 것을 골라서 다음과 같은 단계로 스토리텔링 활동을 해 보자.

- **step 1:** 책에 쓰인 그대로 이야기를 소리 내어 읽는다.
- **step 2:** 책에 쓰인 그대로 이야기를 소리 내어 읽되, 가상의 청자에게 말해 주듯이 읽는다.
- **step 3:** 청자에게 이야기를 전달하되, 틈틈이 책을 참고한다.
- **step 4:** 청자에게 이야기를 전달하되, 책을 참고하지 않는다.
- **step 5:** 청자에게 이야기를 전달하되, 표현과 내용을 조금씩 자신의 방식대로 바꿔 본다.
- **step 6:** 완전히 내 것이 된 이야기를 구연 환경과 청자의 성향에 맞춰 내용과 표현을 자유자재로 조절하며 전달한다.

이야기별 재창작 스토리텔링

다음은 이번 스테이지에서 만난 이야기들에 대한 활동거리이다. 이 중 하나 이상을 골라 스토리텔링 활동을 해 보자.

<엄마 없는 아기 낙타>

① **실감 나게 구술하기:** 이야기에 인용문으로 편집된 부분을 하나 골라서 내용에 맞추어 실감 나게 구술해 보자. 노래로 표현해도 좋다.

② **해피 엔딩으로 바꾸기:** 이야기 전개를 아기 낙타가 엄마 낙타를 찾아와서 행복하게 사는 내용으로 바꾸어 보자.

<이야기하는 앵무새>

③ **내 안의 앵무새 꺼내기:** 이야기에서 앵무새가 말하는 대목을 나만의 특별한 스타일로 구술해 보자. 단, 앵무새 느낌을 살리도록 한다.

④ **뒷이야기 상상하기:** 상인의 딸은 누구와 어떤 삶을 살게 됐을지 뒷이야기를 상상해서 말해 보자. 결혼하는 내용은 꼭 포함하지 않아도 좋다.

<마법의 혀 고기>

⑤ **이야기에 얽힌 기억 말하기:** 누군가에게 이야기를 듣거나 들려주면서 행복했던 기억을 떠올리고 그것을 주변 사람에게 말해 보자.

<음식 냄새 맡은 값>

⑥ **상상으로 식사하기:** 두 사람이나 세 사람이 함께 모여서 이야기 속 부부처럼 상상으로 맛있게 음식을 먹는 상황을 재현해 보자.

⑦ **이야기 내용 응용하기:** 이야기 내용을 응용해서 식사가 아닌 다른 상황에서 상상 놀이를 통해 행복을 찾는 방법을 말해 보자.

<이야기 사 온 부부>

⑧ **눈에 보이는 것들로 이야기 만들기:** 이야기 속의 농부가 했던 것처럼 주변에서 보이는 것들을 소재로 삼아서 한 편의 흥겨운 이야기를 만들어 보자. 스토리가 딱 맞아떨어지지 않아도 좋다.

<황금 열쇠>

⑨ **뒷이야기 상상하기:** 상자 안에서 무엇이 나왔을지, 그리고 소년은 그것으로 무엇을 했을지 상상해서 이야기해 보자.

⑩ **나의 열쇠 목록 만들기:** 인생이라는 보물 상자를 열어 가는 데 사용하게 될 나의 열쇠 목록을 만들어 보자. '옛이야기'에 대한 것을 포함하도록 한다.

이야기 연계 스토리텔링

1. 이 스테이지에 있는 이야기들을 참고해서 '이야기에 대한 이야기'를 하나 새롭게 만들어 보자. 다른 스테이지의 이야기들 속에 있는 화소나 장면을 응용해도 좋다. 단, '옛날 옛날에'로 이야기를 시작하도록 한다.

2. 다음 인물들이 함께 등장하는 새로운 이야기를 만들어서 구연해 보자.

   (1) 〈엄마 없는 아기 낙타〉의 참을성 없는 흰 아기 낙타
   (2) 〈이야기하는 앵무새〉의 앵무새
   (3) 〈음식 냄새 맡은 값〉의 부부
   (4) 〈이야기 사 온 부부〉의 이야기꾼 농부

3. 이 외에 이야기들을 흥미롭게 연계할 수 있는 여러 가지 방법을 찾아보고 이를 토대로 다양한 스토리텔링 활동을 해 보자.

4. '세계설화를 읽다' 시리즈 1~10권에 실린 모든 이야기들 가운데 특별히 마음에 와닿은 것을 세 편 고르고 이유를 말해 보자.

집중 탐구! 이야기의 비밀 코드

기록문학과 구비문학, 그리고 구비철학

구비문학의 성격과 문화적 위상

구비전승의 속성과 집단지성

구비철학이 꽃피는 아름다운 삶과 문화

구비문학의 성격과 문화적 위상

'구비문학(口碑文學)'이라는 말 들어 봤나요? 입에서 입으로 전해 온 노래나 이야기를 뜻합니다. 글이 아닌 말로 된 문학이지요. 오랫동안 문학이라고 하면 글로 쓴 것만 인정했었어요. 하지만 문학은 '문자 예술'이 아닌 '언어 예술'이라는 게 더 적합한 정의입니다. 언어학에서 말과 글을 함께 다루잖아요? 말과 글이 언어의 두 축을 이루는 것처럼, 말로 된 문학과 글로 된 문학은 문학의 기본적인 두 영역에 해당합니다.

엄밀히 말하면, 구비문학과 기록문학은 딱 가를 수 없어요. 글로 쓴 작품을 말로 구술하기도 하고, 말로 전해 오던 이야기가 노래나 글로 정착되기도 하지요. 구비문학을 문학의 기본적인 형태로 인정하고 기록문학과의 관련성을 다루는 것이 오늘날의 학문적 시각입니다. 최근에는 미디어를 통한 문학의 창조와 향유도 관심사로 떠오르고 있는데, 이때도 구비문학은 무척 중요합니다. 미디어에서는 글 못지않게 말이 큰 구실을 하거든요.

기록문학이 문자를 깨우친 사람들이 주도해 온 문학인 데 비해 구비문학은 모두의 문학이라고 할 만합니다. 상하층이든 남녀노소든 말을 사용하지 않는 사람은 거의 없으니까요. 전통 사회로 한정해서 말하자면, 구비문학의 핵심 주체 구실을 해 온 것은 일반 평민이었습니다. 지배층이나 지식인과 달리 글을 배울 기회가 없었던 서민들은 말을 통해 문학 활동을 해 왔지요. 사랑방에서 이야기를 나누고 일터에서 함께 민요를 부른 것이 대표적인 형태입니다.

구비문학의 여러 갈래 가운데 설화는 이야기판의 꽃이었다고 할 만해요. 상상력을 발휘해서 재미있게 풀어 내는 이야기가 설화잖아요? 스토리의 즐거움을 쉽고도 효과적인 형태로 살려 낸 이야기가 설화입니다. 주목할 것은 소설과 달리 설화는 여러 사람들이 입에서 입으로 전하는 가운데 내용과 형식이 다듬어지고 의미가 깊어진다는 사실이에요. 긴 시간을 관통하면서 생명력을 이어 온 설화들은 수많은 사람의 경험과 상상력, 미적 감각이 어우러진 스토리문학의 정수로서 높은 문화적 가치를 지닙니다.

역사적으로 보면 구비문학은 기록문학보다 훨씬 전부터 존재했고, 더 많은 사람들이 일상적으로 누려 온 문학입니다. 모든 문학의 바탕이라고 할 수 있지요. 소설을 비롯한 기록문학은 설화에 뿌리를 두고 발달했다는 것이 정설입니다. 오늘날로 눈을 돌리면, 웹소설이나 웹툰, 애니메이션과 게임 같은 대중 장르에서 설화의 화소와 스토리 구조가 폭넓게 차용되는 것을 볼 수 있지요. 앞으로 그러한 흐름은 더욱 확대될 가능성이 큽니다.

구비전승의 속성과 집단지성

구비문학이 입에서 입으로 전해 온 문학이라고 했잖아요? 그렇게 말이 전해지는 방식을 '구비전승'이라고 합니다. 이 책에 실린 설화들도 대부분 오랜 기간에 걸친 구비전승 과정을 거쳐 온 것들이에요. 구비전승의 방식은 긴 시간을 두고 수많은 사람들이 참여한다는 것 외에도 기록을 통한 전승과 구별되는 고유의 특성을 지닙니다.

기록문학은 '글'이라는 가시적이고 지속적인 매개체를 지닙니다. 한번 써 놓으면 누구라도, 언제든지 그 내용을 볼 수 있지요. 그리고 글은 작성하는 과정에서 내용을 이리저리 고쳐서 다듬을 수 있어요. 하지만 말은 다릅니다. 글과 달리 한번 뱉으면 주워 담을 수 없고, 고정된 형태로 붙잡아 둘 수도 없어요. 그리고 내용을 정확히 기억하기도 어렵습니다. 인간의 기억력은 불완전한 것이라서 조금 전에 들은 내용도 금방 잊어버리거나 혼동하곤 합니다. 오래된 건 더 말할 것도 없지요. 오로지 기억을 통해 무언가를 보존하고 되살린다는 건 아주 어려운 일입니다.

그렇다면 설화는 어떻게 수십 년, 수백 년 이상 오롯이 전승될 수 있었을까요? 이는 설화가 기억을 통한 구비전승에 특화된 내용과 형식을 갖추고 있기 때문입니다. 한번 들으면 강한 인상으로 각인되는 화소(모티프)들이 이야기 내용을 기억하고 재현하는 핵심 고리 구실을 하지요. 이와 함께 마치 자동으로 이어지듯이 딱 딱 맞아떨어지는 서사 구조가 전승의 핵심 축을 이룹니다. 화소와 서사 구조 덕분에 세부 내용을 일일이 외우지 않고도 스토리를 기억하고 재현할 수 있지요. 감각이 뛰어난 이야기꾼들은 자기가 들었던 것보다 훨씬 재미있고 구성지게 이야기를 재현하는 것도 얼마든지 가능합니다.

구비전승에는 한 가지 묘한 이치가 있습니다. 기억이 안 나는 걸 억지로 기억할 수 없고, 기억나는 것만 자기 식으로 기억한다는 점이에요. 어떤 게 기억이 나고 어떤 건 기억이 안 날까요? 그 답은 분명합니다. 재미있고 의미 있는 것들은 기억되고 그렇지 않은 것들은 자연히 잊히게 되지요. 그런 과정이 반복되면 어떤 일이 벌어질까요? 내용과 형식 모두 재미있고 의미 있는 형태로 응축되게 됩니다. 쉽게 말하면, 알짜만 남는 거지요. 우리가 보는 설화들은 대개 이런 과정을 거친 것들입니다. 이 책에 실린 이야기들도 마찬가지입니다.

여러 사람들의 생각과 의견이 적절히 모아져서 훌륭한 해법을 찾는 과정을 두고 '집단지성'이라고 합니다. 설화의 구비전승은 집단지성이 오롯이 발휘되는 과정이라고 할 수 있어요. 정확히 말하면 '집단지성' 외에 '집단감성'과 '집단미학'이 함께 작동합니다.

전통 설화의 전승 주체가 일반 평민이라고 했잖아요? 설화는 지배층이나 지식인이 아닌 일반 민중의 집단지성과 집단감성의 산물이라고 보면 틀림없습니다. 수백 년에 걸친 집단지성과 집단감성이 만들어 낸 문학, 대단하지 않나요? 설화가 보면 볼수록 새로운 재미와 의미를 전해 주는 것은 결코 우연이 아닙니다.

구비철학이 꽃피는 아름다운 삶과 문화

'구비문학'은 들어봤어도 '구비철학'이라는 말은 낯설 거예요. 최근에 제기된 개념이라서 아직 널리 쓰이지는 않고 있지요. 하지만 구비문학만큼이나 중요한 의의를 지니는 개념입니다. 구비문학 개념으로 문학을 보는 관점을 혁신한 것처럼, 구비철학을 통해 철학에 대한 통념을 혁신할 수 있습니다.

구비철학은 사람들이 입에서 입으로 전해 온 철학을 뜻합니다. 철학서에 담겨 있는 '기록철학'과 대비되는 개념이지요. (아직 '구비철학'이라는 말이 일반화되지 않아서 '기록철학'이라는 말이 실제로는 거의 안 쓰이고 있습니다.) 쉽게 이해하자면, '속담(俗談)'을 생각하면 됩니다. '천 리 길도 한 걸음부터'라든지 '바늘 도둑이 소도둑 된다' 등등 수많은 속담이 있잖아요? 그 대부분은 민간에서 구비 전승으로 이어져 온 것들이에요. 이러한 속담에는 수많은 사람들의 인생 경험과 지혜가 녹아들어 있지요. 속담 외에 속신어(민간에서 신앙처럼 여기는 말)나 금기어도 비슷한 성격을 지닙니다. 예전부터 이어져 온 수수께끼들에도 사람들의 재치와 지혜가 담겨 있지요.

그렇다면 설화와 구비철학의 관계는 어떠할까요? 설화는 잘 짜인 이야기잖아요? 그 기본적인 역할은 재미를 자아내는 데 있습니다. 하지만 잠깐 웃고 지나치면 그만인 설화는 소수예요. 대다

수 설화는 인간과 삶에 대한 깨달음을 전해 줍니다. 그것이야말로 설화가 주는 진정한 재미라고 볼 수 있지요. 설화가 전하는 깨달음은 직접적인 교시나 계몽과 다릅니다. 스토리에서 자연스레 우러나는 깨달음이고, 수많은 사람들의 경험과 상념, 미적 감각이 응축된 깨달음이에요. 조금 전에 말했던 일반 민중의 집단지성 겸 집단감성이 그것입니다. 그것은 구비철학의 정수라고 할 수 있어요. 논리 중심의 철학과는 다르게 미적으로 형상화된 철학이니 '문학철학'이라고 부를 만합니다.

이 세상에는 오랜 세월을 이어 온 수많은 설화들이 있습니다. 그 설화의 세계는 구비철학의 바다라고 할 만합니다. 그래 봤자 옛날 사람들의 모자란 생각이고 깨달음일 뿐이라고 생각된다면, 이 책을 포함해서 '세계설화를 읽다' 총 10권을 다시 한번 찬찬히 음미해 보라고 말하고 싶습니다. 각 이야기마다 깊고도 미묘한 철학적 의미가 깃들어 있음을 확인할 수 있을 것입니다. 만약 다시 봐도 특별히 다가오는 게 없다면 이야기들을 누군가에게 직접 들려줘 보세요. 이야기를 구술하는 과정에서 '아, 이 이야기에 이런 뜻이 담겨 있구나.' 하는 걸 깨닫게 될 것입니다. 설화를 내 것으로 삼는 가장 좋은 방법은 직접 이야기를 들려주는 일이라는 사실을 잊지 마세요.

앞에서 오늘날의 웹소설이나 웹툰, 애니메이션, 게임 등에서 설화의 차용이 확대되고 있다고 말했잖아요? 그런데 많은 경우, 이야기 깊은 곳에 깃들어 있는 철학을 놓친 채 단순히 소재나 형식을 따오는 데 그치곤 합니다. 그런 작품이나 콘텐츠가 진정한 감동을 주거나 긴 생명력을 갖기는 어렵지요. 설화에 담긴 구비철학을 오롯이 살려 낸 좋은 콘텐츠들이 많이 나와서 우리의 삶과 문화가 더 깊고 아름다워지면 좋겠습니다. 그 출발은 설화를 제대로 이해하고 누리는 일이겠지요. 이 책을 읽는 여러분들이 기꺼이 그 주역이 되어 주기를 기대합니다.

참고한 책들

(자료에 있는 내용을 참고하되 내용과 표현을 새롭게 재서술했음을 밝힙니다.)

이 세상은 운동의 태양: 칼 토베 지음, 이응균·천경호 공역, 《아즈텍과 마야 신화》, 범우사, 1998.

모든 곳에 있는 신: 신동흔 외, 《인도·네팔 설화》, 다문화 구비문학대계 13, 북코리아, 2022.

물고기와 반지: 조지프 제이콥스 지음, 서미석 옮김, 《영국 옛이야기》, 현대지성사, 2005.

지식과 행운: Jens Christian Bay et al., *Danish Folk Tales*, New York and London: Harper & Brothers Publishers, 1899.

행운과 불운: 알렉산드르 아파나셰프 편, 서미석 옮김, 《러시아 민화집》, 현대지성사, 2000.

마법의 고사리꽃: 오경근·김지향 엮음, 《세계민담전집 10 폴란드·유고 편》, 황금가지, 2003.

복 빌려 온 나무꾼: 《한국구비문학대계》에 수록된 여러 자료들 | 신동흔 엮음, 《세계민담전집 01 한국 편》, 황금가지, 2003.

세 명의 수행자: 신동흔 외, 《태국·미얀마 설화》, 다문화 구비문학대계 3, 북코리아, 2022.

손님을 위한 검은 빵: 신동흔 외, 《유럽·중동·중남미 설화》, 다문화 구비문학대계 16, 북코리아, 2022.

물배추 여신: 신동흔 외, 《베트남 설화 (Ⅰ)》, 다문화 구비문학대계 4, 북코리아, 2022.

하늘에서 쏟아진 은화: 그림 형제 지음, 김경연 옮김, 《그림 형제 민담집》, 현암사, 2012. | Brüder Grimm(Autor), Heinz Rölleke(Herausgeber), *Kinder- und Hausmärchen*, 1-3, Stuttgart: Philipp Reclam jun. GmbH & Co., 1980.

넛너이의 요술피리: 김영애·최재현 엮음, 《세계민담전집 06 태국·미얀마 편》, 황금가지, 2003.

잃어버린 돈: 최운식 엮음, 《한국의 민담 2》, 시인사, 1999. | 신동흔 엮음, 《세계민담전집 01 한국 편》, 황금가지, 2003.

신비로운 정원: 안상훈 엮음, 《카자흐 민담》, 민속원, 2018.

일 년 열두 달: 요르고스 A 메가스 엮음, 유재원·마은영 옮김, 《그리스 민담》, 예담, 2015.

가난한 아이의 맷돌: 신동흔 외, 《유럽·중동·중남미 설화》, 다문화 구비문학대계 16, 북코리아, 2022.

마법의 오렌지 나무: Diane Wolfskin, *The Magic Orange Tree, and other Haitian Folktales*, New York: Schocken Books, 1997.

금소라 아이 쌍텅: 신동흔 외, 《태국·미얀마 설화》, 다문화 구비문학대계 3, 북코리아, 2022.

불행한 공주: 요르고스 A 메가스 엮음, 유재원·마은영 옮김, 《그리스 민담》, 예담, 2015.

당금애기의 세 아들: 최정여·서대석, 《동해안 무가》, 형설출판사, 1974. | 신동흔, 《살아있는 한국 신화》, 한겨레출판, 2014.

한스, 나의 고슴도치: 그림 형제 지음, 김경연 옮김, 《그림 형제 민담집》, 현암사, 2012. | Brüder Grimm(Autor), Heinz Rölleke(Herausgeber), *Kinder- und Hausmärchen*, 1-3, Stuttgart: Philipp Reclam jun. GmbH & Co., 1980.

젊어 고생은 사서도 한다: 이난아 엮음, 《세계민담전집 07 터키 편》, 황금가지, 2003.

엄마 없는 아기 낙타: 유원수 엮음, 《세계민담전집 03 몽골 편》, 황금가지, 2003.

이야기하는 앵무새: Italo Calvino, *Italian Folktales*, London: Penguin Books, 2002.

마법의 혀 고기: 안젤라 카터 편, 서미석 옮김, 《여자는 힘이 세다》, 민음사, 1999.

음식 냄새 맡은 값: 신동흔 외, 《캄보디아 설화 (II)》, 다문화 구비문학대계 2, 북코리아, 2022.

이야기 사 온 부부: 《한국구비문학대계》에 수록된 여러 자료들.

황금 열쇠: 그림 형제 지음, 김경연 옮김, 《그림 형제 민담집》, 현암사, 2012. | Brüder Grimm(Autor), Heinz Rölleke(Herausgeber), *Kinder- und Hausmärchen*, 1-3, Stuttgart: Philipp Reclam jun. GmbH & Co., 1980.

세 계 설 화 를 읽 다 1 0

삶을 여는 황금 열쇠

1판 1쇄 발행일 2026년 2월 23일

글 신동흔
그림 배민기

발행인 김학원
발행처 (주)휴머니스트출판그룹
출판등록 제313-2007-000007호(2007년 1월 5일)
주소 (03991) 서울시 마포구 동교로23길 76(연남동)
전화 02-335-4422 **팩스** 02-334-3427
저자·독자 서비스 humanist@humanistbooks.com
홈페이지 www.humanistbooks.com
유튜브 youtube.com/user/humanistma
페이스북 facebook.com/hmcv2001
인스타그램 @humanist_insta

편집책임 문성환 **편집** 윤무재 **디자인** 기하늘
용지 화인페이퍼 **인쇄** 청아디앤피 **제본** 민성사

ⓒ 신동혼·배민기, 2026

ISBN 979-11-7087-438-6 44800
       979-11-7087-109-5 (세트)

- 이 책은 저작권법에 따라 보호받는 저작물이므로 무단 전재와 무단 복제를 금합니다.
- 이 책의 전부 또는 일부를 이용하려면 반드시 저자와 (주)휴머니스트출판그룹의 동의를 받아야 합니다.